著＝鳴海雪華 ill.＝あるみっく
NO MORE SWEET
復讐ノート

「前回の反抗は方法が
悪かったんですよ。大丈夫です。
今回は私が導いてあげますから」
カランカランとピンが落ちるたび、
星宮胡桃の顔が不敵な笑みに染まっていく。
さっきまで真っ黒だった
ボブカットの内側が、白く輝いている。
これは、アッシュグレーのインナーカラーだ。
星宮胡桃は髪の内側を染めていた。
どうやら今までは、染めてある部分だけを
ヘアピンで後頭部にまとめて、隠していたらしい。
「どうです？　驚きました？」
星宮胡桃
kurumi hoshimiya

「先輩、失礼します」

「は？ ……むぐっ!?」

僕の唇が柔らかいもので塞がれる。

「ぷはっ、おいくるみっ……」

「うるさいれす。

ちょっと黙っててください
……んっ……」

夏目蓮
Ren Natsume

『ご来校の皆様、こんにちは。これより、
西豪高校の日常風景をご紹介します』

「胡桃っ…………！」
「……あら、先輩じゃないですか。
どうも。お久しぶりです」

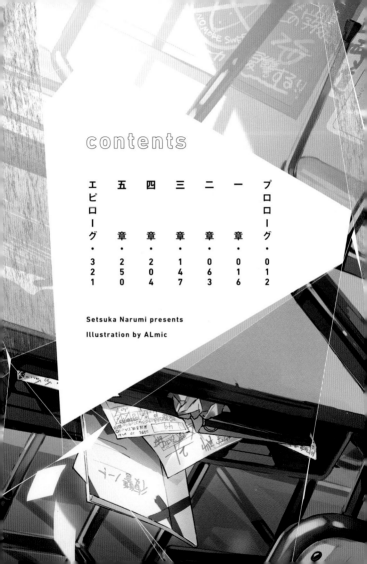

contents

Setsuka Narumi presents
Illustration by ALmic

悪いコのススメ

鳴海雪華

MF文庫J

口絵・本文イラスト●あるみっく

悪いコのススメ

プロローグ

そのとき、僕には深い夏色の空が明滅しているように見えていた。

瞬(まばた)きするたび視界が白む。上がった息を整えたいのに、思うように呼吸ができない。

焦燥が僕らの体を熱くしている。恐怖が僕らの鼓動を速くしている。

積乱雲が浮かぶ空の下に、僕らは逃げ込んでいた。それが、すべての終幕だった。

「……まあ、最悪一緒に死ぬことになってもいいと思って身を委ねますよ」

隣に立っている少女が言う。見ると、彼女の顔は恐怖で歪(ゆが)んでいた。

きっと、僕も同じような顔をしているのだろう。

校舎の屋上。安全フェンスを越えた先。

死と隣合わせのわずかな足場に僕らは立っている。

「胡桃(くるみ)。大丈夫だよ。大丈夫」

優しく言い聞かせながら、僕は胡桃の手を持ち上げてゆっくりと撫(な)でた。

胡桃はきょとんとしたあと、鼻で笑うような感じではにかんだ。

「ふっ。いつぞやの真似事(まねごと)ですか？　先輩に撫でられたって安心しませんよ」

そうか。こんなんじゃ、ダメか。僕らが不安を解消できる行為なんて一つしかないよな。

僕は胡桃の被(かぶ)っているキャスケットを、空いているほうの手でひょいと取った。

ほんの少しだけ前かがみになって、顔を近づける。そっと唇を重ねて、舌を絡める。

「んっ……んちゅっ……んっ……れぇ……」

キスという名のテロ行為。吐息が、体温が、寂寥(せきりょう)感が、粘膜を通して伝わってくる。

僕の抱えている気持ちも、胡桃に伝わってしまっているのだろうか。

昔から僕は何者かになりたかった。感受性が高くて、傷つきやすくて、人と接することがあまりにも苦手。そんな僕は、自分の中にある忌々しい不器用さに名前がほしかった。

例えばそれは、病名であったり。例えばそれは、才能であったり。

なんでもいい。とにかく、この生きづらさの正体を誰かに暴いてほしかった。

「れ……んんっ……ぷはぁ……えへへ……いきなりキスするんですから、もう……」

胡桃の唇から僕の唇にかけて、一筋の唾液の線が伸びている。

いつも思う。この淫靡(いんび)な線は、僕を僕として認識してくれた証拠なのだと。

「そろそろタイムリミットだ。覚悟はいいか、胡桃」

「はい。行きましょう、先輩」

頷(うなず)く胡桃を片手に抱く。僕はタンッと足場を蹴って空に飛んだ。地に落ちた。

これは、無理心中じゃない。明日を生きるための逃避行だ。

この落下は、僕らのキスのようにどこまでも後ろ暗いハッピーエンドなんだ。

重力に導かれ、
僕らは落ちる。
二人、身を寄せ合いながら
風を切って落ちていく。
その日、僕はやっと、
自分というものを見つけた気がした。

一緒に堕ちて
くれる彼女に、
僕という存在を見つけて
もらった気がしていた。

一章

馬鹿と煙は高いところが好きとはよく言ったもので、この学校の教師が言うところの馬鹿である僕は、今日も空が一番近く見える場所へ逃避行をすると決めていた。

帰りのホームルーム。諸連絡のあと、担任が締めの話をして、放課後となる。

「お前らどんだけ頭が悪いんだよ。遊ぶな！　部活もやるな！　学校をやめるか今すぐ死ね。いい加減にしろよ馬鹿どもが。……以上。課題未提出者は残ってやるように」

担任が教室を出ていく。クラスメイトたちが死体のような顔つきで問題集を広げ始める。

そんな彼らを尻目に、僕は静かに席を立った。

未消化の課題をバッグの中に残したまま、何食わぬ顔で教室を出る。

一秒たりともあのクソみたいな空間にいたくなかった。

トイレに行く生徒に混じって歩く。教師の目を避けながらいつもの場所に向かう。

廊下の最奥。薄暗い階段をぐるぐると何度か上って、辿り着くのは最上部。

そこにある鉄製の扉を肩と腕で押し開く。

心地のいい風が吹き込んできて、それと同時に、僕の視界が開けていく。

目に入るのは、雲がちりばめられた夕暮れの空。それと、小汚いタイルの床。

空と床の合間には、僕の背丈より少し高いフェンスがいくつも並んでいる。

ここは本校舎の屋上だ。本来、生徒は立入禁止のはずの場所である。

僕は入ってきた扉を閉め、そのすぐ横の壁を背に腰を下ろした。

ズボンのポケットからタバコを取り出して、口に咥える。ライターで火をつけて、先端部が赤く、黒く、そして白くなったら軽く息を吸う。

煙を肺に入れないよう、口元でゆっくりとふかす。

「ふーっ……」

息を吐くと、口元に溜まっていた煙が空に消えた。それは茜と群青の混じったハロウィンみたいに無邪気な空を汚す行為のようで、どことなく背徳的だと思った。

「すぅ……ふーっ……」

小学生のとき、集団に馴染めない人の気持ちを知った。

中学生のとき、授業中に寝る人の気持ちを知った。

そして高校生となった今は、タバコを吸う人の気持ちを知ってしまった。

この屋上に来るたび、僕は父の部屋からくすねたタバコをふかして時間を潰している。

今の僕を見て、頭の悪い奴だと思う人間がいるかもしれない。

今の僕を見て、ろくでもない奴だと罵る人間がいるかもしれない。

でも、このタバコをふかすという行為は、僕——夏目蓮にとっては大きな意味のあるもので、どうしてもやめることができない不法行為だった。

沈みかけの太陽から熱を感じる。そういえば最近、少しだけ暑くなってきた。

屋上の扉が施錠を忘れられていると気づいたのが、たしか四月の初旬だったはず。

この屋上に通い続けて、そうか、もう二ヶ月が経つのか。

時の流れは早いな、と思うと同時に、この場所はそんなに変わっていないなとも思う。

誰もいない。誰も来ない。屋上は相変わらず時間が止まったように閑散としている。

「……学校をやめるか今すぐ死ね、か」

タバコを口から離し、喉元に溜まった煙を宙に放る。

ストレスを薄く引き伸ばして溶かすように、ゆっくりと息を吐いていく。

空へと昇る煙を、ただぼうっと見送る。誰にも邪魔されない、僕だけの時間だ。

ああ、このまま僕も煙と一緒に空へ溶けて、霧散してしまえたら楽なのに。

そんなことを思いながら筒先の灰を落とし、タバコを口に咥え直す。息を吸う。

――そのときだった。

突風とともに、横からキィという音がした。

聞こえたのは、金属の部品が軋んで出る摩擦音。それは、二つの意味で嫌な音だった。

耳障り。そして、誰かが屋上の扉を開けた音だ。

「やばっ……！」

思わずそう口にしたときには、もうすべてが遅かった。隣の扉から人が出てきていた。僕は身を隠すことも、喫煙を取り繕うこともできなかった。

咄嗟にできたことといえば、情けない角度の会釈だけ。

つまるところ僕は、屋上にやってきた人物とばっちり目が合った。

「あ……えっと、どうも」

「……いやいや。どうも、じゃないでしょう。この進学校にこんな典型的な不良がいるとは思いませんでしたよ。びっくりしたなぁ」

入ってくるなりそう言ってきたのは、一人の女子生徒だった。

上履きのカラーは赤。一年生だ。

ぱっちりとしたまつ毛。黒水晶のような艶のある瞳。控えめな桜色の唇。幼さの残る丸顔はふんわりとしたボブカットの黒髪に包まれている。身長は低め。化粧っ気はない。素朴で自然なかわいさ……言うならば、妹的な魅力を全身に詰め込んだような女子だった。

ああ、くそ。まさか人が来るとは。油断していた。もう少し警戒しておくべきだった。

見るからに真面目そうな感じの子だ。なにをしに来たんだろう。

遭遇したのが教師じゃなかったのは幸いだが……どうしようかな、この状況。

「……あの」

悩んでいたら、女子生徒が僕を見下ろす形のまま声をかけてきた。

「つかぬことをお聞きするのですけど、その喫煙に、なにか理由はありますか？」

「……え？　はあ？　えっと……なに？　理由？」

「はい。私の勘違いでなければ、先輩は今、タバコを吸っていましたよね」

「……まあ、吸ってたけど」

僕が戸惑いながらも頷（うなず）くと、女子生徒はやけに真面目な表情になって、

「先輩、お一人ですよね。誰かに対してかっこつけているわけでもないのに、校内という教師に見つかる危険性のある場所で喫煙をしていたわけですよ。そこには並々ならぬ理由があるのでは、と思いまして。あったらぜひとも教えてほしいな、と思いまして」

なんだ。初対面でいきなりなんなんだ、こいつは。

「どうだっていいだろ。なんでそんなこと聞いてくるんだよ」

「ちょっとした思考テストですよ。お願いします。答えてください」

女子生徒は真剣な眼差（まなざ）しのまま、じっと僕を見つめ続けている。

ええ……。怖いもんなしかよ、こいつ。マジで答えさせるつもりか。

……まあ、説教されたり通報されたりするよりマシか。適当に答えて帰ってもらおう。

「ウチの高校、課題が終わってない奴（やつ）は、下駄箱（げたばこ）で待ち伏せしている教師に捕まって残ってやらされるだろ？　だから僕は、完全下校時刻までここで時間を潰してるんだよ」

「その回答は『タバコを吸っている理由』ではないと思うんですけど」

「………………」

心の中で天を仰ぐ。ああ、厄介な奴に捕まった。

なんなんだよ思考テストって。僕のことなんて放っておいてくれよ。

仕方ない。話してやるか。無視するほうが面倒なことになりそうだ。

僕は一口ぶんの煙を空に放ってから、女子生徒に本当の理由を語ってやることにした。

「ここでこうしてタバコを吸っていると安心……というか、スッキリするんだよ」

「帰るまで我慢できないだけですか。単なる依存症でしたか」

「いや、依存症ってわけじゃないよ。そもそも煙は肺に入れてないからな」

女子生徒が「ならどういうことです？」と聞きたげに見つめてくるので続きを話す。

「僕はこの学校が嫌いなんだ」

「……ほう」

「一年の君も、もうわかってるだろ。この学校の成績主義の実態について。教師どもは勉強できない人間に暴言を吐く。成績上位クラスの人間は、下位クラスの人間を下等生物として扱う。学力と成績だけで人間性が計られるこの学校が、僕は大嫌いなんだよ」

「ふむ。なるほど？　いいですね。続けてください」

「ここみたいな進学校でタバコを吸うような不良はいないだろ？　ここでタバコを吸って

いると、自分が最底辺に堕ちているような感覚がして安心するんだ。赤点とか課題未提出くらいで暴言を吐いてくる教師どもを馬鹿にしているような気になる。この学校を支配している成績主義の差別法を嘲笑っているような気になる。だから、スッキリするんだ」

これは間違いなく僕の本音。学校でタバコを吸う浅はかで愚かしい理由だ。

完全下校時刻まで時間を潰すというのは、単なる口実というか、第二の理由でしかない。僕がここでタバコを吸っているのは、教師に隠れてする反抗行為が気持ちいいからだ。

わかっているさ、僕だって。タバコを吸うって行為が間違っているってことくらい。

でも、こうでもしてストレスを解消しないとやっていられないんだよ。

このクソ高校のせいで僕は、学校を仮病で休んだり、赤点を取ったり、留年しそうになったり、すでに多くの間違いを犯している。ひどい人生を歩まされている。

もういいだろ、タバコくらい吸ったって。

どうせ今の僕は間違いだらけだ。なにも変わらん。

女子生徒は、未知の存在である不良の回答を聞いて満足しただろうか。

見ると、彼女は腕を組み、片手を顎に当てて考える仕草をしていた。それから自問自答するように何度か頷き「あー、スッキリしちゃってるんですねぇ……」と独り言を漏らす。

彼女がこちらに向き直るのに、そう時間はかからなかった。

女子生徒は非常に冷淡な表情になって、僕に対して軽く会釈をした。

「はいはい。だいたいわかりました。ありがとうございます。女々しいですね」

「……は？　ちょ、おいっ」

スタスタと屋上の奥へ歩いていた女子生徒が、立ち止まって振り返る。

「なんですか。私になにか用ですか？」

しまった。チクチク言葉で刺された意味がわからなくて、思わず呼び止めてしまった。

「あー、えっと……その、なんだ。今言った女々しいって、どういう意味だ？」

「そのまんまの意味ですけど。先輩はこの学校が嫌いだから、反抗としてタバコを吸ってる。でも、教師と揉(も)めるのは面倒だから、こっそりやってる。そういうことですよね」

「いや……まあ、うん。そうなんだけどさ」

「先輩がこの学校を嫌っているのはわかりました。上位クラスの人間や暴言を吐く教師に対して嫌気が差しているのも理解しました。理解は、しましたけど」

女子生徒は力強い口調で「でも」とつけ加えて、

「それでやることがこっそりタバコを吸うって……そんなの嫌いな相手を脳内で殴っているのと一緒じゃないですか。結局のところなにもしていない。要するに、学校が気に食わないからここで不貞腐(ふてくさ)れているだけでしょう？　ほぉら、女々しいじゃないですか」

「はぁ？」

そんざいな物言いに、僕は思わずぴくりと眉を動かしてしまった。

たしかに今の僕は、嫌いな相手を脳内で殴っているだけかもしれない。

でも、なにも知らない奴に女々しいと言われるのは癪だ。

僕だってやれるだけのことは……正しい反抗は、やってきたはずなんだ。

「勝手に想像で毒を吐くなよ。僕はたしかにこの学校が嫌いで、ささやかな抵抗としてタバコを吸ってストレスを発散している。でも、なにもしてこなかったわけじゃない」

「と、言いますと？」

「……学校に抗議した。……成績が悪いというだけで暴言を吐かれたり、人格を否定されたりするのはおかしいって、僕はきちんと教師どもに言ったことがある」

女子生徒の目が少し変わった。見開く、とは少し違う。表現が正しいかどうかはわからないが、なんとなくゴミを見る目から人を見る目になったような気がした。

「すみません。それ、詳しく聞かせてくれませんか」

「詳しく、か……」

まあ、憤りに任せてここまで話してしまったのだ。話してもいいか。

「……二ヶ月前。今年度の初めのことだ。教師どもの暴言がストレスで仕方なかった僕は、比較的話のわかる教師を呼び出して『あまり乱暴な言葉を使わないでほしい』って伝えたんだ。『あまりに暴言がひどいようなら出るところに出る』とも言った」

「へえ、そうでしたか。……で？　どうなったんです？」

「えっと、きちんと相談があるって言って教師を呼び出して、すごく真剣な顔で話したから受け入れてくれたよ。僕が希望したとおり、他の教師にも僕の訴えを伝えてくれた」

「ふむ、それで？」

「その日から教師の暴言はまったくと言っていいほどになくなった」

女子生徒が目を丸くする。

「え、本当ですか？　この学校で？　奇跡ですね。よかったじゃないですか」

「いいわけあるか」

自分が想定していたよりも強い声が出てしまった。

タバコをふかして、一呼吸。心を落ち着かせる。

「たしかに暴言はなくなったよ。『僕にだけ』な」

言い放つと、女子生徒は僕のセリフを反芻(はんすう)するように押し黙った。しばらくして、意味を理解したのか「ああ、なるほど」と呟(つぶや)き、苦笑いのような表情になる。

「あなた以外の生徒は相変わらず罵倒され続けていた、と」

「そうだ。僕の前の席の奴も後ろの席の奴も暴言を吐かれて人格を否定されているのに、『僕だけ』はなにも言われなくなったんだ。……そうじゃないだろ、僕が言ってるのは」

二ヶ月前、僕は気づいた。そして絶望したのだ。

「あいつら教師は僕の訴えを聞いて心を改めたわけじゃなかったんだよ。僕がうるさいクレーマーだから、腫れ物のように扱うと決めただけだったんだ」

「ああ……それはそれは、お気の毒様でしたねぇ」

女子生徒は口角を吊り上げる意地の悪い笑い方をした。でも、そこに僕を馬鹿にするような雰囲気はなくて、むしろ彼女なりの慰めの表情であるようだった。

僕は目を閉じて話を続ける。

「それから状況はさらに悪化した。僕だけ贔屓されているって理由で、同級生の奴らに疎ましげな目で見られるようになった。端的に言ってクラスでハブられるようになった」

「あらら。進級直後ですもんね。共通の敵を叩いて仲を深めるというアレですか」

「そうかもな。知らないけど」

教師の与える価値観に踊らされているだけの人間の考えはよくわからない。

「今ここでタバコをふかしているのは足掻いた結果なんだよ。真っ当な反抗をして、現実をいい方向に変えられなかったから、タバコをふかして諦めてるんだ。わかってくれたか？」

「はい、十分に。ありがとうございます。先程は失礼しました、先輩」

意地悪く口角を上げたまま、女子生徒は深々と頭を下げた。

「あ、いや、いいんだ。ごめん。僕も変なプライドで突っかかって」

いきなりちゃんと謝るなんて、なんなんだろうな、この子。

さっきまであまり表情を変えなかったくせに、今は笑うし会釈より深いお辞儀もする。彼女の中にどんな心情の変化があったのだろう。読めない。「他人の不幸は蜜の味」なんてセリフが頭に浮かんだが、彼女には当てはまらない言葉のような気がした。

「真っ当な反抗は無意味、ですか。やっぱり腐ってますねぇ、ここは……」

女子生徒はゆったりとした足取りで、僕のすぐ横にあるフェンスに近づいた。指を差し込んで網目を掴み、憂いを帯びた表情で下方に広がるグラウンドを眺める。

そんな横顔に向かって、僕は半ば無意識に声をかけていた。

「ねえ、君さ」

女子生徒が僕を見て小首を傾げる。

「はい？　なんです？」

「君はどうしてこんな場所に来てるんだ？　屋上は立ち入り禁止になっているはずだ。僕のこと不良呼ばわりしていたけど、ここに来ているんじゃ君も同罪だろ」

「いやいや。同罪じゃないです。私はタバコ吸いに来たわけじゃないですし」

「じゃあ、半分同罪だ」

女子生徒は「それならそうかもですね」と目を伏せて微笑んだ。

「なんというか、罪が同じなら理由も先輩と同じようなものですよ」

「まどろっこしい言い方だな。つまり？」

「学校が嫌なので逃げてきました」

「ははっ。……そっか。それなら、僕と同じだな」

彼女の言っていた「思考テスト」の意味が、本当になんとなくだが、わかった気がした。

女子生徒と目が合う。僕らの間に風が吹く。

僕が「吸うか?」と青い紙箱を差し向けると、彼女は「遠慮しておきます」と興味なさそうに首を横に振った。その返事を聞いた僕の内心は、残念と安心、半々だった。

指先でタバコの先端の灰を落としながら、僕は呟く。

「……なにがあったのか知らないけど、君も大変なんだな」

「まあ、そうですね。それなりに」

「僕みたいにはなるなよ。……卒業までの三年間、君が壊れないことを祈ってる」

その言葉は、劣悪な高校に入ってしまった後輩に贈る最大限のエールだったのだが。

彼女は、僕の思いを実にあっさりとした口調で斬り伏せた。

「大丈夫です。私、退学するので」

「ぶふっ!　げほっ。ごっほ!　ごっほごほっ!!　おえ」

僕はむせた。盛大にむせた。

あまりにも突飛なことを言われたので、驚いて一瞬だけ肺に煙を入れてしまったのだ。

「大丈夫です?」と覗き込んでくる女子生徒を手で制して、僕はなんとか言葉を紡ぐ。

「退学って……マジで言ってるのか?」

「マジですよ。ほら、証拠です」

言うなり彼女はスカートのポケット——ちょうど僕がタバコを入れているあたりの場所から、丸めた茶封筒を取り出した。中にある三つ折りの紙を開いて、こちらに向けて見せてくる。氏名は空欄だが、上部にはしっかりと明朝体で「退学願」と印字されていた。

「……退学届なんて初めて見た。マジなのか」

「だからマジのマジのマジですって」

女子生徒は驚くことじゃないと言わんばかりの表情で封筒をしまう。退学するという行為は彼女にとって大した話ではないらしい。

退学、か。すごいな、この子。初対面の相手に女々しいと言うだけのことはある。

「ここの教師って平気な顔で死ねとか言うし、身体的な差別発言もするじゃないですか」

言いながら、彼女はふるふると首を振って、

「あいつらは教師でもなんでもない。人間性を失ったなにかです。どれだけ優秀な学歴を持つ人間であっても、あんな奴らに教わることはなに一つありません」

その意見にはおおむね、いや、全面的に同意だった。

ここの教師どもは全員、本当に人格を否定されるべきなのは誰か考えるべきだと思う。

僕は少し、嬉しくなった。この学校に僕と同じ意見の人がいると知って安心した。

「教わることはなにもないと思ったので、自主退学を決めたんです」

「そっか。……すごい決断力と行動力を持ってるな、君は」

「いえ、別に。讃えられるようなことはしていません。むしろ逆でしょ、退学ですよ」

本人はそう言っているが、僕は本心からこの子のことをすごい人物だと思った。

ああ、辛いな。退学届なんて見せられたら、屋上でタバコをふかすだけの自分があまりにちっぽけに思えるじゃないか。たしかに女々しい。情けない奴だな、僕は。

「……いや、君は本当にすごいよ」

改めて言う。僕はこの一瞬で、この名も知らぬ女子生徒に憧れてしまった。

でも、誰かに憧れたからといって、自分の人生がすぐに変わるなんてことはない。

今この場で僕にできるのはせいぜい、吸い殻を携帯灰皿に突っ込むことくらいだった。

消火を終え、携帯灰皿をポケットに戻し、僕は隣に立つ女子生徒を見上げる。

「実際に学校をやめるのはいつごろになるんだ？」

「夏休み前くらいになる予定です。退学届は貰いましたが、手続きが面倒みたいで」

「あと二ヶ月くらいか。……まあ、なんというか、がんばれよ」

「はい。言われなくても」

女子生徒は頷いて、再びグラウンドのほうへ顔を向けた。

横顔。彼女の意志の強そうな瞳が、茜と群青色に揺れている。彼女の表情は覚悟を決めきったようでも、まだ悩んでいるようでもあった。

「…………」

「…………」

沈黙の中、女子生徒はスカートのポケットからスマホを取り出して時間を確認した。

「完全下校時刻になる前に、私は戻りますね」

そう言うと、彼女は踵（きびす）を返して校舎の扉に向かう。

「なあ」

目の前を通り過ぎる女子生徒の背中に、僕は声をかけた。

「君、またここに来たりする？」

ドアノブに手をかけたところで固まった彼女は、振り返ってこう聞き返してきた。

「来てほしいんですか？」

……まさか質問で返されるとは思わなかった。

これは、なんて返事をするのが正解なんだろうか。よくわからん。

「ふふっ。なに動揺してるんですか」

困り果てる僕に、名も知らぬ女子生徒はまた意地悪く笑った。

「安心してください。二度と来ませんよ」

＊

僕の通っている高校——西豪高校は私立の進学校だ。

しかし、ただの進学校じゃない。

全国的に見ても高めの偏差値を記録している優秀校。その上、日本を代表する大手企業の一つである西豪商事が二十年ほど前に設立した高校なので、ネームバリューがある。

進学実績もかなりいい。わかりやすいところで言うと、東京にある日本で一番有名な某大学の現役合格者数が、昨年度は十人を軽く超えていた。今年は二十人超えの合格も期待されている。年々レベルが上がっているということで、評判がいい。そんな高校。

西豪高校は、日本を牽引する大手企業が作った今をときめくエリート進学校なのである。

……とまあ、ここまでが外部からの評価。

この学校の実態は、もっと無意味で劣悪でどうしようもなく救いようのないものだ。

それは、一人の女子生徒が退学を決めた程度で変わるもんじゃない。僕が謎の女子生徒と屋上で話した翌日も、この学校は反吐を撒き散らすような醜い運営を続けていた。

「はい。一時間目の授業始めるぞ」

起立。気をつけ。礼。日直の号令であいさつが執り行われると——数学教師はもはや定型句となっているセリフを僕ら生徒に向かって言うのだった。

「はい。昨日出した課題が終わってない奴、立て」

生徒のほうも言われ慣れている。教室内ではすぐにガタガタと椅子を引く音が響いた。

教室内を見渡せていたはずの視界が、人間で埋まる。

教師の言葉を聞いて立ち上がった生徒の数は、三十七人。

即座に人数が特定できたのは、小学生でも暗算で解けるような単純な計算だからである。
四十、引く、三。四十人のクラスで、立ち上がらなかった生徒、つまりは、きちんと課題をやってきた生徒が三人しかいないのだ。
教師はゆったりと教室を横断しながら、冷たい声色で言う。

「……はぁ。それじゃ、いつもどおり端の席から終わってない範囲を言ってけ」

こうして今日も、西豪高校の名物の一つ、未提出課題の報告会が始まった。

教室前方に座る生徒から一人ずつ、課題の負債を報告していく。先週の小テストの直しが終わっていません。問題集は十三ページから今回の四十七ページまで終わってません。数Ⅰは七十ページから最後まで終わってません。皆、慣れた口調で申告する。

教師は教室を練り歩きながら、生徒から報告が上がるごとに嫌味を吐く。

「お前さ、課題が終わらないなら部活やめろ。顧問にもやめろって言われたんだろ。なんでサッカーなんてやってんだよ。やることやんねえのに部活なんて許されると思うなよ」

教師に言われる嫌味の内容は様々だ。マシなのはこういう部活や趣味の批判。

「お前は数Iの六十ページからも未提出だろうが。大概にしろよ。一年の範囲ならすっとぼけてれば無くなると思ってんの？　ざっけんじゃねえ殺すぞ。……はい、次」

普通はこういう罵倒や殺害予告。

「授業後の課題もできない。去年の夏休みの課題も終わってない。人間として終わってるだろお前。親の顔が見てみたいわ。子どもがこんなんじゃ、親もさぞ無能なんだろうな」

最悪の場合、生徒やその親の人格否定。

「なに堂々としてんだよ。いつまでも舐めたことしてんじゃねえぞ馬鹿がッ!!」

そんな感じの暴言と一緒に机をガンッと蹴り飛ばされることもある。

……ああ、本当に、なんて無意味で無価値で腐りきった光景なんだろう。今日はあと何回これと同じような光景を見ればいいんだろうか。考えただけで吐き気がする。

「チッ。さっさと机を直せよ。邪魔だろうが。……はい、次」

さて、当然ながら、僕も課題をやってきていない側の人間である。

五分もしないうちに順番が巡ってきて、立っている僕の前にも教師が来た。

「………」

「…………」

一瞬の膠着。目が合う。教師は虫を見るような冷たい瞳で僕のことを見据えていた。

「夏目さんは結構です。どーぞ、お座りください」

教師に嫌味ったらしくそう言われたので、僕はおとなしく腰を下ろすことにした。

頭上から視線を感じたが、それが皮肉っぽいことを言わなきゃ気が済まない教師のものなのか、贔屓と勘違いした他生徒のものなのかはわからなかった。

……まあ、知りたいとも思わないけどな。

その後も生徒たちは未提出の範囲を告げ、暴言を吐かれ、机を蹴り飛ばされていた。

授業の時間は未提出課題の報告会として刻々と消費されていく。いつもの光景だ。

「はい。それじゃ、今日の課題は四十七ページから五十ページまで。課題の借金がある奴は放課後に残ってやるように。勝手に帰ったらマジで殺すからな。ちゃんとしろ」

言っておくが、別にこの数学教師が特別なわけではない。

この教育が西豪高校というエリート進学校におけるスタンダードなのだ。

ここでは、僕を除いたほぼすべての生徒が、ほぼすべての教師から暴言を吐かれ、人格を否定されながら学校生活を送っている。

そして、誰もがその状況を異常だと認識できなくなっている。

西豪高等学校に入学してから一年と二ヶ月。

未だに僕は、この異常な学校生活に慣れることができずにいた。

＊

当然ながら、この劣悪な環境には理由がある。

進学校として評判がいい西豪（さいごう）高校は、県内の高校の中で特殊な立ち位置を確立していた。

それは、『県内最上位レベルの滑り止め高校』。

この近辺に住んでいて、有名大学の付属高校など最難関と呼ばれるような高校を受験する者は、みんなウチの高校を不合格だったときの保険として受験するのだ。

その結果、西豪高校という進学校は、最難関高校の狭き門を抜けられなかった敗北者たちが流れ着く場所のようになっているのだった。

親に勉強をさせられ続け、自分ができる側の人間であると思い込み、親の期待を一身に受けて難関高校を受験し、そして落ちた。そんな生徒がウチにはたくさん在籍している。

ここは、コンプレックスの塊が山程いる学校なんだ。

この学校の教師陣は、生徒たちのことを一切信用していない。受験に失敗するような生徒が自発的に勉強すると思っていない。成績を上げるなどとは、微塵（みじん）も思っていない。

だから、暴言を吐く。叱咤（しった）し、無理やりにでも勉強させ、一人でも多くの生徒をいい大学に進学させようとしている。私立高校としての評判を上げるために。

多くの生徒たちは、受験失敗という敗北の記憶があるせいで、教師たちの暴言に違和感を抱けない。勉強ができないのは悪いことで、罵られても仕方がないことだと思っている。

生徒を信用していない教師。自分を信用できなくなった生徒。

二種類の立場の人間が、西豪高校という閉鎖空間に歪(ゆが)んだ価値観を創造している。

クラスが、廊下が、通学路が、常に陰鬱さと圧迫感で満ちている。

ここは、そんなクソみたいな学校なんだ。

*

昼休み。僕は約一年ぶりに学食に向かっていた。

僕はいつもブロックタイプの栄養食を昼食にしているのだが、今日は珍しく寝坊をしてしまい、登校前にコンビニに寄って買うことができなかった。

購買に行くも、四時間目の授業が長引いたせいで、食べ物類はすべて売り切れ。

寝坊して朝食を食べていないのに昼食まで抜くとなると、さすがに体調に支障が出る。

悩みに悩んだ末、僕はずっと避け続けていた学食に向かうことにしたのだった。

はぁ。背に腹は代えられないとはいえ、今日はついてない。

校舎の一階。学食の前にある券売機には、長蛇の列ができていた。

この際、並ぶのは仕方ない。券売機の列に並んで自分の順番まで待機する。

ぶっかけうどんの食券を購入してから、僕は学食の中に入った。

「はいよ、まいどあり」

厨房に立つおばちゃんに券を渡すと、ほどなくして注文どおりの料理が出てきた。

ごく普通の食事が載ったトレーを受け取って、座席のあるスペースへ移動する。

どこに座ろうかと周囲を見回して、さて、避け続けていた理由に直面する瞬間がきた。

西豪高校の学食には、暗黙のルールが存在している。

それは「テラス席と日当たりのいい奥の座席は成績上位クラスの生徒が使い、日当たりの悪い手前の座席は成績下位クラスの生徒が使う」というものだ。

ルールの制定者はおそらくいないのだろう。上位クラスの人間が日当たりのいい場所を我が物顔で独占し、下位クラスの人間が申し訳なさそうに端の席に寄る。そうやってできた本当の意味でのスクールカースト。学校全体を支配するヒエラルキーの産物だ。

「…………」

暗黙のルール——差別的な法律とも言えるそれは、今日も健在だった。

中庭のテラス席と日当たりのいい席にはうるさく騒ぐ連中がいて、校舎内側の薄暗い席には疲れきったサラリーマンのような表情で飯を食っている生徒が多くいる。

上位クラスの者は、なにかをこぼして下位クラスの者のテーブルを汚しても掃除しない。調味料は独占するし、片づけが面倒なら下位クラスの席に食器を置いて帰っていく。

そして、それらの暴挙に反抗する下位クラスの生徒は一人もいない。

　本当に、いつ見てもろくでもない光景だ。

教師が成績主義の価値観を作り、生徒がその価値観に従い自分たちに優劣をつける。

結果、西豪高校内では、成績の良し悪しがそのまま上下関係のようになっている。

成績上位クラスの生徒は、下位クラスの生徒に横暴を繰り返す。

下位クラスの生徒はすべてを諦める。あるいは人間としての尊厳が失われているのに「上位クラスに上がって見返してやる」などという幼稚で意味不明な考えに陥るようになる。

成績によるクラス分け。競争心の刺激。そこから生まれる差別。西豪高校の闇だ。

　そして、その闇が最も顕著に出ているのが、この学食の光景だと思う。

「…………」

　数秒迷ってから、僕は日当たりの悪い席に向かうことにした。

　学力で人間性が格づけされるなんて非常に馬鹿馬鹿しいとは思う。暗黙のルールなんて無視して日当たりのいいほうに座ったって別に構わないと、頭では思っている。

でも、そうやって抗うだけの気力を、僕はもう持ち合わせていないのだ。諦めている。諦めざるを得ないから、諦めているふりをしている。だから、逆らわない。

　それに、堂々と上位クラス側に座っているのをクラスメイトに見つかったりしたら面倒なことになる。これ以上、教室で除け者にされるのはごめんだ。

　最奥の席に座って、いちおう合掌。うどんをすすり始める。

素早くおとなしく食事を済ませて、ここを出よう。明日からは寝坊しないよう気をつけて、コンビニに寄ってから登校する。この場所のことは忘れる。それでいいだろう。

なるべくストレスを感じないように工夫して生きるんだ。

そう思いながら箸を進めていたのだが、食事の半ば、ちょっとした事件が起きた。

「あれ？　ねえねえ、ウチら全員分の椅子なくない？」

「座るとこないの？　いいじゃん、こっちの椅子使っちゃえば！」

そんな大きくて下品な声が聞こえてきた。

視線を上げて周囲の様子を窺うと、上位クラス側の女子五人グループが、足りない席を補うために、日当たりの悪いほうから椅子を一つ取っていったのが見えた。

これだけなら飲食店でもよく見るような光景だ。

でも、彼女たちの行為には一つ問題があった。

持っていった椅子の前に、手のつけられていない料理が置いてあったのだ。

それは、そこで食事を始めるつもりだった人物がいるということを意味するわけで。

「あれ？　あ……えと……」

案の定、椅子のなくなったテーブルに、一人の男子生徒が戻ってきた。一年生カラーの上履きを履いている彼は、箸を取ってくるため一瞬だけ席を外していたようだ。

男子生徒は周囲を見回して、自分の状況を察したようだった。目を離した隙に、使う予定だった椅子を誰かに取られた。学食内は混んでいて、他に空いている席がない。

ついでに彼は、椅子を奪った犯人が誰なのかもわかったようだった。

当然だろう。例の女子グループはいわゆる誕生日席を設けて五人で食事をしている。座席が等間隔で並んでいるはずの学食では、非常に目立っているのだ。

まあ、犯人がわかったからといってどうすることもできない。

下位クラスの人間は上位クラスの人間に逆らえないのだ。それがこの学校の法律だから。

かわいそうに。彼は運が悪かった。

さっさと食べて僕の席を空けてやるか。そう思い、僕は食事の手を早めたのだが。

驚くべきことが起きた。男子生徒が犯人の女子グループに声をかけたのだった。

「あ、あの。すみません」

女子グループが五人一斉に彼へと目を向ける。

「……なに？」

「それ、俺の椅子なんですけど」

返事をしたリーダーっぽい女子に、男子生徒は勇気を振り絞ったような声で告げる。

「はあ？　俺の椅子ってなに？　誰も座ってなかったけど？」

「え、いやでもトレー置いてましたし……」

男子生徒の言葉を聞くと、リーダー風の女子は下を見て彼の上履きを確認した。

それから「ふっ」と鼻で笑うと、嘲笑（ちょうしょう）の顔のまま言う。

「君、一年生なんだ？　まだちゃんとわかってないんでしょ」

「わかってないって、なにをですか？」

「この学校の法律だよ。……あの、すみませーん。ちょっと来てくださーい」

彼女が呼んだのは、近くで食事をしていた男性教師だった。

教師は億劫（おっくう）そうに腰を上げると、揉（も）めている両者の間に入る。

「なんだよ食事中に……。どうしたんだ？」

「なんかこの一年生があたしたちに突っかかってきたんですよー」

「いや、俺がトレー置いて取っておいた席が勝手に取られたから……」

教師はため息を吐（つ）くと、男子生徒に向かってこんな突拍子もない質問をする。

「お前、どこのクラスだ？」

「俺のクラスですか？　四組ですけど……」

「はあ？　四組って下位クラスじゃねえかよ。問題を起こすなよ。ったく……」

「え、なんで？　俺が悪いんですか？」

「そうだよ。お前が悪いんだ。ちょっと来い」

教師は男子生徒の襟を掴（つか）むと、引っ張って学食の外へと連れ出した。

「じゃあねー」

女子グループは教師と男子生徒にひらひらと手を振る。

「そうだ。ウザいし、残ってるあいつのトレー返却しちゃわない？」

そして、実に楽しそうに食事へと戻っていった。

……呆れた。本当に、気持ちが悪い。

こいつら井の中の蛙とかお山の大将とか、そういうことわざを知らないんだろうか。いや知っているだろ。大変に成績がよろしい上位クラスなんだからさ。

わかってる。わかっているさ。ここで僕がそんな皮肉を叫んだところでなにも変わりはしないのだ。「でもお前、成績悪いじゃん」と笑われるのがオチだろう。

だって、こんなのは氷山の一角なのだ。

校内には上位クラスが占用している場所が他にもあるし、生徒会は上位クラスの人間しか入れないし、上位クラスの生徒は下位クラスの生徒を当然のように虐げる。

そして、それらの横暴をこの学校の教師が正すことはない。

彼らの主張は一貫してこうだ。「虐げられるのは成績が悪いからだ。嫌なら勉強しろ」。

西豪高校という閉鎖空間は、学力による差別と暗黙の了解で満ちている。

それらの集団規範は、この学校の厳しい校則と合わさり、一つの法律となっている。

誰が呼んだか「西高法」。

この最高峰の進学校にとってもぴったりで、ため息が出るくらいに素敵な差別法だろ？

「……馬鹿馬鹿しい」

気分が悪くなった僕は、食事を途中で切り上げて席を立った。

返却口にトレーを返して教室に戻ろうと思ったのだが、

「…………？」

後方からやけに視線を感じたので立ち止まった。

振り返ると、そこには意外。昨日、屋上で出会った女子生徒がいた。

女子生徒は、無言の無表情で僕のことをじっと見つめていた。

なんだ？　独り言を聞かれたのだろうか。口奥で呟いたつもりだったのだけど。

「あの、君……」

僕が声をかけようとした瞬間、彼女は目を逸らしてスタスタと下位クラスが使っている座席の方へと歩いていってしまった。……なんだったんだ？

＊

午後の授業、もとい、パワハラが終わって放課後となった。

どれだけ学校のことが嫌いでも、どれだけ学校に不満を抱えていても、感情をぶつける先がどこにもない。今日も今日とて、僕は課題の催促から逃れるために屋上を訪れていた。

屋上では相変わらず、死ぬ勇気のない僕には越えられない鉄格子が並んでいた。

入り口横の壁を背に腰を下ろして、ポケットからタバコを取り出す。どれだけ憧れようが、どれだけ女々しいと言われようが、結局のところ僕にできるのはこれくらいなのだ。

定位置でタバコを咥える。火をつけながら、昨日の刺激的な出会いを思い出してみる。

あの女子生徒は、今の僕を見たらなんて言うだろうか。「また性懲りもなくタバコを吸ってるんですか」と言うだろうか。あの意地悪な笑みを浮かべながら。

まあ、もう話すこともないだろうし考えるだけ無駄か。

煙を吐く。指先でトントンと叩いて、先端部の灰を落とす。

再びタバコを咥えたところで、キィと、隣で扉が開く金属音がした。

反射的に身を隠そうとしたが、その必要はないとすぐに気づく。

噂をすればなんとやら。現れたのは、例の女子生徒だった。

僕の想像とは違って、彼女は会釈をしながらこう言った。

「どうも、先輩。お昼ぶりですね」

「……二度と来ないんじゃなかったのか？」

「気分が……いや、状況が変わったんですよ」

女子生徒はそれ以上の説明をせず、ゆっくりとした足取りで僕の横にあるフェンスの前へと向かった。昨日と同じように網目を掴んで、外界に憧れる囚人のような顔つきで遠くのほうを眺める。また、学校が嫌になって逃げてきたんだろうか。

彼女は僕がいるとわかっていながらここに来たはずだ。

ならば、話しかけたとしても怒られたり気持ち悪がられたりはしないだろう。

僕はタバコを口から離して、軽い世間話としてこう聞いてみた。

「そういや、君、昨日持ってた退学届は書いたのか？」

「ああ、はい。あのあと書きましたよ。ほら」

女子生徒は再び僕に退学届を見せてきた。

昨日は空欄だった生徒氏名のところに「星宮胡桃（ほしみやくるみ）」と名前が書いてある。

星宮胡桃。この子はそんな名前だったのか。まったくもって意味のない思考だが、退学届から名前を知る経験をしたことがあるのは僕だけだろうな、なんて思った。

「さっき状況が変わったって言ったけど、退学に関してじゃないのか？」

「んー……まあ、そうとも言えますし、そうじゃないとも言えますね」

なんだその曖昧な表現は。気になるけど……こういうのはデリケートな話だ。踏み込んで聞くのはやめたほうがいいか。話したければ彼女のほうから話すだろうし。

「そうか」

それだけ返し、僕は沈黙が気まずくならないようタバコを口に運んだ。

目を閉じ、熱を感じ、ふぅっと煙をふかす。

先端部の灰を落としたところで、星宮胡桃にじっと見つめられていることに気がついた。なにか言いたげな視線。ちょうど、学食で会ったときと同じような感じだ。

「僕の顔になんかついてるか？」

「ベタなこと言わないでください。気持ち悪いです」

「……ごめん。じゃあ、なんだよ。なんでこっち見てくるんだ」

そう聞くと、星宮胡桃は別れ話を切り出す彼女みたいに、意を決した感じで口を開いた。

「先輩。私からも質問があります。先輩って、いつもあんな感じなんですか」

「あんな感じって、どういうことだ？」

「学食にいたときの話ですよ。上位クラスの生徒と下位クラスの生徒が揉めているのを見たとき、めっちゃ不機嫌になっていたじゃないですか」

やっぱりあのときの独り言、聞かれていたのか。

「先輩はこの学校の不条理に触れるたびに、ああやって怒っているんですか」

「んー……あんまり意識したことなかったけど、そうかもな」

「そんな生き方していて、疲れないんですか」

星宮胡桃の声色には「やめたほうがいい」というニュアンスは含まれていなかった。純粋に疲れたりしないのか気になって聞いているようだった。

誰かにこんなことを聞かれたのは初めてだ。でも、僕の中で答えは決まっていた。

「疲れるよ。でも、仕方ないんだ。そこに関してはもう諦めてる」

星宮胡桃(ほしみやくるみ)が疑問を全面に出したような表情をしていたので、僕は少しだけ口を滑らせてみることにした。この子には話してもいいと思ったというのもある。

「あんまり理解されないんだけど、僕は昔から繊細なんだよ」

「繊細ってどういうことです？」

「叱られているクラスメイトと同じ空間にいるのが嫌だった。駅のホームで知らない誰かと誰かが喧嘩(けんか)しているのを見るのですら嫌に思っていた。怖かった」

この繊細さはたぶん家庭事情に原因があるのだが、まあ、それは話さなくていいか。

「僕は――他のみんなは知らないが僕は、この学校の圧迫感に耐えられない。毎日のように誰かが怒鳴られていて、常に上位クラスの生徒が幅を利かせているこの学校の雰囲気が、どうしても合わない。他の生徒たちのように、心を殺すことができないんだ」

そもそも、他の生徒と違って僕は勉強に対してコンプレックスを抱えていない。

勉強は人並みにできればいいと思っている。

それなりに勉強して、それなりの大学に進学して、それなりの企業に就職する。

誰にも文句を言われない正しい人生って、そういうものだと思うから。

だから、貶(けな)しや罵倒や蹴落としばかりのこの学校の校風についていけない。

言うならば、入学してから一年以上経(た)った今も、僕は洗脳されていないのだ。

勉強が人間性を計るためのものだと思えない。

勉強がすべてである、成績が悪い者には生きる価値がないと、どうしても思えない。

「繊細だから、流せないんだ。いつもああいう場面では無性に腹が立っている」

「一年のころからずっとですか」

「ん。まあ、そうなるな。これから先も、きっとこのままだろ」

星宮胡桃は僕の目を見ながら、ずっと真剣に話を聞いてくれていた。

その態度に甘えて、少し語りすぎてしまった。なんか恥ずかしくなってきた。

星宮胡桃から目を逸(そ)らして、気を紛らわせるためタバコを咥(くわ)える。

つまらない僕の身の上話をしたので、返事など微塵(みじん)も期待していなかったのだが、

「……先輩」

タバコ三口ぶんの沈黙のあと、星宮胡桃からこんな言葉が返ってきたので驚いた。

「もし、先輩のそんな気持ちを解消できるとしたら、どうしますか」

「……どういう意味だ？」

そう聞き返すと、星宮胡桃は何度か口を開閉させた。

でも結局、僕の問いには答えず、代わりにこんな話を始めた。

「私、この学校でやり残したことがあるんです」

急になにを。退学する前にやっておきたいことがある、という意味だろうか。

「なんだよ。青春とかならこの学校に期待しないほうがいいぞ。うちは男女交際禁止だ」

「…………。ええ、知ってますよ」

こちらを見ている彼女の顔には「茶化(ちゃか)さないでください」と書いてあるようだった。

僕は肩を竦(すく)めて、冗談だという意を示す。

「悪かった。ちゃんと聞くから言ってみなよ」

星宮胡桃(ほしみやくるみ)は呆(あき)れたように嘆息してから、僕の目を見てはっきりと答える。

「私がやり残したことは、復讐(ふくしゅう)です」

その一言を聞いて、僕は一瞬、息が浅くなった。

星宮胡桃の言葉が、抜き身の刀のような鋭さで胸奥に入り込んできた気がしたのだ。

「……復讐って、あの復讐か？」

「はい。勉強の復習じゃないです。やり返すという意味の復讐です」

「いや。いやいやいや。ちょっと待てよ。物騒すぎるだろ。誰になにをする気だよ」

「復讐の相手は、この学校の教師ども。それから、この学校の法律とやらに従っている人間全員です。具体的になにをするかは、まだ決めていません」

さっきの僕と違って、星宮胡桃は冗談を言っているわけではなさそうだった。

なにをするかは決めていない、なんて言う割に本気ではあるらしい。彼女は自分の拳を見つめながら、胸の奥に秘めていたのであろう後ろ暗い本音を語り始める。

「この学校に入学して、教師にたくさん暴言を吐かれて、人間じゃないみたいな扱いを受け続けて、それで心が耐えきれなくなって、私は自主退学を決めました」

「……うん」

「でも思ったんです。これって敗北宣言と同じだって。悪いのは暴言を吐く教師どもなのに、おかしな差別法なのに、なんで私が逃げなくちゃいけないんだろうって思いました」

意思の籠もった瞳が、夕暮れをバックにゆらりとこちらへと向き直る。

「悔しい。私が逃げ出して、原因の教師どもがのうのうと生きているのが許せない。だから私は、この学校に復讐がしたい。どうしても爪痕を残したいんです」

「………」

「この学校で苦しんでいる人がいたって知らしめてから、学校をやめたいんです」

星宮胡桃と僕の間に、風が吹く。

なんとなく、彼女の声色には意志が乗り遅れているような気がした。

爪痕を残したい。苦しんでいる人がいたって知らしめてから、学校をやめたい。

嘘だ。

爪痕を残す。苦しんでいる人がいたって知らしめてから、学校をやめる。

そう言っているようにしか聞こえない。

放っておけばすぐに事件でも起こしそうだ。星宮胡桃の纏う雰囲気は、赤の他人であるはずの僕を不安な気持ちにさせるほどにシリアスで重厚なものだった。

なにか言ったほうがいいのだろうか。僕がここで彼女を止めたほうがいいのだろうか。

迷った末に僕は、ぱっと頭に浮かんだ言葉を口にした。

「教師に暴言を吐かれていたとしても、上位クラスの生徒に馬鹿にされ続けていたとしても、それは成績が悪い僕らに落ち度があるとも言えるだろ」

「まあ、それはそうですね」

「この学校に入学するって決めたのだって自分だろ。それなのに復讐するのか？」

「ええ、しますよ」

星宮胡桃は静かに頷く。

「どれだけ成績が悪くても暴言を吐いていい理由にはならないです。高校の選択だって、きちんと学校説明会のときに『我が校は暴言と差別による教育を徹底しております』と説明されていれば、こんなところに入学なんてしませんでした。学校側が悪いです」

「たしかにそうだけど……」

「そもそもの話、私が気に食わないから復讐をする、それで十分じゃないですか。正当性なんてものはミンチにして犬にでも食わせておけばいいんですよ」

そう言われてしまうと、僕は黙るしかない。

「私がやりたいのは真っ当な反抗ではありません。私怨と偏った正義による報復です」

星宮胡桃は、意地悪く口角を吊り上げる。

「思ってもないようなこと言わないでくださいよ。先輩だってこの学校が嫌いなくせに」

「……すまん」

無理だ。お手上げだ。僕には止められない。

復讐、私怨、偏った正義。聞こえてくる単語がどれだけ不穏でも、なにも言えない。だって、真っ当な反抗は他でもない僕がやって、失敗しているから。

「私はこの学校を変えたいんですよ。私と同じような人間が二度と現れないように――」

「……………」

「先輩みたいな人がもう二度と現れないようにしてから、学校をやめたいんです」

星宮胡桃が語っているのは、途方もない夢物語だ。

ちっぽけな存在である僕らがどれだけ行動したって、自己を犠牲にしたって無駄だ。

人は変わらない。世界は変えられない。

……わかっていた。わかっているつもりではあった。

でも、それでも。一瞬だけ、彼女と一緒になって考えてしまった。

課題に追われて成績が伸びず。

成績が伸びない理由を甘えだと罵られ。

教師からの暴言と圧迫感のある日常に神経をすり減らし。

現状を変えようとして立ち上がったものの、状況が悪化する。

挙げ句、ストレスの発散のためにタバコをふかすようになる。

そんなゴミみたいな存在が生まれなくなるのは、きっと幸せなことなんだろう。

思わず、呟いてしまった。

「……もしこの学校が変わるのなら、それはいいことだろうな」

無責任なことを口にしている自覚はあった。それでもこんなセリフを言ってしまったのは、僕が星宮胡桃に憧れてしまったからだ。

本当に僕みたいな人間を生み出さないようにしてくれるんじゃないか、と。

言い換えるのであれば、僕のことを変えてくれるんじゃないか、と。

そう、期待してしまった。

僕は大人じゃなかった。まだ青かったのだ。

先の発言に責任など微塵もなかった。

だから、星宮胡桃にこう言われて、さっと血の気が引いた。他人事だと思っていた現実が突然自分のものになって、急速に脳が冷えていくような感覚がした。

「そう思うなら手伝ってくれませんか」

「……は？」

「私の復讐を、手伝ってください」

顔を上げる。日没前の最後の輝きを放つ太陽を背に、星宮胡桃が微笑んでいた。

「ちょうど、共犯者がほしかったんですよ。今日は、そのお話をしに来たんです」

「え、いや、待ってくれ。共犯者って」

「真っ当な方法で反抗したというお話を聞いたときから気になっていたんですが、今日の学食での不機嫌さを見て確信しました。あなたならちょうどいいです。この学校のことが嫌いで、なおかつ自力で反抗するだけの行動力がある。いい。とってもいいですね。私の求めていた人材にぴったりです」

「だからちょっと待てって！　なに言ってるんだよ。やめてくれ」

ぐいぐいと詰め寄ってくる星宮胡桃を、両手を突き出す形で制止する。

そんな僕に対し、星宮胡桃は唇を尖らせながら「ふむ」と思案するそぶりを見せた。

しばらく固まっていたが、急にポンと手を打って、

「あっ、そうだ。ちょっと待ってください。いいもの見せてあげます」

そう言って、星宮胡桃は自分の後頭部に両手を回す。真っ黒な髪の中に手を入れて、そのままの姿勢で、なにかを弄るようにもぞもぞと指を動かし始めた。

「……なにをしてるんだ？」

「ふふっ。見てればわかりますよ」

しばらくすると、星宮胡桃の髪からなにかが落ちてきた。床でカランと、金属のような

音がする。見るとそれはヘアピンだった。髪の中から細いヘアピンが何本か落ちてきた。

「前回の反抗は方法が悪かったんですよ。大丈夫です。今回は私が導いてあげますから」

カランカランとピンが落ちるたび、星宮胡桃（ほしみやくるみ）の顔が不敵な笑みに染まっていく。

「だから――大丈夫。大丈夫です。本能に従って頷（うなず）いてくださいよ、先輩」

仕上げと言わんばかりに、星宮胡桃は両手で後ろ髪をかきあげた。

舞い上がった髪が重力に引かれて、ふわりと落ちる。星宮胡桃が首を左右に振ると、乱れていた髪はほぐれ、緩やかなウェーブを描きながら自然な形へと戻っていった。

そこで初めて、僕は目の前で繰り広げられていたこの一連の動作の正体を知る。

「君、それ……」

さっきまで真っ黒だったボブカットの内側が、白く輝いている。

これは、アッシュグレーのインナーカラーだ。星宮胡桃は髪の内側を染めていた。どうやら今までは、染めてある部分だけをヘアピンで後頭部にまとめて、隠していたらしい。

「どうです？　驚きました？」

意地悪く笑う星宮胡桃を見ていたら、語られずともこの髪色の意味がわかってしまった。

なるほど。そういうことか。校則が厳しいこの高校で、こっそり髪を染めている。

これは僕で言うところのタバコだ。彼女の反抗の象徴なんだ。

「先輩。もう一度言います。私、先輩のことが欲しくなってしまいました」

本来の姿となった星宮胡桃が、座っている僕に手を差し伸べる。

「一緒にこの学校を変える義賊になりませんか」

「学校を変える……義賊……」

ああ、痛い。痛々しい。例えるなら、いつまでもモラトリアムを抜けられない大人みたいな。星宮胡桃が発したのは、そんな等身大以下の痛々しさがあるセリフだ。

……でも、それは、青い僕にはこれ以上ないくらいに魅惑的な落とし文句だった。星宮胡桃の誘いは、僕に世界を変えられると錯覚させるほどの説得力と非現実感で満ちていた。

ごくりと、口に溜(た)まっていた唾液を飲み込む。

変えられるかもしれない。

成績が悪いというだけで生徒の人格を否定する教師どもを、学力だけでヒエラルキーができるような気持ち悪いこの学校を、めちゃくちゃにできるかもしれない。

鬱憤を晴らせるかもしれない。どれだけがんばってもタバコの煙と一緒に吐き出せなかった恨みを、辛(つら)みを、すべてぶちまけることができるかもしれない。

あの教師にも、復讐(ふくしゅう)ができるかもしれない。

「ほら、先輩」

星宮胡桃（ほしみやくるみ）が催促するように右手を強く突き出してくる。

可能性が頭を巡る。鼓動が速まる。世界が極彩色に染まっていくような感覚がする。

僕は、星宮胡桃の右手に手を伸ばして——指先同士が触れる直前で、引いた。

「……無理だよ。復讐（ふくしゅう）するような度胸がないから、僕はここでタバコをふかしているんだ」

「あら、そうですか。それは残念です」

星宮胡桃は食い下がることなく、あっさり肩を竦（すく）めて身を引いた。

僕のスカウトなんて端（はな）から本気じゃなかったのかもしれない。少し、残念に思った。

まあ、なんでもいい。僕の回答は正解のはずだ。

西豪（さいごう）高校というクソみたいな進学校と、ここで働いているクソ教師どもに恨みはある。

でも僕は、生きていく上で極力、間違ったことはしたくないんだ。

星宮胡桃の語る復讐なんていう行為は、間違いなく間違ったことだ。うまくいく気はまるでしないし、仮にうまくいったとしてもその先に幸せがあるとは思えない。大掛かりな復讐を実行すれば問題になるだろうし、いつか絶対に後悔する。

　そりゃあ、現状の僕はこのクソ高校のせいで数多（あまた）の間違いを犯しているし、それならもういっそと思って、未成年喫煙という法に背いた行為にも手を出してしまっている。

　でも、復讐なんていう大きな間違いにまで足を踏み入れるような勇気はないのだ。言うならば、心が怒りに震えていても、こっそりタバコを吸う『程度』に収まっている。

僕はそんな中途半端な人間なんだよ。

「……はぁ。悲しいなぁ。とっても残念です」

星宮胡桃（ほしみやくるみ）の口元から、露骨なため息が漏れ出る。

「あーあ、先輩を仲間に引き入れたかったのになぁ……」

「ごめんね。君の提案は魅力的だけど、ちょっと現実味に欠けるんだ」

「そうですか。とーっても残念です。この写真が出回ることになるなんて……」

「……写真？」

「はい。これ見てください。えへへ。よく撮れているでしょう？」

星宮胡桃が見せてきたスマホには、僕の写真が表示されていた。

……タバコを片手に口から煙を吐いている僕が、そこには写っていた。

「い、いつの間にっ……!?」

「先輩がタバコをふかしながら自分語りしているときに、ちょちょいと。てへ」

舌を出してウインクをする星宮胡桃。顔はかわいいがやっていることはかわいくない！

「なんでそんなもん撮ってるんだよ！　おい頼む！　消してくれ!!」

「えー？　嫌でぇーす。消してあげませーん」

スマホを奪おうと飛びかかる僕の手を、星宮胡桃はひらりと身を翻して避ける。

それからまたあの意地の悪い笑みになって、

「ねえ、先輩？　この写真が教師たちの手に渡ったらどうなるんでしょうね？　停学だの退学だのは当然あるとして、先輩はいったいどんな暴言を吐かれるんでしょう？」

「その写真、学校に提出するつもりかよ!?　ふざけんなやめろ!!」

「ふふっ。教師たちに集団で人格を否定されて、心がズタズタになって。そしたら先輩は学校のことがもっと嫌いになって、復讐したくなりますよね。私と一緒にっ」

罪悪感など微塵も抱いていないような満面の笑み。悪魔だ。悪魔がいる。

喫煙していたことが教師にバレるのは厄介だが、僕としては教師経由で親に連絡がいくほうが面倒だった。あの父親は、僕の喫煙を知ってどう思うんだろうか。僕に対してなにか言うのだろうか。言うとしたらどんな表情でどんなことを言うのだろうか。

わからない。わからないのが、どうしようもなく怖かった。

少なくとも、喫煙した僕を庇ってくれるような父親ではないよな。それだけは確かだ。

ああもう、面倒なことになった。やっぱり間違ったことはするべきじゃないんだよ。

とにかく写真を消してもらわなければ。そう思って、打開策や折衷案がないかと必死に考えを巡らせてみはしたが、特になにも思いつかなかった。僕も髪にインナーカラーが入っている今の星宮胡桃の姿を写真に収めて脅すか？　……いや、喫煙写真に比べたら脅しの効果が薄そうだ。っていうか、脅してもこいつどうせ学校やめるしな。やるだけ無駄か。

結局、僕は恐怖に負けた。両手を挙げて星宮胡桃に降参の意を示す。

「望みを聞いてやるから、写真をばらまくのだけはやめてくれ」

「えー？　なにかお願い事を聞いてくれるんですかー？　うーん、困りましたねぇ。私の望みなんて先輩が仲間になってくれること以外にないんですけど……」

こいつ、わざとらしく悩むふりなんかしやがって。

「……わかったよ。しばらくは君の言うとおりにする」

「『君』じゃなくて、胡桃です、私の名前。ちゃんと胡桃様って呼んでくださいね」

「……はい。胡桃様の言うとおりにします」

「ぷっ、あははっ！　ほんとに言った！　冗談ですって。キモいので胡桃でいいですよ」

胡桃が腹を抱えて笑っている。こいつ、相当性格が捻くれているらしい。

いやまあ、復讐なんて考える人間がまともなわけないか。

「あー、おっかしい。おもしろい人ですねぇ、まったくぅ」

「……そりゃどうも」

「ふふっ。それじゃ、これからよろしくお願いしますね、先輩？」

「……はい」

今度こそ、差し伸べられた胡桃の手を取る。

こうして僕は、胡桃とともに学校を変える義賊として立ち上がった。

……不本意だが、そういうことになってしまったのだった。

二章

胡桃に脅されて義賊となった日は、ひとまずなにもせずに別れることとなった。胡桃が言うには「完全下校時刻も迫ってますし、復讐の計画は後日きちんと立てましょう」とのことだった。まあ、僕としても心と思考の整理をしたかったからありがたい。

胡桃と連絡先を交換して、僕は一人で下校した。

部活終わりの生徒たちの流れにひっそり紛れて歩き、駅に向かう。

ホームで三十分ほど待機。数分遅れてやってきた鈍行電車に乗車。

帰宅の人間が多くて座れないので吊り革を持つ。ガタンゴトンと揺られること十五分。

ターミナル駅で乗り換えをして、また立ったまま揺られて四十分。

最後に二十分ほど自転車を漕いで、僕はやっとの思いで自宅に帰る。

街灯と家々の明かりに照らされた住宅街を進んでいくと、道の中程に一軒だけ真っ暗な一戸建てがある。表札に「夏目」と書かれたその家が僕の（正確には僕の父さんの）家だ。

空の駐車場の端に自転車を止めて玄関へ。解錠して扉を開ける。

静寂と闇に支配された空間が僕を出迎えてくれた。

手探りで玄関の照明のスイッチを押す。電気がついて明るくなるが、照らされるのは真っ白い壁と木目の床だけで、虚しいことに変わりはなかった。

適当に靴を脱いで、廊下の電気を点けながら、僕は無言でリビングへと歩いていく。

「…………」

帰宅したときに「ただいま」と言わないのは、返事がないことを知っているからだ。

僕の両親は昔から仲が悪かった。怒鳴り合いの喧嘩は日常茶飯事。お互いの悪口ばかり言うし、母さんの家出も頻繁だった。本当にひどいときは、父さんが不倫相手を家に連れ込んだりしていた。そんな生活に母さんが耐えられなくなって、離婚となったのが八年前。

どんな話し合いがあったのかは知らないが、僕の親権者は父さんに決まった。

僕には四つ歳が離れている姉がいたのだけど、姉さんは母さんが連れて出ていった。

お陰様で、かつてこの家にいた家族はバラバラとなっている。

父さんは多忙なので、あまり家に帰らない。

この一戸建ては、ほとんど僕一人で住んでいるような状態なのだ。

今日も父さんはばっちり不在だった。まあ、家が暗い時点で察していたが。

「……またか」

リビングに行くと、食卓の上に一万円札が三枚ほど置かれていた。

しばらくの飯代ということらしい。これが日常となっているので、メモ書きすらない。

まあ、悲しくも淋しくもないからいいけども。慣れてしまった。

不仲に理由があるのかは知らないが、父さんも母さんも昔から僕に無関心だった。

最低限、僕が世間体を保ちながら生きていく上で必要なものを揃(そろ)えたら、あとは放置。授業参観や運動会は不参加。テストや成績にも興味なしって感じだった。

唯一、僕が高校受験をするときだけは父さんが口を出してきたが、人生において干渉されたのはその一件だけだった。

僕はずっと、放任で育ってきたのだ。

……放任。放任、か。

放任で育ってきたからこそ、僕は今日怖いと思ったのだ。

僕が喫煙していると知ったら、あの父親はどんな顔をするのだろう。

僕が学校に復讐(ふくしゅう)するなんて知ったら、あの父親はなにを言うのだろう。

わからない。わからないから、怖いのだ。

いつも能面のような無表情をしているあの人が、どんなふうに顔を歪(ゆが)めるのかわからないから怖い。もしかしたら、僕がどこでなにをしていようが無表情のままでいるのかもしれないが、それはそれで嫌だった。そこまで無関心なのだと知ってしまうのが怖かった。

ふと、思う。

僕が教師どもの暴言を人一倍嫌に思うのだって、両親の喧嘩を近くで見てきたからだ。

僕が間違いを犯さないように生きていたいと思うのだって、ずっと両親に放置されてきたせいで自己責任の思いが強いからだ。

不思議なものだ。放任で育っているのに僕の価値観は親に縛られている。

高校生が生きていく上で関わったことのある大人なんて親か教師くらいしかいないんだから当たり前か、なんて思った。思ったからといって、なにか変わるわけじゃないが。

なんだか出かける気力がない。出前でも頼むかな。

そう思ってスマホを取り出したら、軽快な音とともに通知が届いた。

新着メッセージだ。差出人の欄には「くるみ」と書かれている。

『先輩！　明日は旧部室棟の一番奥の部屋に来てください。そこで作戦会議をします』

僕はメッセージアプリを開いて、なんとなく思いついた返事をする。

『はい。胡桃(くるみ)様の仰せのままに』

『胡桃でいいですって。後輩のこと様づけで呼ぶの、癖になっちゃったんですか？』

シュポッとジト目をした猫のスタンプが送られてきたので既読無視した。

まあ、父さんの反応が怖かろうと関係ないか。

喫煙写真で脅されている限り、僕は胡桃に従うしかないのだ。

事態が悪い方向に転がらないといいけど。

復讐(ふくしゅう)を企てる人間がハッピーエンドを迎えられるわけないよなぁ、なんて思ったり。

…………。

カップ麺のストックはあったっけ。

＊

翌日の放課後。旧部室棟の最奥に向かった僕は、そう書かれたドアプレートを発見した。

正確には既存のドアプレートの上に「天体観測部」という紙が貼られているのだが、まあ、そんなことはどうでもいいとして。

待ち合わせに指定された場所が、知らん部活の部室だった。

……来るところを間違えたか？

なんとなく歩いてきた廊下を振り返ってみるが、分かれ道などはない。

旧部室棟は一階建てだ。となると、他に最奥と呼べるような場所もないだろう。ここが胡桃の言っていた待ち合わせ場所で間違いなさそうだ。

うーむ。こんなところで作戦会議をするつもりなんだろうか？

どこからどう見ても普通の部室なんだけど、入っていいのか？

天体観測部という部活の実態を知らないから、なにをするのが正解なのかわからない。

そりゃあ、「失礼します」と言いながら入るのが無難なんだろうけど、ほら、そんな丁寧な物言いをして部室に入って、中に胡桃しかいなかったらなんか恥ずかしいだろ。

考えすぎ？　いやいや、僕はそういう人間なんだ。

まあでも、廊下で突っ立っているのも怪しい。とりあえずノックくらいはしてみるか。

そう思ってドアに手を伸ばすと、

「あら、人の気配がすると思ったらやっぱり先輩でしたか」

そんなセリフとともに、僕の目の前にひょっこりと猫耳が現れた。

部室から飛び出してきたのはかわいい子猫……ではなく、猫耳つきのキャスケット帽を被った胡桃だった。胡桃は帽子を被ったまま、僕に向かってぺこりとお辞儀をする。

「どもどもです、先輩。意外と早かったですね」

「急に出てくるからびっくりした。帽子を被ってるから一瞬、誰かわからなかったし」

「ああ、これね。ふふっ。どうです？　かわいいでしょ」

胡桃は帽子を被り直してドヤ顔をした。

まあ、僕の主観ではなく、一般的な事実として胡桃はかわいいと思う。黒とアッシュの髪の上に猫耳が生えるような感じになっているので、なんかサバトラ柄の猫みたいだ。

「なんで室内で帽子を被ってるんだ？　脱がないのか？」

「おっ。よくぞ聞いてくれましたね？」

胡桃は自慢げに鼻を鳴らすと、

「実はですね、復讐活動をするときはマイノリティの象徴として、この帽子を被ることに決めているんですよ。ほら、そういうのあったほうが気持ちの切り替えができるかなって」

なるほど。要するに、この姿は「星宮胡桃（復讐モード）」ということなのか。

胡桃は形から入るタイプなんだな。まあ、好きにすればいいと思う。似合ってるし。

「私、この帽子を被っているときは悪いことを考えていますからね。悪い子ちゃん状態ですからね。先輩もちゃんと覚えておいてくださいね」

「うん。わかった。覚えておくよ」

「いいお返事ですっ。さて、誰かに見られたら大変ですね。どうぞ入ってください」

胡桃にドアを全開にしてもらって、僕は天体観測部とやらにお邪魔する。

部室の中は案外あっさりしていた。

八畳程度の部屋には、長机が一つ。パイプ椅子が二つ。あとは棚が端にある程度で、部活の備品も部員の私物も見当たらない。天体観測部というと、地球儀や望遠鏡なんかを使うイメージだが、そういう類のものも置いてなかった。

言うならば、部室になりかけの空き部屋。精力的に活動している部活の部室ではない。

「いいですよ。そこらへん、適当に座って」

「ああ、うん。ありがとう」

胡桃に促されるままパイプ椅子に座る。軋む音。ほこりの臭い。校舎の歴史を感じた。

バッグを床に置いて、僕はとりあえず気になったことを尋ねてみる。

「なあ胡桃。ここ、天体観測部って書いてあったけど、他の部員はいないのか？」

「ああ、部員は……いないですね。一人もいないです」

胡桃はパイプ椅子を引いて、僕の正面に座る。その表情は若干暗い。

「幽霊部員が何人かいますけど、それをノーカンにしたら部員はゼロです。顧問も来ませんし。気づいたら創設者である私しかいなくなってましたね」

ふうん。そうなのか……って、待てよ。

「この部活、胡桃が作ったのか？」

「そうですよ？　私が入学した直後に作ったので、創設二ヶ月の部活になりますね」

なるほど。どうりで聞いたことない部活だったわけだ。

創設直後で廃部危機を迎えているなら、備品がろくに置かれてないことにも納得がいく。

「私は真面目に活動する気だったんですけどね。みんな、課題が終わらないとか忙しいとか言って、いつの間にか来なくなっちゃいました」

胡桃の声のトーンが露骨に落ちる。

さてどう返したものか。数秒考えて、僕は最適と思われる返事を導き出した。

「この学校じゃ仕方ないだろ。遅かれ早かれそうなってたと思う」

「……ですね。まあ、私も気にはしていませんよ。部員がみんないなくなったおかげで、こうして先輩と内緒話ができるわけですし」

「気にはしていない」は明らかに嘘(うそ)だったが、胡桃(くるみ)の声色はいちおう回復した。

理性的で助かる。僕らの目的は学校への復讐(ふくしゅう)だ。部員の現状に悩んだり部活の今後を憂えたりする時間は無駄でしかない。そもそも天体観測部がこの先どうなろうと、自主退学する胡桃には関係ないだろうしな。

「それじゃ、作戦会議を始めましょうか」

胡桃が居住まいを正すので、僕も背筋を伸ばした。

学校への復讐。さて、いったいどんな計画が飛び出してくるのだろうか。

脅されている立場ではあるが、僕は今日、胡桃のブレーキになるつもりでここにいる。

例えば、胡桃が誰かのことを殺そうとしていたりする場合は、さすがに全力で止めなくちゃならない。計画を聞いてスルーしたら僕まで警察のお世話になるからな。

共犯者で逮捕。レッツゴー少年院なんてことになれば当然、僕の親にも連絡がいってしまうわけで、結果的に喫煙がバレるよりもひどい展開が待っている。それはごめんだ。

胡桃はどのくらいの規模の復讐をするつもりでいるのだろう。

不安と緊張を胸に抱きながら次の言葉を待っていると、

「じゃじゃーんっ。作戦会議にはこれを使おうと思います」

間抜けな音色とともに、胡桃は自身のバッグから黄色い冊子を取り出した。

「……なんだそれ？　ただのノートにしか見えないけど」

「よくぞ聞いてくれました。これはですね、『復讐ノート』というものです」

ふくしゅうノート。

脳内で変換しようとして、同じようなやりとりを思い出した。

なるほど。理解した。復習と復讐をかけて「復讐ノート」と名づけたのか。西豪高校という進学校への皮肉を込めたネーミングなのだろう。これは純粋に趣味が悪い。

「昨日は『なにをするかはまだ決めていません』なんて言いましたけどね、いくつか案を出してはいるんですよ」

「それがそのノートに書いてあると？」

「はい。素案がまとめてあります。今後はこれをもとに活動していこうと思います。えっと……ちょっと待ってくださいね。試しによさげな作戦を提案してみます」

胡桃がパラパラとノートを捲る。目で追える速度ではないので、僕は頬杖をつきながらそれをぼーっと眺めていた。

復讐ノートね……。

今の時代にノートか。なんか古いな。

でも、犯行計画を記すなら消してもサルベージされる電子記録よりも、すぐに燃やして証拠隠滅できる紙媒体のほうがいいか、なんて思った。

いけない。思考が毒されている。

胡桃は何度かページを行ったり来たりしたあと、ぴたりと手を止めた。

「これなんかよさそうです。名づけて『全校生徒暴言配布キャンペーン』」

「……いや名前だけじゃわからん。詳細を求める」

「オーケーです。では、僭越ながら解説させていただきますね」

こほん、と咳払いを一つ。胡桃は国語の授業の音読中みたいな姿勢で案を語り始める。

「先輩。この学校、小テストの成績が悪い者は、教師に赤ペンで暴言を書かれるのは知ってますよね？」

「もちろん知ってる。提出した小テストに『ゴミ』とか『アホ』とか『真面目にやれ』とか書かれるやつだろ？」

胡桃は「はい。それです」と頷いて、

「私、『成績下位者は暴言を書かれる』というのは、この学校の悪しき法律を助長させる原因の一つだと思うんです。なので、そこに一石を投じるような作戦を提案します」

「ほう。具体的には？」

「私たちの手で、成績がいい人たちの答案用紙にも暴言を書きます」

「……ふむ」

成績上位者にも暴言を書く、ね。

胡桃は堂々と言い放っているが、率直な僕の感想としては微妙だった。

たしかに、この学校の価値観に踊らされている上位クラスの人間どもは憎い。うざい。

あいつらの心の支えとなっている優越感や全能感をハンマーかなにかで粉々に砕いたあと、懇切丁寧にゴミ袋にまとめて焼却炉に投げてやりたいと、思ってはいる。

でも、僕らのやることは『学校』への復讐で、最終目的は学校の在り方を変えることだ。上位クラスの人間への鬱憤晴らしは目的に含まれていない……はずだと、僕は勝手に思っているのだけど。

胡桃はどう考えているのだろう。とりあえず言うだけ言ってみるか。

僕は小さく挙手をして発言権を求めた。

「すまん胡桃。ちょっといいか」

「はい、どうぞ。発言を許可します」

「この作戦の目的はなんなんだ？　学校を変えるというより、成績がいい人たちへの嫌がらせにしか思えないんだが。この作戦で一石を投じていることになるのか？」

僕の発言を聞いた瞬間に、胡桃の口角がにやりと上がった。

瞬時に悟る。これは言わされた、と。

くそ、腹立つ顔だな。

いいさ。聞いてやる。その質問は想定済みだと言うなら、僕のことを論破してみろよ。

「甘いですよ先輩。この作戦には二つの狙いあるんです」

「はいはい。聞かせてくださいな」

胡桃は意地悪く笑ったまま、得意げに人差し指を立てる。

「一つ目の狙いは、異常性の周知化。生徒たちにどれだけいい成績を収めていても暴言を書かれるんだと思い込ませて、学校への不満を抱かせます」

「周知化……あー……。なるほど？」

「今のところ義賊は私たち二人だけですが、学校を変えたいと思う人間が増えるのはいいことだと思うんです。私たちの支持者、とまではいかなくても、同志は多いほうがいい」

ふむ。悔しいが、説明されて少し納得してしまった。

上位クラスの人間が教師に対して不満を抱けば、学校全体の空気を変えられる……少なくとも全校生徒に、この学校の異常をきちんと異常として認知させられるってことか。

そう考えると、たしかにこの作戦は手始めにやるものとしては有用なのかもしれない。

「理解した。それで？　もう一つの狙いは？」

「二つ目は、ちょっと説明が難しいんですけど……なんというか、教師たちにモヤっとした感覚を与えられます」

「モヤっとした感覚？」

「んーちょっと待ってください。今、私がモヤっとしているのできちんと言語化します」

胡桃は唇を尖らせながら、指でこめかみのあたりをクニクニ押す。ちょっとかわいい。

しばらく唸ったあと、胡桃はポンと手を打った。

「んあ、言語化できました。先輩、聞いてください。早く。忘れないうちに」

「聞くから早く話してくれ。なに?」

「ええっとですね、先程説明していませんでしたが、私たちが成績上位者のテストに書く暴言は、教師が実際に書いたことのある暴言に限るつもりなんですよ」

つまり「ゴミ」とか「ふざけるな」とかを書くってことか。

「それがどうしてモヤっとした感覚になるんだ?」

「想像してみてください。私たちの犯行を教師が知ったとします。生徒の答案用紙に落書きしている奴がいると、知ったとします。教師はどうなりますか?」

「そりゃまあ、十中八九キレるだろうな」

「そうですよね? でも、ですよ。教師たちはどれだけキレてどれだけ大問題にしても、『テストに暴言を落書きする奴がいる』と言うことはできないんです」

……どういう意味だ?

数秒考えてやっと、僕は胡桃の発言の意図を汲み取った。

「ああ、過去に自分の書いた言葉が落書きされているから『暴言』とは言えないのか」

「そういうわけです」

なるほどね。あんな奴(やつ)らだが、いちおう教師だ。自分たちの行いがコンプライアンス的にマズいことはわかっているはず。

僕らが書き加える言葉を、教師が書いたことのある暴言に限るとすると。

教師たちは僕らの落書きを見つけて怒ったとしても「落書きがされている」としか言えないのだ。だって「暴言を書く奴がいる」なんて発言をすれば、完全にブーメラン。自分たちがいつも暴言を書いていると認めることになってしまう。

もしかしたらあいつらは普通に「暴言を落書きする奴がいる」と言うかもしれないが、保護者にまで連絡がいくような大きな問題にはできないはずだ。事態が大きくなればなるほど、自分たちの日頃の行いが問題になるリスクも大きくなるからな。

胡桃(くるみ)はこれらの歯がゆい思いをまとめて、モヤっとした感覚と表現したのか。

ここまで聞いてみると、ある程度は納得できた。

同志という名の異分子を増やし、教師たちに不快感を与えるテロ行為。非常に遠回しにだが、この作戦は「暴言を書くな」というメッセージにもなっている。

悪くない……かもしれない。合理的なような気はする。あくまで机上論だけども。

「だいたいわかった。広い目で見れば学校を変えるために動いてるってわけだ。やろうとしていることは学校に対する陰湿な嫌がらせだけどな」

「ふふん。陰湿で結構です。端(はな)からそういうコンセプトで計画してますので」

ぺったんこな胸を張る胡桃。なぜご満悦な表情なんだ。よくわからない。

とにかく胡桃の計画の規模はだいたいわかった。

僕は脳内でもう一度犯行の内容を確認してから、小さく頷く。

「うん。これくらいならやってもいいんじゃないか？」

「なんですかその言い草は。先輩は私に逆らえないんですよ？　やるしかないんです」

「そうだけども。僕はもっと過激なことをするつもりなのかと思ってたからさ。ちょっと心配してたんだよ」

「過激？」

小首を傾げてから、胡桃は「ああ」と納得したように手を打って、

「学校の醜悪さをSNSで拡散して炎上させるとかですか？　ダメですよ。そんなことしたら問題が大人の手に渡って終わりです。もっと私たちの恨みを教えてあげないと」

いや、想像していたのは殺人とかなんだけど……。まあ、ここで話にも上がらない時点で刑事事件レベルのテロは起こさないっぽいな。安心した。

僕がふう、と肩の力を抜くと、胡桃は復讐ノートをしまって立ち上がった。

「会議も一段落したところで、それじゃ先輩。一緒に買い出しに行きましょうか」

「買い出し？　なにか必要なのか？　落書き用の赤ペンなら持ってるぞ」

「いいえ、今回の作戦はペンを使いません。もう少し効率的にいきましょう」

胡桃は自信ありげに鼻を鳴らすと、腰に手を当てて言う。

「新品の消しゴムを使って、消しゴムはんこを作ります」

「……は？」

＊

作戦会議をした直後。

僕と胡桃は教師にバレないように靴を回収して、裏門から学校を抜け出した。

住宅街を抜けて通学路に合流し、下校中ですみたいな顔をしながら駅へ向かう。

電車に乗って数駅南下して、僕がいつも乗り換えで利用するターミナル駅で降りる。

目的地は、大型のショッピングモール。正確には、その中にある文房具屋だ。

モールにある文房具屋は、書店なんかよりもずっと本格的で品揃えがいい。

僕らは手早く店内を回り、大きめの消しゴムを十個と彫刻刀を二本、赤いインクのスタンプ台を一個と、それからトレーシングペーパーを何枚か購入した。

買い物を終えた僕と胡桃は、なに食わぬ顔で文房具屋のエリアを出た。

夕方のモールは、遊びに来た学生や夕飯の買い物に来た主婦でそれなりに混雑している。

僕らはどちらからともなく通路の端に寄り、二人でひっそりと歩きだした。

道すがら、胡桃がようやくこの買い出しの理由を語ってくれた。

「小テストとはいえ、テストはテストです。教師たちは自分の机にきちんと保管していることでしょう。決行当日は、職員室にいる教師たちの目を掻い潜って、素早く大量にテストに落書きをしなければなりません。今回の作戦は速さが命です」

「それで消しゴムはんこを作ると？」

「そうです。効率よく暴言を書く方法はないかずっと考えていたんですけど……ポンッと簡単に押せて、なおかつ教師の筆跡を完全にコピーできる消しゴムはんこが最強だという結論に至りました。名づけて『教師直筆！　暴言はんこ』」

……胡桃のネーミングセンスはどうにかならないのか。ならないんだろうな。

まあ、いいか。名前はともかくとして。

「教師の筆跡どおりに消しゴムはんこを彫るってこと？　そんなことできるのか？」

「きっとできます。大丈夫ですよ。私、手先は器用なので」

胡桃が「がおー」のポーズになって、指をばらばらに動かす。

細くて綺麗な指だ。なんとなく、これを復讐なんかに使うのはもったいないと思った。

「……どうしたんですか、私の手をじっと見つめて。くすぐってほしいんですか？」

「なぜそうなる。くすぐってほしいと思う人間なんてこの世にいないだろ」

「いやいや。そういうのがフェチの人、いるらしいですよ」

胡桃(くるみ)は「先輩もくすぐりフェチなんじゃないですかぁ？　こちょこちょー」とか言いながら僕の脇腹に手を伸ばした。僕がくすぐってくる胡桃の手を叩(はた)き落(お)として拒絶の意を示すと、胡桃は「あははっ。効いてる効いてる」とニヤニヤしながら喜んでいた。

まったく。なにがおかしいのやら。初対面のときとは別の意味で不思議な子である。

ビニール袋とバッグを持ち直して、僕は再び歩き始める。

くすぐりフェチ認定されてしまう前に、話を元の路線に戻そうか。

「消しゴムはんこを作るのはわかった。で？　このあとはどうするんだ？」

「うーんと、小テストに書いてある暴言をコピーするため、コンビニに行きます」

「わざわざコピーする必要あるか？　小テストの暴言をそのまま消しゴムに写して彫ればいいんじゃないか？」

「私もそう思ったんですけどね。消しゴムのサイズに合わせるために拡大や縮小が必要なものもあるので、一度コピーはしておく必要があるんですよ」

そういうものか。まあ、ハンドメイドのことはよくわからんし胡桃に従っておこう。

「印刷する原稿は持ってきてるのか？　実際の暴言をコピーするんだろ？」

「ありますよ。ちゃんと用意しておきました……ほらっ」

胡桃は肩にかけていたバッグから一枚の紙を取り出した。

授業の始めにやるタイプの小テストだ。教科は物理。点数のほうは十点満点中、二点。

「名前　星宮胡桃」の横に、赤く乱雑な字で「学校やめろ」と書いてある。下位クラスの生徒に返却される小テストのお手本のような一品だった。

「その暴言を原画に消しゴムはんこを作るのか？」

「ん？　別の言葉がいいですかね？　他にもありますよ。この日のためにたくさんコレクションしておいたので」

猫型ロボットがお腹のポケットを漁るような感じで、胡桃はバッグから暴言つきの小テストをぽんぽん取り出す。「バカ」「論外」「は？」「学校やめれば？」「ふざけるな」「勉強しろ」など多種多様。すごい。見ているだけ吐き気を催すラインナップである。

ひとしきりバッグを漁ったあと、胡桃は小テストを綺麗な扇状に持って言う。

「こんなもんですかね。どうですか先輩。お気に召すものはありました？」

「暴言にお気に召すものなんてあるわけないだろ」

「あはー。奇遇ですね、私もですぅ。……ふふっ。先輩、いっしょ、ですね？」

胡桃がなぜかすり寄ってくるので、僕は反射的に半身を引いた。

なんなんだよ。びっくりした。距離感が近い子だな。

冷静を装い、僕は咳払いを一つしてから話を再開する。

「別にどれか一つに絞らなくてもいいんじゃないか？　いくつかコピーしておいて、作りやすそうなものを作ればいいと思う。コピー代もそんなにしないだろうし」

「たしかに。それもそうですね」

うんうんと頷いて、胡桃は小テストを捲り始める。

「なら、彫りにくそうなものだけ弾いておきましょうか。画数の多い漢字とかはさすがに彫れないと思うので。……あ、ほら先輩、見てくださいよこれ。『論外』とか絶対に彫刻刀じゃ彫れませんよ。はんこを作る人のこともきちんと考えて書いてほしいですよね？」

「いや」

教師は消しゴムはんこにされると思って書いてないだろ、と言いかけてやめた。

代わりに「そうだな」と返して少し笑う。なんだか意味不明な会話してるな、と思って真面目に話すのが馬鹿馬鹿しくなったのだ。なにしてるんだろうな、僕は。

「なんですか。なに笑ってるんですか、先輩」

「ごめんごめん。別になんでもないよ」

「えー？　変な先輩。……あ、ごめんなさい。変なのは元からですね」

一言余計だ。僕は先輩だから噛みついたりしないけどな。

「よーしっ。それじゃ、いくつかの小テストをコピーして、今日は解散ですかね。明日の放課後にまた部室で待ち合わせ。はんこの制作を始める。この流れでいいですか？」

「うん。大丈夫だよ」

「わかりました！　ぱぱっとコピーを済ませて帰りましょうか！」

胡桃が小テストの束をバッグにしまって右手を突き出す。

やる気があるのはいいことだ。やろうとしているのは悪いことだけど。

それにしても……小テストか。

懐かしいと思うほどではないけれど、久しぶりに暴言を『読んだ』気がする。

今年度の初めのころ——学校側に抗議を入れてクレーマー扱いされる前までは、僕も小テストをやるたびに暴言を書かれていたっけな。

二年の僕も一年の胡桃も暴言を書かれたことがある。つまり、出来の悪い小テストに暴言を書くという行為は、この学校の伝統なのだろう。ご丁寧に毎年引き継ぎやがって。そんな腐った伝統は消えろ。成績が悪いからってなにを言ってもいいわけじゃないだろうが。

そこまで考えて、僕はふと、あることを思いついた。
二、三歩先を進んでいた胡桃を呼び止める。
「なあ胡桃。はんこにする暴言、さっき出したやつの中から選ばないとダメか？」

振り向いた胡桃は、キャスケットがずれない程度に首を傾げた。

「うん？　別にダメじゃないですけど。どうしてそんなこと聞くんです？」

「……消しゴムはんこを作るなら、二年の数学を担当している古川の筆跡がいいと思う」

「ええっと、その心は？」

「古川の使っている赤ペン、他の教師と比べて太いんだよ。加えて字が大きい。筆跡通りに彫るなら、たぶんあいつが一番彫りやすい」

「ほう……なるほど？」

胡桃はなにか考えるように、顎に手を当て視線を上方へ向けた。数秒後、黒目を僕の姿を捉える位置に戻して、いつものにんまりとした意地の悪い笑みを浮かべる。

「いいですね。そういうところまでは考えていませんでした。先輩も悪よのお、ですっ」

「いやいや。首謀者には負けるよ」

「そこはお代官様でしょおー！　あははっ」

なんという軽快なツッコミ。胡桃が笑うので僕もつられて少し笑ってしまった。

「あー、おっかしい。……それで先輩？　提案するからには古川教員の暴言が書かれた小テスト、持ってるんですよね？」

「うん。何枚かだけど、バッグの奥のほうにまだ入ってるはず」

「いいでしょう。消しゴムはんこの図案は古川教員の暴言を使うことにします」

言ってすぐ、胡桃は嬉しそうに目を細めて、

「ふふっ。先輩を仲間に選んだのは、やっぱり正解だったかもしれませんね」

別に僕はやりたくて復讐の手伝いをしているわけじゃない。喫煙の写真を撮られて脅迫されているから仕方なく協力しているんだ。仕方なく協力している、はずだ。

……でも、まあ、なんというか。

胡桃にそうやって褒められるのは、嫌ではなかった。

＊

翌日。

放課後、天体観測部で落ち合った僕と胡桃は、消しゴムはんこ作りに取り掛かった。

消しゴムはんこ作りは実にシンプルな作業だった。

まず、消しゴムのサイズに合わせた図案を用意する。

そこにトレーシングペーパーを重ねる。ペーパーが透けて下が見えるはずなので、はんこにしたい部分（ここでは「アホ」と書かれた部分）を鉛筆でなぞる。

次に、なぞって黒鉛の付着した部分を消しゴムに押し当てる。上から爪で強くこすると、黒鉛が移って消しゴムに左右反転した図案が現れる。

あとは不要部分を彫刻刀で彫るだけだ。

さすがはハンドメイドの基本、消しゴムはんこ。

小学生でもできる簡単な作業である。

…………。

「ちょっと。先輩。雑すぎます。ちゃんと均一になるように彫ってください」

「いや、やってるって。丁寧に作ってこれなんだよ」

「嘘です！　絶対めんどくさがって雑にやってますよ！　転写の段階から几帳面にやっておかないとそうやって後悔するんですよ！　私、言ったじゃないですか!!」

「お、怒らないでよ。精一杯やってるんだから」

まあ、小学生でもできる簡単な作業であっても、僕ができるどうかは別の話。

胡桃と僕の作業の質には、雲泥の差があるだけでは足りず、天と地ほどの差があるだけでは留まらず、たぶん、成層圏とマントルくらいの差があった。

あまりに僕の作業が下手だったので、胡桃は僕の作った完成品を手に取ったときに渋い顔で「……なんか消しゴムがもったいないです」と言った。そして、裏面に文字を彫り始めた。ワオ。リバーシブル暴言はんこ誕生の瞬間である。片面は使い物にならないけどな。

そんなこんなで作業を進め、一時間と少し経ったあたりで僕はようやく悟った。

ふむ。これは努力でどうにかなるもんじゃない。

悲しいかな。僕は不器用な人間だったのだ。

それでも諦めず、なんとか作業を進めていたのだが、最終的には、

「あー、もういいです。私がやります。先輩は消しカスの掃除でもしておいてください」

「ごめんなさいそうします」

胡桃にジト目で戦力外通告をされる始末であった。

はいはいわかりましたよ。カスはカスらしく消しカスの掃除でもしてますよ……。

「そこのペーパーはもう使わないので捨てていいです。あと彫刻刀も片づけてください」

「はい。わかりました」

「消しゴムは何個残ってます？　はんこにしていない暴言はまだありますよね？」

「新品の消しゴムは残り三個でございます。転写していない用紙は残り二種類です」

「はぁー……なんか疲れました。先輩、私の肩を揉んでくれませんか」

「承知いたしました、お嬢様」

「しっかり揉んでくださいね……おっ……あー、そこですっ……んっ、気持ちぃ……」

変な声を出すのはやめてほしい。

と、まあ、そんな感じにこき使われ続けること二時間ほど。

「……こんなもんでいいでしょう。なんとか完成しましたね」

僕の介入要素ほぼゼロで「教師直筆！　暴言はんこ」が出来上がった。

長机の上には胡桃が制作した消しゴムはんこが四つ。使用テストはまだしていないが、明らかにどれもクオリティが高い。機械で生産したように見えるレベルだ。

すごいな、これは。

制作段階ですでにわかっていたが、胡桃が器用だというのは本当だったらしい。

「うーん、まともにできたのは四個ですか。まずまずですね」

胡桃(くるみ)は完成した暴言はんこの一つを手に取ると、そんなことを言う。

「いや十分すぎるでしょ。胡桃の作業スピード、すっごい速かったじゃん」

「……先輩がここまで不器用じゃなかったらもっとたくさんできたんですよ」

「ごめんって。肩揉(かたも)んであげるから許してよ」

「あっ……あぅ……先輩やめっ……頼んでなっ、いっ……んっ、そこいいっ……」

背後に回って肩を揉んでやると、胡桃は頬(ほお)を紅潮させながら「も、もう。仕方がないので許してあげましゅ」と言うのだった。うむ。大変にチョロくて助かる。

「……ふぅ。先輩、肩揉みはもういいです。それよりこれ、試しに押してみませんか？」

「お、いいね。もしかしたらもうちょっと彫ったほうがいいやつとかあるかもしれないし」

「ふん。私に限ってそんなヘマはしていないと思いますけどね」

さて、どうなるやら。

僕は席に戻って、ビニール袋から買っておいたスタンプ台を取り出した。

図案作成に使っていたコピー用紙を裏返し、真っ白なほうを表とする。

あとはインクにペタペタしてポンと押すだけ……だが、さすがに記念すべき第一投は功労者である胡桃に譲るべきだろう。

「お先にどうぞ」と手で示すと、胡桃は「どうも」と会釈をした。手に持っていた暴言はんこをスタンプ台のインク部分にトントンと二回押しつけて、再度、僕の顔を見る。

「いいですか？　押してみますよ……」

「お、おう」

コピー用紙を左手で押さえて——ぺったん、と。胡桃は勢いよく押印した。

はんこを退けたあとの紙には、しっかりと赤で「アホ」という字が残った。

……うん。完成度は申し分ない。多少インクが滲んでいる部分などはあるものの、印字されているのはどこからどう見ても「アホ」。古川教員の筆跡だった。

「いいんじゃないか？」

「もう一回いきます」

胡桃が、今度は別のはんこを手にとって押印する。

二つ目。ぺったん。「バカ」。

三つ目。ぺったん。「ふざけるな」。

四つ目。ぺったん。「学校やめろ」。

胡桃が手を動かすたびに、パソコンでコピーアンドペーストを連打するかの如く、古川教員の暴言が紙に現れる。バカバカふざけるな学校やめろ、といった具合に。

これは、なんかシュールだな。

「ぷっ……せ、先輩……これ思ったよりおもしろくないですか……ぷぷ……」

「たしかに。……ふっ。なんかウケるなこれ」

胡桃が笑いを堪えながら押印を続ける。

ぺったん。「バカ」。ぺったん。「ふざけるな」。ぺったん。「学校やめろ」。

あれだけ嫌に思った暴言も、こうしてグッズ化してしまうともはやギャグだった。

「胡桃、僕にもやらせて」

「いいですよ。クオリティの高さに驚くがいいです」

僕が押しても、はんこは綺麗に古川教員の筆跡を真似てくれた。

不思議な感覚だ。吐き気を催すような暴言が、僕らの手の中にある。他者から向けられていた悪意が、今は僕らの手の中で完結している。制御できる場所にある。

そう思うだけで、すっと胸が軽くなる気がした。

僕は今までこんなものを嫌に思っていたのか。くだらない戯言じゃないか。

「ねえねえ先輩。私、閃きました。これ教師のみなさんにお配りするっていうのはどうですかね？　これを使えば暴言を書く手間が省けますよって言って！」

「いやいや、どんな皮肉だよ。でも、はんこを渡されたときの教師の顔は見てみたいな」

「ですよね！　あははっ。ばっかみたい」

僕と胡桃は笑いながら消しゴムはんこを押し続けた。

十分もしないうちに白紙だったＡ４用紙は古川教員の暴言で埋め尽くされた。

赤字でいっぱいの紙を、僕はぐちゃぐちゃに丸めてゴミ箱に捨てる。

その捨てる動作さえ痛快だった。タバコを吸うのと同じ快感が背筋を走った。

ああ、なんてじめっとしていて後ろ暗い快感なのだろう。僕の心の奥底に巣食っている本性という名の怪物は、その後ろ暗い快感を喰らって楽しんでいた。快楽に溺れていた。このまま、いつまでもいつまでも遊んでいられる気がした。

「……よし。こんなもんですかね」

でも、追加の白紙を半分ほど埋め終わったあたりで、そんな声が聞こえた。

胡桃が手を止めるので、僕もつられてはんこを置く。

「もう試さなくていいのか？」

「ええ。クオリティの高さがわかったので十分です。お楽しみは決行当日まで取っておきましょう。ここで満足してしまったら、逆にもったいないです」

決行当日……ああ、そうだった。

今回の作戦は消しゴムはんこを作るまでが準備段階。

本番は、犯行は、別にある。

そう思った瞬間、火照っていた僕の体はクールダウンを開始する。

体が冷え、血液が冷え、頭と脳まで急速に冷えていく。そんな錯覚。

悪寒は冷静さに変わり、冷静さは僕に一抹の不安をもたらすのだった。

「……なあ胡桃。『全校生徒暴言配布キャンペーン』だっけ？　本当にやるのか？」

「当然でしょう。消しゴムはんこを作っただけでは、嫌いな人を脳内で殴っているのと同じです。私は、本当に殴らないと気が済まないんですよ」

言いながら、胡桃(くるみ)は目を細めて意地の悪い笑みを浮かべる。

「……そうか」

ダメだ。わかってはいたが、僕がどうこう言ったところでやめるような気配はない。

いったいなにがここまで胡桃を駆り立てるのだろう。

この学校の法律が、胡桃にとってどんなものなのかわからない。

胡桃がこの学校の教師になにを言われ、なにをされたのかわからない。僕よりもひどい仕打ちを受けたのかもしれないし、胡桃が僕よりも繊細なだけかもしれない。

僕は胡桃のことをなにも知らない……でも。

「すごいな、胡桃は」

「はい？　別にすごくないって言ったじゃないですか。私がやろうとしているのは私怨と偏った正義による復讐(ふくしゅう)です。褒(ほ)められるようなことはなに一つないです」

その行動力と意志の強さに、僕はやっぱり憧れるのだった。

そこまで吹っ切れるのが羨ましいと思ってしまうのだ。

僕は、テロという道徳的に間違っている行為に躊躇(ちゅうちょ)を感じているから。

「さて、それでは決行日に向けて作戦会議をしましょうか」

それでも僕は、脅されているから従うしかない。

わかった。わかったよ。やればいいんだろ。

＊

数日に及ぶ調査期間を経た後に、僕らは犯行の詳細を決めた。

ターゲットは、二年の数学を担当している古川教員。

彼が担当する上位クラスの小テストに暴言はんこを押す。

ターゲットにする教師は誰でもよかったのだが「せっかく図案にさせてもらいましたし、恩返し（笑）させてもらいましょう」と胡桃が提案したのでそう決まった。

うん。やっぱり胡桃は趣味が悪い。

犯行の日時については、水曜日の放課後に決めた。

こちらの理由も単純だ。

木曜日の一時間目に、古川教員が上位クラスに授業をしに行くからだ。

水曜の放課後に落書きをしておいて、翌日の朝一番で小テストを返却してもらおうという算段である。落書きしたことが早々にバレて、小テストは返却しませんなんて事態になったら嫌だからな。落書きからテスト返却まで最もラグが少ない日時を選んだ。

実行は水曜日の放課後。これがベスト。間違いない。

そして、ついにやってきた決行日。

「いいですか？　テロを起こすのは十分後。ヒトナナマルマルです。この時間に古川が部活で席を外すことはすでに調査済みですので、先輩は速やかにテロを実行してください」

放課後。お馴染みとなってしまった天体観測部の部室。いつもの席。

僕と胡桃は計画表を挟んで対面していた。本番直前の最終確認中だ。

「先輩は職員室に侵入後、古川教員の机へ行き、小テストに暴言はんこを押します。返却までに押印がバレないよう、紙束の中央あたりから押していけるといいですね。終わったら動かした物などを元の位置に戻し、痕跡を消してから撤収です。流れはいいですね？」

真剣な眼差しで問いかけてくる胡桃に、僕は小さく頷いて返す。

「やっぱり実行犯は僕なんだな」

「それに関しては……ごめんなさいです。二年の職員室に私が入っていたらそれだけで怪しまれるかもしれません。だから先輩にお願いするのが一番なんですよね……」

まあ、そのとおりではある。

西豪高校は大きな私立高校のため、学年ごとに職員室が違う。

一年の胡桃が二年の職員室にいたらそれだけで目立つ。わざわざ胡桃が二年生のふりをするくらいなら、本当に二年生である僕が実行したほうがいい。話が早い。

口ぶりや表情から推測するに、胡桃は僕のことを人柱や捨て駒として使おうとしているわけではない……のだと思う。はんこ作りも胡桃にすべてやってもらったわけだし、少し怖いけど実行犯は僕が引き受けよう。

どうせ喫煙写真で脅されるんだ。反対なんてするだけ無駄だしな。

大丈夫。古川教員の机の位置は知っている。小テストの保管場所も調べ上げた。イメージトレーニングどおりに実行すれば、失敗はない。

それに、いちおう変装はするんだ。万が一犯行現場を見られたとしても、すぐに逃げて人目につかないところで変装を解けば個人の特定にまでは至らないはず。

とりあえず深呼吸をしよう。浅い呼吸をしたがる肺に、無理やりに空気を送り込む。

「先輩、もしかして緊張しているんですか？」

視界に黒とアッシュの髪がちらり。胡桃が下から覗(のぞ)き込(こ)むようにして僕を見てきた。

「当たり前だろ。実行したらもう引き返せないんだから。胡桃の言葉を借りるなら、僕は今、昨日まで脳内で殴っていた相手を本当に殴ろうとしてるんだ。緊張しないわけがない」

「チキンですねぇ。バレたところでいつものように人格否定されるだけですよ」

「……そうかもしれないけどさ」

「もう、困った先輩ですね……」

呆(あき)れたように嘆息すると、胡桃は机の上にある僕の手にそっと触れた。

「よしよし。大丈夫ですよ。大丈夫。最悪、一緒に怒られてあげますから」

言いながら、優しく僕の手の甲を撫でる。

「っ……」

撫でられている安心感と、年下になだめられている恥辱感。僕の心はしばらくアンビバレントと言えるような状態に陥っていたが、やがて前者の感情に支配された。

縋るように胡桃の手を握る。すると、胡桃は僕よりも少し強い力で握り返してくれた。

「んっ。どうです？　ちょっとは落ち着きました？」

「……うん、まあ」

胡桃は僕の手を解放すると「よかったです」と優しく微笑む。

そして一転。意地悪く口角を吊り上げて、こう言い放った。

「それでは、先輩。楽しいテロを始めましょうか」

*

胡桃に見送られ、僕は二年の職員室へと向かった。

それなりに混雑している廊下を、早歩きで抜けていく。

虚ろな目で小テストの直しを出しに行く下位クラスの生徒、難解な問題を質問という体で自慢げに披露している上位クラスの生徒、それから傲慢かつ高圧的な態度で説教を垂れている教師を横目に歩いていくと、すぐに職員室の前に辿り着いた。

西豪高校の職員室は、非常に開放的な場所となっている。

誰でもノックなしで出入り自由！　……とまではいかないが、それに近い状態となっている。提出期限の過ぎた課題を出すために、生徒が頻繁に職員室を訪れるからだ。

開けっぱなしになっている扉から、僕は中の様子を覗き見た。

机が二列並んでいる、一般的な職員室だ。人はまばら。情報どおり古川教員はいない。

生徒の数も日頃とさして変わらない。イレギュラー的な要素はなさそうだ。

壁掛け時計を見ると、時刻は五時ちょうど。決行の時間だな。

深呼吸を一つして、鼓動を落ち着かせる。

大丈夫。バレないように、バレても逃げきることができるように準備を徹底してきた。

まず、変装。

今の僕は伊達メガネとマスクを装備している。

ぱっと見ただけでは、誰だかわからないはずだ。これでもし仮に、現行犯として捕まりそうになったとしても、逃げて撒いてしまえば僕個人が特定されることはないと思う。

次に、小道具。

今回、僕は、課題を遅れて提出しに来た生徒のふりをして職員室に潜入するつもりだ。

古川（ふるかわ）本人や他の教師に会ってしまったら、なぜ職員室に来たんだと詰問されるかもしれない。そのときごまかせるように、きちんと「終わらせた課題」を持ってきた。

あとは、メモ帳とペンも持参している。

これは古川教員の机の前で長居する口実として用意した。簡単に言うと、職員室にいる間、僕は「不在の先生に対して書き置きをしている生徒」を演じるのだ。

あらゆる可能性を考慮して準備をしたんだから失敗するわけがない……と、思いたい。

……………。

……いつまで自分を安心させているんだ、僕は。

やるよ。もう、やる。そろそろ覚悟、決めるよ。

「……ふぅ」

小さく息を吐いて、僕は職員室の開いている扉をノックした。

「失礼します。遅れた課題を提出しに来ました」

言って、一歩足を踏み入れる。

職員室内には教師が四人ほどいた。

教師どもは生徒が入ってきたというのに返事をしないどころか、一瞥（いちべつ）もくれない。全教師が自分のデスクで自分のタスクに夢中だった。

彼らは職員室に来る生徒が多すぎて、反応するのが面倒になっているのだ。もしかしたら生徒のことを同じ人間だと思っていないから無視しているだけかもしれないが。

まあ、なんにせよ、反応がないのは好都合である。

僕は早歩きで職員室最奥にある古川教員の机に向かった。

幸いなことに古川教員の机周辺に教師は誰もいなかった。

これなら、いける。僕は周囲をきょろきょろと見回して「あれ？　古川先生いないのかなぁ」みたいな表情を顔に作ってから、机に向き直る。

そのまま視線だけを動かしてブツを探す。

……あった。

筆記用具や書類でとっ散らかった机の右奥。わら半紙の小テストが積んである。

目を凝らして氏名の横を見る。二年一組と書かれていた。

ウチの学校では一組から三組までが上位クラスとして扱われる。

間違いない。これが、今回落書きする予定の小テストだ。

「よし……」

他の教師に見つからないよう、身を屈めて小テストの束に触れる。

そこで、初めて気づいた。手が震えている。

「………」

そうか。このテロを実行に移してしまえば、もうあとには引けないのだ。

大仰な表現かもしれないが、ここが僕の分岐点なのだと思う。

どうする？　今ならまだ引き返せる。

逃げ帰ったら胡桃に叱られるかもしれないが、少しだけ分岐の選択を遅らせられる。

胸が痛い。なんだか、呼吸がしづらくなってきた。

……なにをやっているんだろうな、僕は。こんな間違った行為、やるべきじゃないよな。

そんな迷いから古川教員の机からほんの少し身を引いた、そのときだった。

「……あ」

古川教員の机の下。椅子の近くにぽつんと置かれた物体を見て、僕は固まった。

一見するとプラスチック製の黒い箱。でも僕は訳あって、それがなんなのか知っていた。

個人用の電動シュレッダーだ。

「…………」

ああ、思い出した。忘れようとしていたのに思い出してしまった。

心臓が強く脈打つ。体の芯の奥底が、すうっと冷えていく。それなのに脳だけはケトルの如く急速に血液を沸かしていた。すごく嫌な感覚だった。

思い出したくなんてないのに、かつて受けた屈辱が脳内で鮮明に蘇ってきた。

西豪高校に入学した直後のことだ。

入試の成績順によって、僕は下位クラスに所属することになった。

学校の様子は、一年前も今も変わらない。

課題の提出が遅れれば「殺されたいのか」。授業中に指名されて答えられなければ「馬鹿だろ」。小テストの成績が悪ければ「学校やめろ」。

教師からの暴言と上位クラスの生徒からの嘲笑(ちょうしょう)に耐えながら生活する日々。

入学から一ヶ月もせずに、僕は下位クラスの人間に人権がないことを知った。


無駄に繊細な僕は、おとなしく生きていたかった。

褒(ほ)めてほしいとか、優しくしてほしいとか、そういった思いは一切ない。穏やかな生活があればそれでよかった。ただ不干渉でいてほしかった。

だから、勉強をすることにした。

下位クラスを抜けようと思ったのだ。文句を言われないような学力を身につけて、誰にも干渉されない平穏無事な学校生活を手に入れようと思った。


生活のすべて勉強に費やすくらいの努力をしたので、それなりの結果が出た。

西豪高校では一年間の半ばに、クラスを振り分け直すテストがある。

僕はそのテストでそれなりの成績を収めて、上位クラスに入ることができた。

僕は安堵した。これでやっと家畜のような扱いから脱することができると思った。

……思ったんだけどな。

結論を言ってしまうと、そんなことはなかった。


上位クラス所属となる前日、僕は学年主任と古川教員に呼び出された。

呼び出された場所は生徒指導室。

僕はそこで、二人の教師からそれはもう大変にありがたい言葉を受け取った。

「夏目。お前、上位クラスに入ったくらいで浮かれんなよ」

「君が下位クラスの生徒の中で一番上の成績だったから仕方なく選んだけどさぁ、正直、君も他と大差ないゴミなんだよねぇ」

「上位クラスの中ではお前は一番下だってことを自覚しろよ。猿山にいるサルがサル回しのサルになった程度なんだから、あんまり調子に乗るな」

「ここから少しでも成績が落ちれば容赦なく下位クラスに戻すからね。それが嫌だったら死ぬ気で勉強しなよ。アホなんだから」

教師どもがどう思っているかは知らないが、僕は人間だ。

主任と古川に罵倒されたとき、僕は苛立った。苛立ってしまった。睡眠時間を削って必死に勉強してきたのに、なんでこんなこと言われなくちゃいけないんだと、強く怒った。

褒め言葉の一つもないのは、別に構わない。そんなものは最初から期待していない。

でも、人間になることを望んで努力してきたのに、その努力が実ったのに、まだ罵倒されるのは違うだろと思った。これが努力した者に向ける言葉なのかと思った。

努力して掴み取ったのは自由ではなく、昨日から地続きに繋がる今日だったのか？

はっきり言って、我慢ができなかった。だから僕は、少しだけ文句を漏らしてしまった。

思い返せばこれが初めての反抗だったと思う。

「……がんばって勉強して上位クラスに上がったのに、なんでそんなこと言われなくちゃいけないんですか。このためだけに僕を呼び出したんですか」

教師二人から返ってきたのはため息と、五倍ほどの罵倒だった。

曰く、こうして時間を割いて助言してやっているのになんだその言い草は。

だから馬鹿なんだ。だから下位クラスなんかにいたんだ。だから低能なんだ。

エトセトラ。


挙げ句の果てに、僕は反省文を書かされることになった。

意味がわからなすぎて「サルなのに調子に乗ってすみませんでした。これからはサル回しのサルとしてがんばります」と適当を書いたら、暴言と一緒に再提出を告げられた。

僕はなにもかも嫌になっていた。

相手にしていられない。極力、ストレスを感じないように生きたほうがいい。

そう思って、求められているのであろう「先生方の愛のある指導を受け入れず、反抗的な態度をとってすみませんでした」という文を書いたら、やっと受け取ってもらえた。

……受け取ってもらえはした、と言ったほうが正しいか。

古川(ふるかわ)教員は僕から反省文を受け取ると、数秒で流し読みをして「はい」とだけ言った。

そのまま僕の目の前で、読み終えた反省文をシュレッダーにかけたのだった。

件(くだん)の、電動シュレッダーに。


そのとき抱いた感情は、今でもよくわかっていない。

憤怒だったような気もするし、虚無感だったような気もする。

憎悪だったような気もするし、寂寥(せきりょう)感だったような気もする。

ただ一つ言えることがあるとするならば、生まれた感情は到底、人に見せられるようなものではなかった。薄汚くて、泥の底からさらってきたような陰湿な思いだった。

あの日……心を押し殺して書いた反省文がシュレッダーにかけられたあの瞬間、僕はどう思っていたんだろうな。

きちんと言語にするなら、案外こんなものだったのかもしれない。

死ねよ、このクソ教師が。

トリップしていた意識を現実世界へと引き戻す。

視界がやけに明るい気がした。

そのくせ周囲の音はぼんやりとしていて、どこか遠くから聞こえているようだった。

子どものころ、迷子になったときもこんな感覚だった。不安や緊張や閉塞感で体が過敏になっているのだろう。世界に、あまりにも現実感がない。

「…………」

反省文を書かされた一件から、僕は道を外れ始めたのだ。クレーマー扱いされて、勉強することを諦めて、タバコを吸うようになった。すべて、あの一件からなのだ。

僕は、憎悪を燻(くす)ぶらせながら今日まで生きてきた。

……ああ、そうか。やっと気づいた。

古川と同じ太めのペンを使っている教師は他にもいるはずだ。

それなのにわざわざ古川教員を勧めたのはなぜだ？

……他でもない僕が、古川教員に恨みを抱いていたからだ。

一方的で歪(ゆが)みきった私怨かもしれないが、どうしても古川とかいうクソ教師をぶっ飛ばしてやりたかった。どんな形でもいいから復讐(ふくしゅう)がしたいと思っていた。

でも、その気持ちを、今日までの僕の生き方が止めていた。やることはすべて自己責任。

だから、間違ったことはしちゃいけない。そんな思いが邪魔をしていた。

だから、僕は胡桃に頼った。憧れた星宮胡桃にどうにかしてもらおうと思った。

そう。そうだ。きちんと言葉にするならこうだ。

僕は、胡桃に脅されているという体で、古川教員に復讐がしたかったのだ。

なにが「首謀者には負けるよ」だ。

僕だって最初から共犯者だったたし、なんなら首謀者寄りの人間だったじゃないか。

僕の心の中でバネが跳ねる音がした。理性のメーターみたいな、感情の抑制器みたいな、そんな感じの機械がぶっ壊れて、構成部品がどっかに飛んでいった音だった。

ああ、もういいや、テロという行為が道徳的に間違っていても。

今までの生き方よりも、自己責任の思いよりも、僕はこの衝動を優先したい。

人間的に間違っているのはこの学校を支配する法律と——お前ら教師どものほうだ。

無意識の躊躇のさらに底……心の深淵で、僕は復讐を願っていた。

それに気づいてしまったらもう手遅れだ。意識も無意識も理性も本能もぜんぶ、一纏めにされて塗りつぶされてしまう。僕が僕でなくなる。本当の僕になる。

「っ……！」

一瞬、視界がホワイトアウトして、周囲の音が完全に消えた。

気づけば僕は、スタンプ台を取り出してはんこを押していた。紙束の中央から、一枚、二枚と、音を立てないように紙を捲り、小テストに反抗の意志を施していく。

イメージトレーニングどおりだ。完璧だ。一切無駄のない理想的な動きだ。

肺が呼吸を求めていることを認識したあたりで、僕は冷静になった。

……そろそろ逃げなくちゃ。これ以上は現行犯で捕まる。

僕は机から体を起こし、怪しまれない程度の歩速で出口へと向かう。

すれ違う教師を一瞥。頼む。バレないでくれ。

「失礼しました」

そのまま僕は職員室をあとにした。

人の気配がない廊下で変装を解きながら、胡桃が待っている天体観測部へと急ぐ。

胸の内に渦巻いているのは、一人で抱えられるような不安ではなかった。

部室に入ると、席で文庫本を読んでいた胡桃が立ち上がって駆け寄ってきた。

「お疲れ様です先輩。首尾はどうですか」

「……暴言の書かれていない小テスト十枚くらいに、暴言はんこを押してきた」

「追手は？」

「いない。そもそも現行犯で見つかってないからな」

その言葉を聞くと、胡桃は口角を吊り上げて意地悪く笑った。

「そうですかそうですか。……ふふっ。上出来じゃないですか」

そう言って、背伸びをして僕の頭を撫でてくれた。

鳴り響く鼓動。脳内で暴れまわる倒錯感。

悪寒のような電流のような、よくわからないなにかが背中を走り抜けていく。

強張っていた体の力が一気に抜けて、僕はその場に膝から崩れ落ちた。

ああ、これはダメだ。

タバコの数倍、後ろ暗い快感があった。

*

僕が犯行を終えたあと、現実世界はおおむね僕らの想像していたとおりに動いていった。

古川教員は、暴言はんこが押されていることに気づかず、木曜に小テストを返却した。

はんこの存在に気づいた生徒たちは「一つ間違えただけなのに学校やめろって書かれてる」「つーか、書くの面倒だからってはんこにするなよ」と教師の異常性に文句を言っていたらしい。僕がアンテナを張っていたとはいえ、一日で上位クラスから下位クラスまで噂が流れてくるくらいだから、この時点で割と話題になっていたのだと思う。

はんこの存在が古川教員の耳に入ると、僕らの犯行はもっと大きな話題へと発展した。

古川教員の「小テストに変なはんこを押した奴がいる」という発言に、上位クラスの生徒たちは愕然としたらしかった。ほどなくして「教師の筆跡を真似たはんこってどういうことだ」「学校に対する反抗のつもりなのか」「誰だ、誰がやったんだ」と騒ぎになった。

僕らのテロは噂となり、学年中に広まることになった。

そして、復讐としてテロを決行してから二日後。金曜日の昼休み。

「なあ、お前聞いたか？　例のはんこ事件、二組に犯人っぽい奴がいるんだって」

「マジかよ。なんでなんだろ。一組に対する嫉妬みたいなもんなんかな」

「お前らそれどこの情報だよ？　俺は古川が小テストのコメントをはんこにしたら反感を買ったから、生徒のせいにしたって聞いたんだけど」

教室の隅でブロック栄養食を食べている僕の耳に、そんな会話が聞こえてくる。

朝から二年生は、僕らがやったテロの話題で持ち切りだった。

すごい話題性である。今になって思うと、犯行内容が消しゴムはんこという奇天烈さがウケたんだろうな。なんというかこう、暴言を馬鹿にしている感じがあるというか。

嬉しい誤算だ。噂は語られれば語られるほど、尾ひれがついて事実から遠ざかる。

実行犯が僕だとバレる可能性も低くなるってわけだ。みんな、好き勝手に語ってくれ。

「…………」

噂話をするクラスメイトを尻目に見ながら、僕は一人、総括に入る。

今回の作戦、異分子を生み出すことに成功したかはわからないが、上位クラスの生徒たちに教師の書く暴言に対して不満を抱かせた。そのあと、学校へ反抗の意志を抱いている生徒がいるということを周知させられた。うん。成功と言っていい結果だろう。

成果が確認できて満足した僕は、盗み聞きをやめて食事に戻ることにした。

虚空を見つめながら、栄養食をざくざく。もぐもぐ。

最後のひとかけらを口に放り、咀嚼。嚥下。ごちそうさまでした。

ゴミとなった袋やら箱やらを捨てに行くため、席を立った——そのときだった。

「ねえ。夏目くん」

すぐ隣からソプラノボイスがして、どきりとした。

……名前を呼ばれた？　今、間違いなく声をかけられたよな？

僕は、一人だけ教師から暴言を吐かれないという理由で、同級生から避けられている。このクラスで僕に話しかける者は、本当に例外なく誰もいない、はず。少なくとも昨日まではいなかった。男子は僕を無視していたし、それを知っている女子は僕を避けていた。なんで話しかけられたんだ。テロの話題で持ち切りになっている、このタイミングで。

考えられる可能性は、一つしかない。

考えたくはないが、いや、絶対にそうであってほしくないが。

……名探偵がいたというのか、このクラスに。

「夏目くん？」

無視して逃げ出したいけど、そんなことしたら犯人だと自白しているようなものだ。

僕はゆっくりと声のするほうに顔を向ける。

そこにいたのは、セミロングの茶髪がよく似合う女子だった。

色白の肌に、ビスクドールのように儚い顔。かわいいよりも、美人という言葉が当てはまるタイプだろう。身長は平均くらいだが、足が長いので雰囲気は大人っぽく見える。

ああ、話しかけてきたのはこの人だったのか。

彼女のことは、ほんの少しだけ知っている。

クラスで席が隣の子だったのだ。名前はたしか……田中由美。

「えっと、なに？　田中さん」

田中さんはわずかに目を開くと、「名前、覚えてくれてたんだ」と呟いた。

それから「ふう」と小さく息を吐いて、

「ごめんね。大した話じゃないの。えっと……夏目くんは、聞いた？　はんこ事件の噂」

「……ああ、うん。いちおう」

僕は表情を崩さないようにそう返事をする。

まずい。やっぱりその話なのか。くそ、バレてないと思ったんだけどなぁ。

田中さんはすでに証拠を掴んでいるのだろうか。まだ掴んでいないのなら、この場はどうにかしてごまかさないと。アドリブで言い訳……できるのか、僕に。

とにかく、相手の出方次第だ。なにを言われても冷静に受け答えするんだ。

覚悟を決めて次の言葉を待つ……が、田中さんの口から出てきたのは意外な一言だった。

「ちょっと怖いよね……」

「そ、そうだね」

「…………」

「…………」

それっきり、田中さんはなにも言ってこなかった。普通に自分の席に着席した。

事件について独自の推理を語るわけでもないし、「最後に一つ」という前置きとともに意味深な言葉を残すわけでもない。なんというか、普通に眉を下げて怖そうにしていた。

……え、終わり？　なんで話しかけてきたの？

真意を知るべく田中さんのほうを見るが、彼女は小さく首を傾げるだけだった。

その表情に、なにかを隠しているような様子はない。きょとんとしている。

本当に、どういうつもりだ？

誰でもいいから共感してほしかったのか、それともただの気まぐれなのか。

わからない。どれだけ考えても僕には彼女の行動がまるで理解不能だった。

＊

「はーい、先輩？　かんぱーいっ！」

「乾杯」

プラコップ同士がぺにょっととぶつかり、情けない音がする。

放課後。僕と胡桃（くるみ）は天体観測部でプチ祝勝会を開催していた。

いつもの席に座る僕らの前には、ポテチやクッキーなどの大袋のお菓子が三種類と、一リットルパックのオレンジジュースが並んでいる。芸能人の楽屋にある軽食程度の内容かもしれないが、参加者二人なのでこれくらいがちょうどいいだろう。

胡桃がジュースを一気飲みして、幸せそうに「ぷはー」と息を吐く。

「いやあ、まさかこんなにうまくいくとは思いませんでしたね！」

「うん。そうだね。思ったよりうまくいったな」

「ナイスでしたよ、先輩。完璧な仕事です。よくやってくれました」

「いや、僕だけじゃなにもできなかったよ。胡桃がいたから成功したんだ」

僕が本心からそう讃（たた）えると、胡桃は「えへ、そうですかねぇ」と照れくさそうにキャスケットをきゅきゅきゅと被（かぶ）り直す。頬（ほお）を赤くして、やけに上機嫌な表情だ。

まあ、今回のテロは胸を張って上出来だと言える成果に終わった。

胡桃の立てた作戦が成功したんだから、存分に喜べばいいさ。

急に田中さんが話しかけてきたことは気がかりだが……これは言わなくていいか。一年の胡桃に話したって仕方ないことだ。どうすることもできない。

僕らを怪しんでいるわけではなさそうだし、今は気にしないでおこう。

「私たちと同じように学校を変えようと思う生徒が増えてくれるといいですね」

「それはどうだろうな。まだわからん」

「私たちとは別のテログループが生まれたりして。むふふ、どうします？　別勢力が私たちと敵対するー、なんて展開があったら。『本当に倒すべきは学校と教師どもだろ！　僕たちで争っている場合じゃない！』とか言わなくちゃいけないんですかね？　先輩が」

「なんで僕指名なんだ。……まあ、ないと思うよ。そんなアニメみたいなこと」

「えー、おもしろい展開なのに。先輩、リアリストですね。夢、見ましょうよ。はい」

胡桃に手渡されたカントリーなクッキーを食べる。これで夢が見れるんだろうか。謎だ。

しばらく黙々とおやつタイムを楽しむ。

そこそこ腹が満たされ、お互いに手が止まってきたあたりで、胡桃がハンカチで自身の手と口を拭いた。それからバッグを漁り、例の黄色いノートを取り出す。

「さて、次はどんな作戦でいきましょうか」

「もう次の作戦会議をするのか。早いな」

「当たり前でしょう。せっかくうまくいったんですから、早めに次もやるんです。鉄は熱いうちに打て、というやつですよ」

そういうものか。まあ、僕は胡桃に従うだけだし、細かいことは気にしないでおこう。

胡桃がぱらぱらと復讐ノートを捲っていく。

僕はジュースを口に運びながら、悪くない時間だ、と思った。

まだ二回目だが、胡桃のノートからなにが飛び出すのか不安と期待を抱きながら待つこの時間が、なんとなく好きになっていた。サプライズで貰ったプレゼントを開ける瞬間みたいな高揚感がある。前回の件で殺人レベルのテロは起こさないとわかったから、ほんの少し肩の力が抜けるようになった。なんというか、安心して緊張できるようになったのだ。

しばらくページを往復して、胡桃が手を止める。

「これなんかいいかもしれません。名づけて『教師の言動ミーム化大作戦』」

相変わらずこの謎ネーミングセンスは好きになれないけどな。

僕が「詳細は？」と聞くと、胡桃はジュースをちびちび飲みながら語り始める。

「では、この作戦を思いついたきっかけから話しましょうかね。先輩、ミームという言葉はご存知ですか？　海外だと割と有名な単語だと思うんですけど」

「ああ、知ってるよ。インターネット・ミームの省略で使うミームだろ？」

要するにあれだ。ネット上で流行ったネタみたいな意味だ。宇宙に猫がいる珍妙な画像であったり、「今でしょ」や「俺の勝ち」みたいなフレーズであったり、そういうの。

「えっとですね、『教師の言動ミーム化大作戦』というのは、ネットミームと同じような現象を、『教師の言動』で意図的に引き起こしてみようという作戦です」

ふむ。同じような現象ということは……。

「教師の非道徳的な言動を、モノマネとして学校中に流行らせるってことか？」

「モノマネ……と言うとちょっとダサいですが、要約するとそうなりますね」

「なるほどね。具体的にはどういった狙いがあるんだ？」

「ええっと、教師への鬱憤をネタとして消化することで学校全体の雰囲気を明るくすることが狙いですね。それと、自分がネタにされていると知った教師は恥ずかしくなって言動に気を使うようになるでしょう？　一石二鳥の作戦だと思うんですよね」

はは あ、なるほど。理解した。

教師どものモノマネを流行らせるというのは、悪くないアイデアだと思う。

だってそうだろ。生徒を指導する教育者様の言動を真似ているだけなんだから、なんの問題もないはずなのだ。本来ならな。そういった意味で皮肉が効いている。

いい作戦だとは思うが、気になる点もあった。

「問題はなにをどう流行らせるか、ってところだな。着眼点はいいかもしれないけど、僕らで流行を生み出すことなんてできるのか？」

「それなー、です。そこがわかんないんですよねぇ。どうすればいいんでしょうか」

「んじゃ、一緒に考えるか」

お菓子でチャージした糖分を消費して、僕と胡桃は二人で考え込む。

モノマネを流行らせる。言うのは簡単だが、方法に関するビジョンが見えない。

胡桃もなかなかアイデアが思いつかないようで、指先でペンをくるくる回していた。

「うーん？　どうしましょう。どうやったらモノマネって流行りますかかね」

「おもしろくて真似しやすいモノマネとかだったら、勝手に流行ると思うけどな」

「そうですよね。……先輩、なにか流行りそうなモノマネ作れないですか？」

「それが作れたら僕は芸人にでもなってるよ」

「えー。……ねえ、先輩。なんでもいいんでちょっとネタやってみてくれませんか」

「はあ⁉　嘘だろ⁉　無茶言うなよ！」

「ええー。モノマネやってくれないんですか？　そんな生意気言っちゃっていいんですかねぇ？　タバコ吸ってた写真ばらまいちゃいますよ？　やってくださいよー、ほらほら」

胡桃が意地の悪い笑みでスマホを見せびらかしてくる。最低だ。マジで最低だこいつ。

……とはいえ、この数分間なにも考えていなかったわけではない。

実はね、考えたよ。流行りそうな教師のモノマネ。

仕方ない。渾身のネタ、見せてやるか。すごい恥ずかしいけど、写真をばらまかれるよりはずっとマシだ。……いや、本当か？　写真をばらまかれるほうがマシなのでは？

まあ、深く考えないでやろう。そうしよう。これも復讐のため。

「わかったよ。それじゃ、全校朝会で話すうちの校長のモノマネやるよ」

「おっ。期待です」

「……こほん。『雨垂れ石を穿つとは、私の好きな言葉でありますが、我が校には、その意味を知らないような者がいる。それは、大変に嘆かわしいと、思う次第であります』」

「…………」

胡桃は数秒真顔でいたあと、きゅっと、顎に梅干しを作る感じで渋い顔をした。

擬音にして「シーン……」。

わお。生まれて初めてスベってしまった。ちなみに成績は全一試合中、ゼロ勝一敗。他人の前でギャグを披露する機会などなかったからね。そういった意味で初めてである。

「先輩。モノマネ微妙だったんで、写真、ばらまきますね」

「いやいやいやなんでだよ⁉　そういう話じゃなかっただろ⁉」

胡桃は身を乗り出す僕を片手で制止して「冗談ですよ」とくすくす笑う。

「んだよもう。びっくりしたなぁ……」

「ごめんなさーい。まあ、微妙だったっていうのは事実なんですけど」

「微妙に傷つく。胡桃、もしかして校長のこのセリフ、聞いたことなかったか？」

「いや、セリフ自体は私も聞いたことがあるんですけどね……。結局のところモノマネがウケるかどうかって、実際に相手が見たり聞いたりしたことがあるかよりも『それっぽさ』があるかどうかのほうが大切だと思うわけですよ、私は」

「それっぽさ？　……誇張すればするほどいいってことか？」

「さすがにそれは言い過ぎですけど。まあ、そんな感じの意味だと思ってください」

ふむ。一理あるかもしれない。僕も昔、テレビに出演しているモノマネ芸人のネタを見たとき、元ネタを知らなくても雰囲気がおもしろくて笑った気がする。

みんなが知っているネタをやればいいわけじゃないってことか。奥が深いな。

「というわけで、以上の話を踏まえて次のネタやってみましょう」

「まだやらせるのか。悪魔なのか」

「せーんーぱーいー、しゃしんー」

胡桃は机に片肘を突きながら意地悪な笑みを浮かべ、空いている右手でスマホをぷらぷら掲げていた。罪の意識など微塵も感じていない様子。むしろ楽しんでいるっぽい。

本当に最低だ。悪魔なのか、というのは適切な表現ではなかった。悪魔だよこの子。

「わかったよ。やればいいんだろ」

「むふ。いい子ですね。かわいい先輩。……で？　ネタのタイトルは？」

「そうだなぁ……やたら四字熟語でマウントを取ってくる現代文の清水教員、とか」

言うと、胡桃は「誰ですかそれ？」と小動物みたいに小首を傾げた。

まあ、知らなくて当然だ。清水は二年の教員なんだから。

僕は咳払いを一つして、やけにねっとりした口調で話す。

「『無芸無能、無学無才、無為無能、無知蒙昧。えー、すべてあなたのことです。ンー、どうです？　言われてもそこまで腹立たしくないでしょう？　えー、学がなければ同じ土俵に立つこともできないんですよ。私とあなたでは、ンー、同じ次元ですらなぁい』」

「……ぷっ」

「笑った⁉　今ちょっと笑ったよね⁉」

「な、なんですか。笑ったら悪いですか！　恥ずかしいのでこっち見ないでください」

胡桃は僕から顔を背けると、パタパタと手で自分の首元を扇いでいた。

やった。やってやったぞ。胡桃、僕の勝ちだ。優越感。

「笑ってもらえて嬉しいよ」

「調子に乗るな、です。……でも、非常に不本意ですけど、今のはちょっとおもしろかったですよ。私は元ネタを知りませんでしたけど、なんとなく『ぽさ』を感じました」

となると、やっぱり大事なのは雰囲気なんだな。恥ずかしがらずに口調とかを真似てネタをやったほうが他人に笑ってもらえるというわけだ。これは新しい発見だった。

そんなことを思いながらコップにジュースを注いで、飲んで、僕はふと我に返った。

なんで僕はモノマネ芸人の道を歩もうとしているんだ。

「待て胡桃。いつの間にか僕がネタをやらされる流れになってたけど、どうやってモノマネを流行らせるか考えていたはずだろ。先に言っておくけど、僕がいろんな人の前でネタを披露するっていうのは嫌だぞ。そういうの、キャラじゃないし」

「先輩って自分のキャラとか気にするんですね。後輩の言いなりになってるくせに」

「うるさい。とにかくなにか案はないのか」

僕がそう聞くと、胡桃は人差し指を自分の唇に当てて唸り始めた。お菓子を食べたりジュースを飲んだりしながらしばらく考えたあと「キャラ……雰囲気……流れ……あっ」と呟いて、ポンと手を打つ。

「胡桃？　なにか思いついたのか？」

「まあ、はい。いい作戦かはわかりませんが、やってみる価値はあると思います」

＊

今回の作戦はそこまでリスクがないので、会議の翌日に決行となった。

昼休み。

僕は教室で手早く昼食を済ませ、第二校舎に向かった。学校敷地内の西に位置するその建物は、一年生の教室が割り当てられている校舎である。

学食から帰る生徒で混雑する道を歩き、胡桃と待ち合わせをした場所へ急ぐ。

さて、事前の作戦会議どおりなら胡桃は廊下の最奥にいるはずなのだが……。

………。

あ、いた。

第二校舎と部室棟を繋ぐ連絡路の隅に、インナーカラーを隠した胡桃の姿があった。

そして、胡桃の近くには坊主頭の男子生徒も一人いる。

事前に聞いていたとおりの光景だ。うまくやっているらしい。

スマホを見ると時間も頃合い。行こう。作戦開始だ。

僕はなんでもないふうを装って、胡桃と坊主頭の男子生徒に近づいていく。

「……あっ！　夏目先輩じゃないですか！　どーも！」

完全に近づくよりも前に、胡桃が僕を見て声を上げる。よかった。気づいてもらえた。

話しかけられて初めて気づいたというような所作で、僕も胡桃のほうを見る。

「ん？　おお、胡桃か。どうした？」

「今ですね、こちらの青木くんにモノマネ見せてもらってたんですよ！」

「あっ。ど、どもっす。青木っす」

胡桃に紹介された彼は、後頭部を触りながら照れくさそうに自己紹介をした。

名乗ってくれたところ申し訳ないが、僕はすでに君のことを知っている。よく男子たち相手にモノマネを披露しているお調子者の青木くんだろ。胡桃から聞いているよ。

なにを隠そう、青木くんに教師のモノマネを流行らせてもらうのが今回の作戦だからな。

「そうだ！　夏目先輩も青木くんのモノマネ見てくださいよ！　めっちゃうまいんで、きっと先輩もびっくりしますよ！」

胡桃が事前に決めていたセリフを、たった今思いついたみたいな口ぶりで言う。

「ちょっとちょっと星宮さん、ハードル上げないでよ！」

急にネタをやる流れになってわたわたと焦る青木くん。

残念だが、逃げようったってそうはいかないぜ。今の僕はタチの悪い先輩なんだ。

「青木くん、なんのモノマネできんの？　僕も見てみたい。ちょっとやってみてよ」

「マジすか!?　この空気でモノマネやるの、俺、恥ずかしいんすけど！」

「先輩にも見せてあげてよ青木くん。絶対おもしろいからさぁ」

「えぇー……でもなぁ……どうしよう……」

悩むそぶりを見せる青木くんだったが、胡桃に「お願いっ」と言われるとやけにデレデレした様子で「そこまで言われたらやるかぁ」とモノマネを披露することを了承していた。

うん。なんでかはわからないけど、ちょっとモヤっとした。

まあ、いいか。とりあえずなんでもいいから一つモノマネをしてもらわないと、筋書きどおりに作戦が進まない。今はそっとしておこう。

青木くんが咳払い（せきばら）を一つする。

「えー、じゃあやります。『やたら癖の強い口調で万引きを止める某俳優』」

持ちネタにしているだけあって、青木くんのモノマネは非常にクオリティが高かった。一番の見どころである口調だけでなく、声の高さ、表情、仕草までよく元ネタを再現している。セリフはほとんど「おい。おい、ちょ待てよ」だけなのだが、それでも見ていて飽きないモノマネだった。胡桃の言う「それっぽさ」が存分に詰まっているからだろう。

すごいな。素直に感心してしまった。

……感心したけど、笑うわけにはいかないんだよな。

僕はほんのり口角を上げる程度に笑いを抑えて、青木くんのネタを見終えた。

「ど、どうっすかね先輩？」

青木くんが不安そうな表情で聞いてくる。

せっかく披露してくれたのに、そんな顔をさせてごめんな。

僕は申し訳なさそうな顔を作って、

「うーん……たぶん似てるんだろうけど、その俳優？　知らないから雰囲気でしか笑えないんだよね。僕あんまりテレビ見ないから」

「エッ⁉　そうだったんすか？　なんかすみません！」

「いやごめんごめん。僕が悪いから謝らないでいいよ」

謝られると心が痛む。だってその俳優、知ってるし。僕、テレビ見るほうだし。青木くんのモノマネ、普通におもしろいし。

……罪悪感に押し潰される前に筋書きへの誘導を進めよう。

「青木くんさ、なんか他に持ちネタないの？」

「他っすか？　うーん、テレビ見ないってことは芸能人以外のほうがいいっすよね……」

頭を捻る青木くん。ここで教師のモノマネをするという発想に至ってくれればいいのだけど……果たしてどうかな。

「あっ！　思いつきました先輩！　『客引きのセリフとして、セール中で大変お安くなっていることを言い続けるショッピングモールの服屋の店員』とかどうすか⁉」

それ見てぇー。すげえ見てぇー。胡桃なんかタイトル聞いただけで笑い堪えているし。

でも、目的から逸れるから断らないと。

「……ごめん、あんまりモール行かないから笑えないかも」

「えーっ！　じゃあどうすればいいんすかぁ！」

「ねえねえ青木くん。先生のモノマネとかしてみたらどうかな？　この学校の先生なら先輩も知ってるんじゃない？」

「あっ、先生か！　たしかにそれなら先輩も知ってるかも！」

ナイスパス胡桃！

青木くんはその手があったかと言うように手を打って、僕に向き直る。

「えーっと、先輩、あれわかります？　一年の学年主任やってる島崎しまざき」

「ああ、わかるよ。よく全校集会のとき怒ってる人でしょ」

「そうっすそうっす！　全校集会でキレてる島崎やります！」

言うと、青木くんはポケットに手を突っ込んで、

「『オイオイうるせンだようるせン。一から言わンとわからンけ？　ボケが』」

青木くんのネタにいち早く笑ったのは胡桃だった。

「あははっ！　似てる！　ねえねえ、先輩これ似てると思いません？」

「似てる！　たしかに島崎いつもそんな感じに怒ってるわ！」

「お、ほんとっすか⁉　嬉うれしいっす！　あざっす！」

僕と胡桃に褒ほめられて、青木くんは嬉しそうに顔を綻ばせていた。

実際、青木くんのモノマネは似ていた。島崎の口調の汚さとうるささをよく再現している。即興でやってこの高クオリティか。うーむ、こやつ侮れない。

レパートリーを増やしてもらうために、違うネタもお願いしてみよう。

「なあ青木くん。他の先生はなにかできないの？　コミュ英の高木たかぎとかできない？」

「えっ、先輩、高木先生のこと知ってるんすか!?　えー、それじゃ『課題の提出が少なくてキレる三秒前の高木先生』やります！」

　それから僕と胡桃は、青木くんがやる先生のモノマネを全力でプッシュした。

　幸いなことに、青木くんのモノマネはどれもクオリティが高くて、褒め称えることに対する罪悪感は一切なかった。単におもしろいからおもしろいと言っているのだと、自分に言い訳ができた。純粋な青木くんにテロの片棒を担がせていると認識しないで済んだ。

　三、四個のネタをやってもらって、その中で特にクオリティが高かったものをアンコールしたりなんかして、僕らはしばらく楽しんでいた。

　お開きとなったのは、午後の授業の五分前を告げる予鈴が鳴ったころ。

「あっ、やべっ！　顧問に提出するもんがあるの忘れてた！　すんません先輩、俺、そろそろ行きます！　ほんと、すんません！」

「大丈夫大丈夫。ごめんな引き止めちゃって。楽しかったよありがとう」

「あざっす！　星宮さんもまた！」

「ばいばーい！」

　僕と胡桃に見送られ、青木くんは廊下の人混みに消えていった。

　念の為に姿が見えなくなって十秒ほど待ってから、僕は小声で胡桃に話しかける。

「……これでよかったのか？」

「どうでしょう。あとは彼次第ですね」

「そっか。んじゃまあ、とりあえずお疲れ」

「はい。お疲れ、です」

生徒たちが行き交う中、僕と胡桃は誰にも見られないよう後ろ手で小さくグータッチをするのだった。

＊

校内に教師のモノマネを流行らせるインフルエンサーとして青木くんを選んだのには、彼がお調子者だからという他にも理由があった。

それは、青木くんが野球部に所属していることだ。

ウチの学校の野球部は、比較的先輩と後輩の仲がいいことで有名だ。

青木くんをベタ褒めすれば、野球部を通じて二年三年にもモノマネを流行らせることができると思ったのだ。お調子者の青木くんは、日頃から先輩たちにもモノマネを披露しているはず。教師どものモノマネも他学年に広めてくれるだろうと、そう考えた。

そして、僕と胡桃の立てた予想はそこそこ当たっていたらしかった。

青木くんと接触した数日後、僕はクラスでこんな会話を聞いた。

「そういや最近さ、部活の後輩が先生たちのモノマネしてんだけど、めっちゃ似ててウケるんだよな」

「は？　モノマネ？　誰のモノマネしてんの？」

「島崎とか。一年のとき俺らも授業受けただろ？　教科書で机バンバン叩いてさ——」

それからというもの、教師陣のモノマネは野球部を中心にほどほどの広がりを見せた。

僕の調べによると、特徴的だったり印象的だったりする教師は誰かしらにモノマネされているようだった。各クラス二、三人だろうか。一部の男子がモノマネを習得して、身内ネタとして友達に披露していた。まあ、廊下で目撃したのをカウントしていただけだから正確な数は不明だし、僕らの影響でモノマネが広まったのかもよくわからないけど。

自分の言動がネタにされていることに気づいて怒った教師は、二人だけ確認できた。二人ともモノマネをしている生徒を見つけた瞬間にブチギレて、説教と暴言を垂れていた。キレて以降はモノマネされていた暴言や動作がなんとなく減っていた気がした。

教師のブチギレ事件があってからは、モノマネのブームは少しずつ終わっていった。

作戦の成果としては……どうだったんだろうな。

微妙だったとも言えるし、リスクと同程度のリターンがあっただけだとも言える。

一つ言えることがあるとするならば、僕はこの結果にあまり満足していなかった。

「流行(はや)らせるのって難しいんだな……」

放課後。緩やかに日常へと戻っていくクラスを眺めながら、そんなセリフを独りごちる。

もちろん無意識に漏れ出た言葉で、誰に向けて言ったものでもなかったのだが、

「夏目(なつめ)くん？　なんの話？」

背後からそんなソプラノボイスが返ってきた。

振り向くと、そこにいたのは田中(たなか)さん。憂いを帯びた表情で、僕の顔を覗(のぞ)き込(こ)んでくる。

さっきまでこんな近くにいたか？　気配をまったく感じなかった。

「ごめんね、驚かせちゃって。今、なんか独り言を言ってなかった？」

田中さんはそう言って、微笑(ほほえ)みながら小首を傾(かし)げる。

口の奥で漏らすような小さな独り言だったのだが、どうやら聞かれていたらしい。

適当なこと言ってごまかすしかないか。

「えっと……流行りの曲のことを考えてたんだ。男子の会話で聞こえてきたから」

「そうなんだ。夏目くんは、けっこう音楽とか聴くの？」

「それなりに、かな。それこそ流行っているやつを動画サイトで聴くくらい」

「そっか。いいよね。最近はアーティストが自分でネットに投稿してくれるから」

「…………」

「…………」

あ、会話が終わっちゃった。

本当に、なんで話しかけてくるんだこの人。今日また話しかけてきたってことは、前回の会話がただの気まぐれだったとかではなさそうだが……。

まあ、いいか、深く考えなくても。僕を怪しんでいる様子はないし。

気にしないで部室に行こう。

僕がバッグを持って立ち上がった、そのとき。

「あ、あのね」

意を決したような感じで、田中さんが声をかけてくる。

しまった、油断したところで本題の推理パートに入るつもりか——と思ったが違った。

「私、小さいころにピアノ習ってて……今でもクラシックとか好きでよく聴くんだよね」

「え？　ああ……。へえ、そうなんだ」

「うん。そうなの。だから、その……」

田中さんは、恥ずかしいような気まずいような様子で頬を掻く。

「また、話しかけていい？　今度は夏目くんの好きな曲とか教えてほしいな。……その、夏目くんが一人でいるのが好きとかなら、その、全然いいんだけど……その……」

ビスクドールのような顔ではにかむ。その表情は温かみを孕んでいた。

瞬間、僕は察した。

田中さんが話しかけてきた理由が、なんとなくわかったのだ。

なるほど。テロだの名探偵だの犯人だのと想像していたのが馬鹿らしくなる。

彼女は——ただ単純に優しいのだ。善意で話しかけてくれたのだ。

先のセリフの後半部。僕が一人でいることについて触れている。

それでいて、なにか言い淀んでいる。

ここまで情報が出ていれば、どんなに鈍くても意図が汲み取れる。彼女の言葉を包んでいるオブラートをすべて取っ払うと、おそらくこうなるのだ。「一人でいるのが好きならいいんだけど、そうじゃないならかわいそうだから、私が話し相手になるよ」。

上から目線な感じだが、僕は別に不快だとは思わなかった。

クラス内での僕の立場が弱いのは事実だし、僕は一人でいるのが好きなわけじゃない。

田中さんがまた話そうと言ってくれたのは、素直に嬉しかった。

だから、田中さんの意図を察した時点で僕の返事は決まっていた。

「わかった。また今度、僕の好きな曲も教えるよ」

「……うん。ありがとう」

ほんの少しの間のあと、そう返事があった。

こうして僕は、教室内で田中さんとだけ会話をするようになった。

＊

その日の天体観測部では、作戦会議ではなく報告会が行われていた。

いつもの席で、僕は胡桃に見聞きした情報を伝える。モノマネは少し広まった。言動を改めた教師もわずかにいた気がする。効果はあったような、なかったような。

胡桃のほうも、だいたい同じような観測結果だった。青木くんの学年である一年生でもそんなに広まらなかったとなると、やっぱり今回の作戦はいまいちだったんだなぁ。

「まあまあ。失敗はしてないんだし、いいじゃないですか。今回の作戦はこの先ボディブローのようにじわじわ効いてくるはずですよ」

テンション下がり気味の僕に、胡桃はなだめるような口調でそう言った。

「そうだなぁ。……だといいな」

「もー、へこみすぎですよぉ。大丈夫ですって。教師のモノマネをすればウケるって認知させたんですから、これからですよ」

たしかに、教師のモノマネを流行らせるというのは、真っ向から立ち向かう反抗というよりは学校にとっての異分子を生み出すタイプの反抗だ。いつか教師のモノマネが再ブームになるときがくるかもしれないし、これからも経過観察を続けていこう。

一回目がうまくいきすぎたのだ。普通、現実に与えられる影響なんてこんなもんだ。

僕はため息を一つ吐いて、席から立ち上がった。

「ごめん胡桃。ちょっと外す」

「先輩？　どこ行くんです？　今日の話し合いはもうおしまいですか？」

「あ、いや違う。タバコ吸いに一瞬だけ屋上に行ってくる」

テロで満足できなかったぶん、タバコで気持ちよくなろうとしたのだが、

「えー、やめましょうよぉ。私、タバコの臭いあんまり好きじゃないんですよね」

そう言って露骨に嫌な顔をされてしまった。

「別に胡桃の前で吸うわけじゃないからいいだろ」

「帰ってきた先輩からタバコの臭いがするから嫌なんですー。やめてください」

「やめろって言ってもなぁ……。なんかスッキリしないから吸いたいんだよ」

「反対でーす。他の方法でストレス解消してくださーい」

「他のって……例えばなに？」

「それは……うーん……具体例を聞かれると困るんですけどぉ……」

胡桃は唇を尖らせ、ぺったんこな胸の下で腕を組んだ。

自分で言っておいてなにも出ないのかよ、なんて僕が思ったのも束の間。胡桃は「あっ」と声を漏らし、なぜか赤面した。頬を赤らめたまま僕と視線を合わせたり外したりする。

「あのぉ……。せ、先輩ってたしか、悪いことをして、この学校に反抗している気になって、それでスッキリするからタバコを吸ってるんでしたよね……？」

「ん？　そうだよ。形だけの反抗だけど、少しだけ気は紛れるからな」

「つまり、スッキリするのにニコチンはどうでもいいわけですよね？」

「ニコチン？　まあ、そうだね。いつも煙を口元でふかしているだけだし」

「ふうん……。え、えへへ。だったらタバコよりいいストレス解消方法がありますよ。たった今、思いつきました」

「お、マジで？　なにすんの？」

そう聞いたのに、胡桃は返事をしなかった。無言のまま席を立って、棒立ちしている僕に近づく。そのまま僕の両肩を掴んで、壁際に向かってぐいぐいと押していった。

「え、ちょっと待って、なに？　胡桃？」

「いいから。先輩、ちょっとだけ膝を曲げてください」

「こ、こうか？」

押され続けて壁に背を預ける形になった僕は、言われるままに中腰となる。

当然ながら身長差が逆転した。胡桃の体が蛍光灯の光を遮って、僕の顔に影が落ちる。

「ふふっ……そーです……そのままじっとしていてくださいね……」

胡桃の表情が、少し怖い。胡桃は獲物に飛びつく寸前の獣のような、あと一手で勝利が決定するときの真剣師のような、獰猛さと冷静さを兼ね備えた目をしていた。

……なんだ、この状況は。逆壁ドン？　なんだろうか？

次の瞬間、僕は胡桃のこの奇怪な行動そのものが先程の質問への回答であったと知る。

胡桃が僕の後頭部に、そっと手を回した。

「先輩、失礼します」

「は？　……むぐっ⁉」

僕の唇が柔らかいもので塞がれる。

それは平たく言うところのキスであった。欧米ではあいさつ、なんて定型句による言い訳も通用しないような、がっつりマウストゥーマウスの完全に完璧なキスであった。

「ぷはっ、おいくるみっ……」

「うるさいれす。ちょっと黙っててください……んっ……」

言葉を紡ごうとする僕の口を、胡桃は自身の口でもって制止する。

お互いの息が交わる。お互いの鼻と鼻が擦れる。お互いの熱と熱が、交じる。

胡桃の柔らかい唇が、僕の唇を押し潰すように、強く、強く迫ってくる。こういった行為の経験がないのでよくわからないが、なんというか、隠しきれない拙さをありったけの情熱でごまかそうとしているような、そんな一生懸命なキスだった。

胡桃の被っている猫耳キャスケットのつばが僕の額にあたり、脱げてぽとりと床に落ちた。だが胡桃はそんなことお構いなしといった様子で、必死に僕へと唇を押しつけ続ける。

「ちゅ……せんぱいっ……」

視界いっぱいに胡桃の整った顔がある。

疑問や困惑は当然あった。でも、あまりの衝撃と気恥ずかしさに塗りつぶされていた。

はっきり言って、僕はどうすればいいのかわからなかった。逃れようにも胡桃に頭を抱えられているのでそれは不可能で、ゆえにされるがままだった。胡桃に唇を塞がれ、ついばまれ、弄ばれるのを、僕はただ呆然としながら受け入れることしかできなかった。

結局、僕が解放されたのは数分後。記憶に焼きついて、魂に染みついて、二度と忘れられなくなってしまうような濃厚な接吻を交わしたあとだった。

「ぷはっ……。く、胡桃。いきなりなにするんだよ」

「はぁ……はぁ……なにって、キスですよ。あれ？　もしかして先輩初めてでした？　だったらごめんなさい。私も初めてなので許してくださいね」

「いや、初めてだったけど、そうじゃなくて。なんでいきなりキスなんかしたんだよ」

ちなみにこれは、純粋に疑問に思ったから聞いた。なんてことしてくれたんだ、というニュアンスは声に含めず、表情にも出さずに言ったつもりだ。

そんな僕の意図を知ってか知らずか、胡桃はやけに嗜虐的な笑みを浮かべて答える。

「この学校って男女交際を禁止しているじゃないですか」

「はあ？　……まあ、そうだな。校則で禁止されてる」

「ですよね？　でもでも、部室で男女二人が教師に隠れてこっそりキスをしているこの状況。完全に不純異性交遊じゃないですか？　男女交際よりも悪いことをしてますよね」

僕が言葉の意味を理解しかねていると、胡桃はドヤ顔で追加説明をしてくれた。

「本来やってはいけないことを隠れてこっそりやっているんです。……ねえ、これってタバコを吸うのと同じだと思いません？」

「……もしかして、さっき言ってたストレス解消法ってこれ？　そういう理屈？」

「そういう理屈です。先輩の中でタバコが反抗なら、キスも立派な反抗になると思いませんか？　背徳的で興奮しませんか？　私は、とっても興奮します。ふふっ」

胡桃の顔はさっきよりも紅潮していた。見ているこっちまでぞくりとする。

「先輩がタバコを吸っているのは、反抗している気になって気持ちよくなりたいからなんでしょう？　だったら、タバコを私とのキスに置き換えたっていいはずです。どちらも悪いことしているっていう事実に変わりはないんですから」

「………………」

反論できねえ。

たしかに、胡桃の言うとおりではあった。

僕はニコチン中毒じゃないいし、タバコの味が特別好きというわけでもない。

成績が悪いというだけで人格を否定するような進学校様を心の底から馬鹿にしてやりたいから、いかにも不良っぽいアイテムであるタバコを吸っていただけだ。

うん。考えれば考えるほど、不純異性交遊に置き換えたって別にいい。

……いや、でもな。筋は通っているのだけど、思わないことがないでもない。

鼓動の音が聞かれてませんようにと祈りながら、僕は胡桃に尋ねる。

「胡桃はいいのか、それで。タバコの臭いが嫌だから無理して、その……キスをしたって言うのなら、それはやめてくれよ、普通に僕がタバコを我慢すればいい話だ」

「別に無理してキスしたわけじゃないですよ」

胡桃はけろっとした様子で答える。

「なんかもう、いいかなって。私たちは義賊になったんです。すでに悪いこととかやっちゃってるんですよ。キスくらいどうでもいいでしょう。私たちに常識などいらないです」

……そうだな。それもそうか。

腐った学校を変えるために陰湿なテロ活動を行う僕らに、常識なんていらない。倫理感やピュアな心など、とうの昔にミンチにして犬に食わせてしまった。今の僕らにとって普通なんてすでに捨てたもので、キスなんて特別なものでもなんでもないのかもしれない。

ふむ。そう思うと、なにもかもどうでもよくなってきた。

僕に胡桃の提案を断ったり、胡桃のことを叱ったりする理由はない。っていうか、そもそも僕の唇に価値なんてないしな。キスでもなんでも好きにしろといった感じである。

僕は胡桃の唇から目を逸らして、わざと呆れたような口調で言う。

「わかった。胡桃がそう言うならいいよ」

「そのセリフはなんかちょっと『逃げ』を感じるんですけど。まあ、いいです」

胡桃がジト目で僕のことを見ていた。

照れているのがバレたのだろうか。とても恥ずかしい。

「それじゃ決まりですね。これからはタバコの代わりにキスをするということで。ほら先輩。せっかくなのでもう一回しましょ。舌、出してください」

「ちょ、ちょっと待て。舌って……」

言い終わる前に、再び口を塞がれる。

さすがに舌までは……と思い、やんわりと抵抗してみたが無駄だった。

胡桃の柔らかい舌が、僕の唇を必死にこじ開けようとしてくる。

僕らは唇と唇で文字どおりの押し問答をした。しばらくして、息が続かなくなった僕が少しだけ口を開くと、胡桃はここぞとばかりに舌をねじ込んできた。

僕の口の中で、僕の舌と胡桃の舌が複雑に絡み合う。唾液を混ぜ、お互いの過敏な部分をべろりと撫でて刺激する。その動きは、粘膜に接触する異物を押し返そうとしているようでも、干渉してくる相手を蹂躙しようとしているようでもあった。

熱い。粘着質な水音と、荒い呼吸音だけが部室の中で響いている。

舌の動きが激しくなるにつれて、胡桃（くるみ）は僕の後頭部の髪を強く握った。

つられて僕も胡桃の背中のワイシャツを強く握る。

抱きしめ合う形なのに、なんだかお互いに傷つけているみたいだと思った。

僕らの境界線がなくなる。溶けていく。

このまま、互いに互いを飲み込んで吸収してしまうような気がした。ずぶずぶと相手の体を取り込んで、相手の体に取り込まれて、僕らは一つになる。

心には多幸感と倒錯感だけが残る。そして、いつしか僕らはのうのうと生きたいように生きられるようになっている。足りない部分を補い合って、無敵になっている。

虚無的な空想だ。わかってはいるけれど、そんな空想がなぜか僕の頭を支配していた。

「んちゅぅ……せんぱいっ……どうですかぁ……んむぅ」

どうですかなんて聞かれても、答えられるわけがない。

酸欠によって、僕は極度の興奮状態であった。

今の僕は、舌を動かすこと、胡桃の背中を掴（つか）むこと、それからほぼゼロ距離の位置にある胡桃の瞳を見つめ返すことしかできない。

胡桃を見つめて、胡桃に見つめられる。

言語や物質的なものではないなにかで通じ合っているような、不思議な感覚がする。

だけどなにでどう通じ合っているのか具体的にはよくわからなくて、僕がその正体を考えている間にも、胡桃は心の赴くままに僕の口内で舌を暴れさせていた。

僕も、胡桃の動きに応える。唇を、舌を、歯茎を、舐（な）める。

「ぷは……せんぱい……けっこう、激しい、ですね……」

「はぁ……はぁ……仕掛けてきたのは胡桃だろ……」

体感時間、数十分。

現実時間にしておそらく数分で、僕らはどちらからともなく口を離した。

僕の口と胡桃の口の間に、一筋の線が伸びている。中央で蛍光灯の光をきらりと反射する唾液という名のその橋は、僕と胡桃がついさっきまで繋（つな）がっていたことの証明だ。ただの分泌液だというのに、あまりにも艶（なまめ）かしくて淫靡（いんび）だった。

胡桃が垂れていた髪を耳にかけながら、僕のことを妖しく見下ろす。

「ふふっ……先輩、どうでした？　ファーストキスの味は」

なんだその質問……いや、なんて答えればいいんだ。

一般的にイチゴの味だと言われているらしいが、少なくともそれはなかった。

そうだな。強いて言うならば、

「……ビターチョコの味がした」

「はい？　別に私、ビターチョコなんて食べてないですけど」

「いやごめん、心情的な意味で言ったんだ」

胡桃の顔がどんどん訝しげに歪んでいくので、がんばって言葉にする。

「行われている行為は恋人みたいに甘ったるいものなのに、僕らの内包している気持ちは復讐とか、反抗とか、そういったネガティブなものだろ。だから、甘くて苦い」

胡桃から目を逸らして、ほんのり自嘲気味に言う。

「復讐とかストレス発散の一環で行われるキスなんて、ビターチョコの味と同じだよ」

胡桃はそんな僕の様子を見て「ぷっ」と吹き出したようだった。

「なにキザなこと言ってるんですか。なぞかけのつもりですか。うまくないですよ」

「うるさい。ちょっと言ってみたかったんだよ」

「ふふっ。キザな先輩、気持ち悪いです。気持ち悪いので黙らせます。続き、しますよ」

また、胡桃の顔が迫ってくる。

それから僕らはお互いを貪るようにキスにふけった。

キスの効果効能については、胡桃の言うとおりだった。タバコをふかしているときと同じようにスッキリした。すべてを馬鹿にしているような、後ろ暗い快感があった。

完全下校時刻までの三十分間、僕らはたしかに幸せだった。

三章

昼を重ねたあの日から、僕と胡桃は以前にも増して会うようになった。

放課後になると大抵、天体観測部の部室で作戦会議をする。

復讐ノートをもとにテロの内容を考えて、日時を調整。

準備が整ったら実行に移す。その繰り返しだ。

『全校生徒暴言配布キャンペーン』『教師の言動ミーム化大作戦』の他に、僕らは二つほどのテロを考え、実行した。

課題未提出の生徒が帰れるように陽動作戦を仕掛けてみたり、学食の日当たりがいい席に「上位クラス様専用」と書かれた紙をわざとらしく貼ってみたり。

嫌がらせと変わらないような陰湿なテロを、ただひたすら繰り返した。この学校を支配している悪しき法律を浮き彫りにし、現実を変えるために活動した。

詳細は割愛するが、僕らの犯行は成功もしたし失敗もした。

成功したときは部室で祝杯をあげた。

不満に耐えられない日は激しくキスにふけった。

いつしかそれが当たり前になり、僕らの日常となっていた。

僕らは……少なくとも僕は、幸せだった。泥沼で息をしようともがいていた一年生のころと比べると、今は生きている心地がしていた。

いくつかの作戦が成功しているだけあって、学校の雰囲気も少しずつよくなっている……と思う。これからなにかが始まるという期待感が、校内全体に満ちている。

僕も、学校も、変わっているのだ。間違いなく。

あれほど切望していた変化が起きようとしている。

すごいことだ。なにもかも、星宮胡桃という存在のおかげだろう。


「うーん。どれもイマイチですねぇ」

そんな感じの毎日を過ごしていたある日、復讐ノートを見ている胡桃がそう呟いた。

天体観測部のいつもの座席。僕らのアジト。

僕はニュース記事の映るスマホをしまい、対面に座っている胡桃を見る。

「どうしたんだ？　次にやるテロのことで悩んでいるのか？」

「ええ、まあ。私たち、いくつかテロを決行してきたじゃないですか。だから、そろそろ大掛かりなことがやってみたいんですけど、ノートに書き溜めておいた作戦がどれもイマイチなんですよねぇ。なんというかこう、インパクトに欠けるというか」

ふむ、なるほど。今回は案を実現する方法がわからないのではなくて、そもそもいい案自体がないってことか。復讐ノートもネタ切れなんだろうか。それは困ったな。

「大掛かりでインパクトがあることって、どんなことだ？」

「なんかこうドーン！　バーン！　みたいなやつです。みんながびっくりするような衝撃的なやつがやりたいです」

「もっと多人数の目に触れるようなテロがやりたいってことか」

みんなが驚くような大規模なテロ。たしかに、やってみてもいいかもしれない。

全四回の犯行によって、僕らは経験を積んだ。

教師どもや生徒たちには、なにかが起こりそうだという不安を抱かせた。

そろそろ僕らの犯行が次のフェイズに突入したと示すような、印象的なテロを起こしてみてもいい頃合いではあるだろう。

「どんなことやりましょうかねぇ。先輩、なにかやりたいテロとかないですか？」

「やりたいテロってなんだよ。本物のテロリストでもそんな会話はしないと思うぞ」

「むー、うるさいです。なんでもいいから案を出してください」

そんなこと言われても困るんだよな。僕はずっと、胡桃の指示に従ってきただけだ。なんでもいいと言われたって、案なんてすぐに出るわけがない。

部室内に沈黙が落ちる。ポクポクポクポクという音が聞こえてきそうな間がしばらく続く。

先に口を開いたのは胡桃だった。顔を上げて、パチンと指を鳴らす。

「そうだっ！　文化祭をめちゃくちゃに破壊するっていうのはどうですか？」

「文化祭を破壊？　ああ……文化祭か……」

「たしかウチの高校って、七月の下旬に文化祭がありましたよね？　ちょうど、あと一ヶ月後！　もうそろそろクラスや部活で準備も始まるはずですし、ちょうどいいです！」

たしかに、西豪高校の文化祭は七月の下旬――夏休みの直前に行われる。

どうしてそんな中途半端な時期に行われるのかというと、それはひとえに学校側が「文化祭なんていうイベントは勉強の邪魔でしかない」と考えているからだ。

夏休み明けには、上位クラスと下位クラスを振り分け直す大事なテストがある。

秋休み前後は、進路希望調査や大学入試の準備で時間がない。

冬休み近くになると、受験と期末試験があるため教師も生徒も忙しく、そういう浮ついたイベントをやっている場合ではなくなる。

よって、消去法で夏休みの直前に文化祭がねじ込まれているのだ。

胡桃の提案について考えてみる。

文化祭を破壊する、か。時期的にもちょうどいいし、考えの方向性も悪くはない。

でも、思うことはあるんだよな。

「……文化祭で多人数の目に触れるようなテロができるかなぁ」

「え？　できますよ。全校生徒参加のイベントですよ？　十分すぎるほどの規模でしょ」

「あれ？　もしかして胡桃のクラスはまだ聞かされていないのか？」

「なにをですか？」

「今年の文化祭、下位クラスの生徒は参加禁止になったんだよ」

胡桃が目を丸くしてぽかんと口を開ける。この反応を見るに、初めて知ったっぽいな。

残念なことに、今年の文化祭は例年と違う形での開催となる。

下位クラスの生徒と未提出の課題がある生徒は参加禁止になったのだ。

それも模擬店の出店禁止とかではない。文化祭当日は登校すら禁止。自宅学習だ。

今年の学校全体の成績が極端に悪いとかなんとかで、急遽(きゅうきょ)そう決まったらしい。直近のホームルームで担任が「お前らが悪いんだぞ」というセリフとともに説明していた。

西豪高校では各学年の過半数が下位クラスの人間だ。それに加えて、上位クラスであっても未提出の課題がある者は参加禁止となると、もう参加できる人間のほうが珍しくなる。

文化祭が上流階級の特権みたいだ。実際、そういう位置づけにしたいんだろうな。

「参加する生徒が少ないと、必然的に規模も小さくなる。規模が小くなると、一般の来場者も減る。今年の文化祭では、胡桃が思っているほど壮大なテロは展開できないと思うよ」

「はぁー。なんですかそれ。せっかくいい作戦だと思ったのに」

「これが西高法(さいこうほう)ってやつなんだろうよ。徹底的に差別しないと気が済まないんだ」

「この学校、ほんとに終わってますね……」

吐き捨てるようにそう言うと、胡桃はぐでーっと腕を伸ばして机に突っ伏した。

うん。まあ、妙案だと思ったアイデアがボツになって萎える気持ちはよくわかる。

でも、考えてみてほしい。

文化祭が超小規模になるというのは、見方を変えればチャンスでもあるんだ。

「胡桃。今まで話したことを踏まえて、僕から作戦の提案がある」

「おっ！　なんですなんです？　面白い作戦じゃないと承知しませんよ？」

それは、どうかな。僕は悪くない作戦だと思うけど。

上体を起こして目を輝かせる胡桃に、僕は今しがた思いついた作戦を提案する。

「僕らで文化祭を復活させるのはどうだろう」

「復活？　……あー、逆に？　なるほどー？」

胡桃は思案するようにふんふんと何度か頷いたあと、意地悪く口角を吊り上げた。

どうやらお気に召していただけたようである。

「文化祭を復活させるのは大掛かりな感じしますね。いいですね」

「だろ？　下位クラスの文化祭禁止は、この学校が決めた差別的なルールだ。法律だ。文化祭を復活させるって行為はその法律を破るってことだから、学校への反抗になるはず」

「たしかにそうですね。この学校を変えるという目的にも合っています」

「具体的な方法はまだ考えてなくて悪いんだけど、どうかな？」

「うん。いいんじゃないですかね。私は賛成ですよ」

胡桃がオーケーを出したので、僕の提案は可決となった。

「それじゃ、決まりだな。僕らはこれから文化祭を復活させる方向で活動するってことで」

「はいっ。文化祭を復活させて……それで最後に思いっきり破壊してやりましょう」

「いやいや、なんで破壊するんだよ」

胡桃が「冗談ですよ」と言って二人の間で笑いが起きる……そんな想定だったのだが、

「え？」

「え？」

胡桃が目をぱちくりさせるので、僕も目をぱちくりさせることになった。

僕、なんかおかしなこと言ったか？　至極真っ当なツッコミだったよな。

「別によくないですか、破壊しても。復活させたあとに破壊しましょうよ」

「なんでわざわざ復活させるのに自分たちで壊すんだよ」

「えー？　なにが問題なんです？　文化祭が元の形になるんですから、当初の話どおり文化祭をめちゃくちゃに破壊するテロもやればいいじゃないですか」

僕の言うことが心底理解できないといった感じの表情で言う胡桃。

しばし、思考を整理する。

復活、その後の破壊……。

なるほど。荒唐無稽な発言に聞こえたが、考えれば考えるほどアリな気がしてくる。

当然の話、文化祭が例年どおりの形で開催されることになれば、文化祭をめちゃくちゃにするテロだって大規模に展開できるようになるのだ。

文化祭を復活させてから破壊する。たしかに。それでいいのか。

なんなら、普通に復活させるよりもそっちのほうが馬鹿にしてる感じあるしな。

どうやら僕は常識というものに囚われてしまっていたようだ。

「なんか、積み木を積んですぐに壊す赤ん坊みたいだな」

「あはは。それでいいじゃないですか。私たちはもとよりただの駄々っ子です」

そうかい。胡桃がそう言うなら僕は従うだけだ。

「わかった。文化祭を復活させたら、めちゃくちゃにするテロもやろう」

「やった！　なんかやる気が出てきました。がんばるぞーっ。『文化祭　復活させて　ぶっ壊す』。おっ、五七五になりました。スローガンだ。やば、うまいこと言っちゃった」

ドヤ顔で見てくる胡桃に対し、僕は様々な意味を込めて小さく首を振った。

全然うまくないし、やばくないし、そんなスローガンがあってたまるか。

「まずは復活させる方法をきちんと考えよう。そっちが達成できなきゃ話にならない」

「ああ、大丈夫ですよ。それについては、もうすでに考えがあります」

「なにか思いついたのか？　早いな。どんな考えだ？」

「それは……ふふっ。見てからのお楽しみってことで。今回は私一人で十分です」

＊

胡桃の語ったお楽しみについては、思いの外、早く知ることになった。
目撃することになった、と言ったほうが正しいか。
胡桃と二人で、文化祭を復活させて破壊すると決めた翌日のこと。
コンビニに寄った僕が登校するころには、すでに学校中が騒然としていた。
「なあ、なんか誘拐事件みたいな文章があったらしいけど」
「見た見た。俺が来たときにはもう廊下のいたるところに貼ってあったわ」
僕が教室に向かうまでの間に、そんな会話が各所から聞こえてくる。
人の集まっているところに行くと、なにに対して騒いでいるのかすぐにわかった。
噂の種は、学校のいたるところに突如として現れた張り紙だった。
『文化祭を復活させろ。さもなくば、恐ろしいことが起こる』
張り紙にはそんな脅迫メッセージが綴られている。

しかも、その文章は筆跡を残さないように新聞の切り抜きで作ってあった。犯人は新聞の文字を切り貼りして作った脅迫文を印刷して、学校中に貼ったらしい。

ドラマでしか見たことないようなブツである。再び舞い込んできた非日常と、なくなった文化祭が復活するかもしれないという期待に、西豪高校は朝から沸き立っていた。

もちろんウチのクラスも例外ではない。朝のホームルーム前の教室は「最近事件ばっかりだな」とか「前のはんこ事件と同じ犯人？」とか、そういう話で持ち切りだった。

なんというか、いつも話題性は抜群だな。

「ねえ、夏目くん」

席でクラスメイトの様子を見ていたら、隣の席に座っていた田中さんに話しかけられた。

「張り紙、見た？　恐ろしいことってなんだろう」

「……さあね」

「誰がやったんだろうね。怖いことする人もいるもんだね……」

相変わらずバレている様子は、なし。

田中さんの言葉に対して、僕は肩を竦めることで返事とした。

もちろん僕は、犯人が誰なのかわかっていた。

＊

たしかにドラマライクな脅迫文ならインパクトがあるし、学校側にこちらの主張をはっきりと伝えられる。学校の各所に張り紙をすれば、僕らがやろうとしていることが生徒たちもわかる。筆跡のないメッセージをコピーしてばらまけば、足がつく可能性も低い。

うん。まあ、やりたいことはわかるんだけどな。

あの方法はダメだ。間違っている。

いろんなテロをやって経験を積んだからってわけではないが、あの張り紙を一目見た瞬間から僕は確信していた。この方法で文化祭が復活することはない、と。

そして、僕のこの予想は見事に当たっていたようだった。

胡桃の貼った脅迫文は、朝のうちに教師たちの手ですべて回収され、捨てられてしまった。その後の変化は、ホームルームで「張り紙について騒ぎ立てないように」「犯人がいたら名乗り出るように」という話があっただけ。生徒の噂も朝以上には広がらず、教師たちも口頭注意以上の対応をせず、学校はゆるやかに元の様子へと戻っていった。

駅で爆破予告があったときみたいな大騒ぎにならなかったのは、脅迫文に具体的な害悪が書いていなかったから。それと、生徒の中に犯人がいるとわかりきっているからだろう。

「んー……あんまり効果なかったですねぇ……んちゅっ……朝の段階だとけっこういい感

じの騒ぎになっていると思ったんですけどねぇ……んっ……」

「んっ、ぷはっ。ちょっと待って。胡桃。キスをしながら考え事しないでくれ……」

「んー？　なんでです？　キスに集中してほしいんですかぁ？　ちゅっ」

「……違う。一人で息継ぎに必死になってる僕が、なんか馬鹿みたいだからだ」

放課後。僕と胡桃はいつものように天体観測部の部室で会っていた。

今は、その……胡桃の不満を解消するために床でもつれ合いながらキスをしている。というか、馬乗りになっている胡桃にひたすらキスをされている状態である。

「んっ、れぇ……ぷは。実際になんかテロを起こして脅迫しないとダメですかねぇ……」

「今回のは犯行で脅してもたぶんダメだよ。むしろ逆効果になると思う」

「なんですと？　むう。じゃあどうすればいいんですか。ほら、具体的な案を出さないとキスやめてあげませんよ。んちゅ……唇、はむはむしちゃいますからね……」

胡桃が僕の下唇をついばみ、ぺろんと捲り、圧迫するように刺激する。

これはよくない。このままキスされ続けていたら頭が沸騰してのぼせてしまいそうだ。

案なら部室に来るまでに考えてある。そろそろ次の行動についての話を始めようか。

僕はゆっくりと上体を起こしてあぐらをかいた。馬乗りになっていた胡桃をずるずるとずらして腿の上に座らせる。至近距離で見つめ合うような体勢だ。

「胡桃。やり方が違うんだよ」

「ん？　キスのやり方ですか？　ちゅー」

「……脅迫のやり方だよ」

呆れ顔をして見せるも、胡桃は気にせず僕の唇をちゅっちゅしていた。

具体的な案を話し始めたらキスやめるんじゃなかったのかよ。

もういいや。喋りづらいけどこのまま話を進めよう。

「胡桃の行動の意図はわかる。でも、学校側が『生徒の脅迫に屈して要求を呑んだ』という前例を作りたがるはずがない。今後もなにかあるたびに脅迫されることになるからな」

「ちゅー……っぱ……なるほど……？」

「今回みたいな直接的な脅迫じゃ学校は動かないんだよ。下位クラスの生徒と課題未提出の生徒の文化祭参加禁止が暴挙であったと、学校側が自ら認めるように仕向けるんだ」

「んー……なんか先輩のくせに生意気ですね……もっと口を開けろです……んちゅ……」

案を出せと言ったり生意気と言ったり、なんなんだ。口は開けるけど。

胡桃とキスをする。運動部の掛け声と吹奏楽の和音を背景に、粘着質な水音が響きだす。

いつしかキスは、僕にとって気持ちの切り替えの時間となっていた。

唇を重ねると神経が研ぎ澄まされる。世界に僕ら二人しかいないような気がして、不安や悩みを次々と切って捨てられる。そして、あとには背徳感とクリアな思考だけが残る。

「ぷはぁっ……」

キスに満足した胡桃が口を離すと、唾液が一本、糸を引いた。その粘液の橋が重力に従って伸び、垂れ、宙に溶けていく様を、胡桃はぼうっとした表情で眺めていた。

彼女は黒とアッシュの髪の束を耳にかけて、薄く口を開く。

「先輩。そんな偉そうに言うからには、なにか考えがあるんですよね」

「ん、まあな。うまくいくかはわからないけど」

「えー、しっかりしてくださいよー。先輩には期待してるんですからねー……」

胸元にもたれかかってくる胡桃を受け止めながら、僕はやろうとしている作戦を語る。

「少し考えていたんだけど……文化祭を復活させるのは、僕ら二人だけじゃ不可能だと思うんだ。いつもみたいに嫌がらせをするんじゃなくて、今回は学校にこちらの要求を呑ませないといけない。大掛かりなことをするんだからそれなりに人手がいると思う」

「…………。……私たちの他に仲間を増やすつもりですか？」

「そうは言ってない。招待状を書いて一時的な協力者を募ろう」

意図を理解しかねるのか、はたまた僕の提案に納得がいっていないのか。わからないが、胡桃はキスするときと違う形で唇を尖らせていた。

＊

部長各位

初夏の候。下位クラスに在籍する皆様におかれましては、学校が強いる徹底した成績差別の影響でご不満を抱える日々をお過ごしのことと推察します。

さて、このたび私たちは、下位クラスの文化祭参加禁止を受けまして、有志の生徒を集め息抜きのコンパを催したいと思っております。学年、性別、そして成績を気にすることなく参加できる学校外のイベントを計画しております。

つきましては、下位クラスの生徒でありながらも部活動の部長を務めていらっしゃる皆様にご協力をお願いしたく、ご案内申し上げます。

一度しかない高校生活。思い出を残したくはないでしょうか。

コンパの詳細に関しましては、事前説明会にてお伝えいたします。ご多用のところ誠に恐縮ではございますが、ぜひご出席くださいますようお願い申し上げます。

説明会で詳細を聞いた後にお断りいただいても構いません。

皆様のご参加、ご協力を心よりお待ちしております。

なお、ご協力してくださる方が少なかった場合、コンパは中止となります。一般生徒に誤った情報を広めないため、本招待状につきましては他言無用でお願いします。

下位クラス合同コンパ事前説明会のご案内

日時……六月二十五日　昼休み
場所……第二校舎三階　補講室

＊

第二校舎三階にある補講室には『一年生の再試会場』という明確な役割がある。

放課後は小テストの再試を受ける一年生で溢れかえっている場所なのだが、再試専用の教室みたいになっているせいで、日中はまったく利用されないし人も寄りつかない。

僕はそれを知っていたので、会議室としてこの補講室を指定したのだった。

「よし。それじゃ部長たちが来る前に準備しよう」

必要最低限の備品しかない閑静な空き教室。そこにある机を輪を描くような形に並べ替えて簡易的な円卓を作ると、僕は入り口から見て最奥にあたる席に座った。

「……先輩。よく知りもしない相手に招待状なんて送って大丈夫なんですか？」

黒髪モードの胡桃が僕の背中側から覗き込んできて、そう聞いてくる。

「うーん、正直わかんない。成功、失敗、五分五分ってところじゃないかな」

「えー。ごじゅっぱーって。その程度でやろうと思ったんですか？」

「今までと違って、今回は学校にこっちの要求を呑ませなきゃいけないんだ。ノーリスクでどうこうできると思えない。多少の覚悟は必要だよ」

「……そうですか」

「まあ、もしダメだったらそのときは一緒に痛い目を見てくれ」

僕が笑いかけても、胡桃の表情は浮かないままだ。他に不安な点でもあるんだろうか。

「……あの、私」

胡桃がなにかを言いかけたところで、遠くからトコトコと足音が聞こえてきた。

僕は手をかざして、喋ろうとする胡桃を制止する。

あらかじめ、今回の作戦……特に協力者候補と接触するときは、僕一人に任せてほしいと言ってある。僕と胡桃に直接的な関わりがあるという事実を不用意に広めないためだ。

僕が目配せをすると、胡桃は不満げな目をしたまま教室の隅に移動した。猫耳キャスケットを取り出して深く被り、素顔が見られないよう顔を伏せた状態で待機する。

ほどなくして、補講室のドアが遠慮がちに開いた。

「……失礼します」

そう言って現れたのは、明るい短髪と高身長が特徴的な三年生の男。

一人目の協力者候補。サッカー部の部長である。

僕は座ったまま、手振りで着席を促した。

「ようこそいらっしゃいました。三年四組、サッカー部の部長、岩田俊介さん」

サッカー部の部長は周囲を見回すと、僕に訝しげな目を向ける。

「……俺のこと知ってるみたいだけど、お前は誰なんだ？」

「今回のコンパの主催者、二年五組の夏目蓮です。よろしくお願いします」

質問に対して、一切の嘘偽りなくそう答えた。

ちなみに、今の僕は変装もしていない。完全に素を晒している。協力を取りつけるためには、信用されなくちゃならない。そのため、こういう形を取っている。

僕の自己紹介を聞いたサッカー部の部長は「ああ、そう」みたいな反応をしていた。

「なんか下駄箱に招待状が入ってたから来たんだけど」

「説明会の参加ですよね。ありがとうございます」

「あそこで帽子を被ってる女子は……スタッフか。あれ？　もしかして来たの俺だけか？」

「どれくらいの人数が集まるかは、まだわからないですね。もう少し待ってみないと」

そんな話をしていると、またガラリとドアの開く音がした。

「えっと、どうもー。こんちはー」

そう言いながら入ってきたのは、軽音部の部長。

「ようこそいらっしゃいました。三年六組、軽音部部長の柏木奏多さん」

「なんかコンパ？　の説明会があるって聞いたんだけど」

「ここであってますよ。どうぞお座りください」

それからドアが開くたびに入ってきた者と同じような会話をした。最終的に集まったのは、サッカー部、軽音部、バドミントン部、映画研究部、バスケ部の部長。計五名だった。

七名に招待状を送ったはずなので、なかなかいい出席率だと言えるだろう。

昼休みの半ばで、もうこれ以上は来ないと判断。

僕は咳払いを一つして注目を集めると、着席している部長たちを順繰りに見る。

「本日はお集まりいただき、ありがとうございます。学校外コンパの企画、運営を担当いたします、二年五組の夏目蓮です。よろしくお願いします」

そう言って頭を下げるが、拍手は起きなかった。

部長たちはこの会議と僕個人にまだ不信感があるようだ。まあ、これからだな。

「これより僕の企画した自主コンパについて説明したいと思うのですが、ご説明の前に一つ。みなさんにお聞きしておきたいことがあります」

一呼吸のためを作って、僕は仰々しい表現で問う。

「みなさん。七月の二十三日がなんの日かご存知ですか？」

部長たちは「あれだよな」と言いたげな様子で、お互いに顔を見合わせていた。

そりゃそうだ。わからないわけがない。

「……二十三日は文化祭だろ」

そう答えたのは、ちょうど僕の正面に座っているサッカー部の部長だった。

うむ。半分正解、半分不正解。だが、百点満点の回答である。

「たしかに西豪(さいごう)高校の文化祭の日ですね」

僕は小さく頷(うなず)いたあと、はっきりとした口調で部長全員に向かってこう言い放つ。

「文化祭の日ではありますが、あなたたちにとってはただの休日ですよね？」

部長たちは口を引き締め、眉根を寄せて僕のことを睨(にら)んだ。

全員が不快に思った様子だった。それもそのはず。僕が招待状を送って集めたのは『下位クラスに在籍していて、なおかつ部活動の部長をやっている生徒』なのだ。

この場にいる全員、文化祭に参加する権利を持ち合わせていない。

「……なんでわざわざ嫌な言い方をするんだ。なにが言いたい？」

またもサッカー部の部長が言う。どうやら彼が部長たちを代表して僕と話をするようだ。

「単刀直入に言いましょう。上位クラスの人間が文化祭で遊んでいるのに、僕ら下位クラスだけ自宅学習なんて不公平じゃないですか？」

部長たちは依然として硬い表情をしていた。僕の発言を不快に感じた他に、想像していた説明会と違って困惑しているというのも理由としてあるのだろう。

僕の言葉に、サッカー部の部長がぶっきらぼうに返事をする。

「成績が悪いんだから遊べないのは仕方ないだろ」

「そういうふうに考えられるのは素晴らしいことだと思いますが、本当に心から仕方ないって思ってますか？　学校や上位クラスへの不満は一切ないと言えますか？」

「……そりゃ、文化祭の参加禁止はやりすぎだろと、ちょっとは思ったけど」

他の部長たちも同じような心境なのか、硬い表情のままそれとなく頷く。

それならいい。少しでも不満を覚えてくれているのなら、今回の作戦は成立する。

「そこで、みなさんにご提案です。七月二十三日、僕ら下位クラスは外で遊びませんか」

「……はあ？　どういうことだ？」

「同じ学校の高校生なのに上位クラスの生徒だけ遊べるなんて不公平です。だから、文化祭の当日に、僕らは文化祭と関係ないところでコンパをやるんですよ。本日はこの提案と説明をさせていただくために、お集まりいただきました」

不可解と納得の狭間にいるであろう部長たちに、僕はまくし立てるように具体例を出す。

「バドミントン部は体育館を借りて、交流目的の大会を開いてみてはいかがでしょう。軽音部は公園でライブをやるとかおもしろそうですね。映画研究部は興味がある人を募集してちょっと遠くにある大型の映画館に足を向けてみるとか。サッカー部とバスケ部は、部外の生徒も呼んでバーベキューなんかやったら楽しいと思いますよ」

「ちょ、ちょっと待てよ。あんまり理解できてない」

サッカー部の部長が、頭をガシガシと掻きながら僕の話を遮った。

「なんだよ、楽しいと思いますよって。文化祭に参加できないから外で遊ぼうってのは理解できる。でも、なんでお前に部活中心で遊ぶことを提案されなくちゃならねえんだよ」

うむ。至極真っ当な指摘である。言われると思った。言われるよう仕向けた。

さて、ここからが本題だ。僕は原稿を読むように、予め考えておいた内容を語る。

「僕がみなさんに遊びの提案をするのには、きちんとした理由があります。一切の嘘偽りなく本音を言いますと、僕は今年の文化祭をいつもの形に戻したいんですよ」

「は？　文化祭？　……お前まさか、この前の張り紙の犯人か？」

「違いますよ。あの張り紙に影響を受けたというか、文化祭を復活させたい生徒がいることを知ったので、僕は僕の方法で行動に出ることにしたんです」

僕が素性を明かしているのは、この動機に信憑性を持たせるためでもあった。匿名の脅迫とは別口のアプローチ感を演出して、僕の提案に正当性があるっぽく見せるのだ。

「あの張り紙みたいな方法じゃ、学校は動きません。だから、僕は考えたんですよ。どうすればこの学校の文化祭を復活させられるのか。そして、一つの結論に至りました」

「……結論？　方法があったのか？」

「はい。下位クラスを文化祭に参加させないと面倒なことになると思わせればいいんです」

訝しげな目になる部長たちに、僕は追加で説明をする。

「問題を起こしそうな生徒たちがいるから、文化祭に参加させるという形で生徒を校舎に閉じ込めておいたほうがいい。学校にそう思わせるんですよ」

僕は胡桃(くるみ)に語ったものとそっくり同じ文化祭復活計画を語る。

「問題が起きそうで、学校側が嫌がりそうなこと。それは、学校外での大規模な集会だと考えました。コンパなんてものを企画すれば学校は生徒を閉じ込めたいと思うはず。そのために皆さんに協力してほしい。今日は、この提案がしたくて集まってもらいました」

「要するに、文化祭を復活させたいから俺たちにコンパを企画しろと？」

「そういう意味になりますね。ごめんなさい。騙(だま)すような招待状をお送りして」

心証の操作のため謝ったのだが、部長たちは浮かない顔をしたままだった。

「言いたいことはわかったけどさ、それに協力して俺たちになんか得あるのかよ？」

「文化祭が復活しなければ、予定どおり学校外で遊べばいい。文化祭が復活したら、文化祭で楽しめばいい。あなたたちはどのみち遊べる。悪い話じゃないと思いませんか」

サッカー部の部長は「うーん」と考え込むような仕草を見せた。

悩んでくれるのならば、まだ救いようがある。ここで「いや勉強できない俺たちに遊ぶ権利とかないし」と一蹴されたら終わり。そこまで洗脳されていたら諦めるところだった。

僕は部長たちを真剣な眼差(まなざ)しで見つめながら言う。

「多くの人を動かすのに、部長である先輩方の力が必要なんです」

「なるほどな。それで俺たちにお願いしてんのか」

「はい。コンパの場所の確保なんかは僕がやります。そういう面倒なことは一切しなくていいです。先輩方にお願いするのは参加者集めだけ。部員を中心に、知り合いで遊びたそうな人がいたら声をかけてくれるだけでいいんです。協力してくれませんか」

「そうは言ってもな……もしバレたら先生たちに怒られそうだし……」

その点については問題ない。反論を用意してある。

「大丈夫ですって。教師にバレたとしても、ここにいる五人が同時に企画して人を集める形になるんです。個別に怒られるようなことはないですって」

「う－ん……」

それでも渋る部長たちに、僕は用意していた切り札を使うことにした。

「わかりました。では、こうしましょう。外で遊ぶことになった際の費用については、全額僕が負担します。本当の意味で先輩方は遊びたそうな人を集めてくるだけでいいです」

僕が「それでもダメですか」と聞くと、部長たちはまた顔を見合わせた。

視線で会話をするような雰囲気が続いたあと、サッカー部の部長が僕を見る。

「お前はそこまでして文化祭を復活させたいのか？」

「させたいです。今年に下位クラス文化祭参加禁止の前例を作ったら、来年もきっとそうなってしまう。お願いです、先輩方。どうか力を貸してくださいませんか」

声を絞り出すような感じでお願いする。

僕の態度がどう受け取られるかだが……狙いどおり、部長たちは「必死に文化祭が復活する方法がないか考えて、先輩を頼るしかなかった後輩」として僕を見てくれたようだ。

「俺たちは部員を中心に『文化祭の日は外で遊ぼうぜ』って声をかければいいんだな？」

「はい。それだけでいいです」

「……わかった。そこまで言うならやってやるよ。俺も受験前に遊びたいしな。ただし、お前の目論見（もくろみ）どおりにならなくて、文化祭が復活しなくても文句は言うなよ？」

「もちろんです。そのときは存分にコンパで遊んでやりましょう」

「おう。……それで、俺以外は？　協力するのか？」

サッカー部の部長に続く形で、他の部長たちも賛同の意を示してくれた。

「皆さん、本当にありがとうございます。お力添えに感謝します」

僕は誠意が伝わるように、机に手をつけて深々と頭を下げる。

そして、口の奥底で笑みをこぼした。

うまく口車に乗せられて、なにもわかってないな。情熱的な後輩に協力してあげたつもりかもしれないが――お前らが行ったのは悪魔の取引だよ。

「学校側にコンパが組織的な計画であると気づかれるのは避けたいです。どうか、この集会と、ここにいるメンバーのことは他言しないようにお願いします」

「……了解」

「ありがとうございます。では、具体的な内容決めに移りましょうか」

＊

説明会を終えてから数日が経過した、ある日の昼休みのこと。

西豪高校の学食は、相変わらず差別の様相を呈していた。

長机とパイプ椅子の座席。日当たりのいい席と悪い席で雰囲気がはっきり分かれている。上位クラスの生徒による調味料の独占や椅子の強奪などが横行しているが、その場にいる人間は教師を含め全員がそれを当然だと思っていて、声を上げるような者は誰もいない。

本当に、食欲が失せるような光景だ。

しかし、その日はいつもと違う点もあることにはあって、それは下位クラスの生徒たちの会話にほんの少しだけ活気があることだった。

「なあなあ、なんか軽音部がライブやるらしいんだけどお前も行く？」

「文化祭の日のやつだろ？　俺、バーベキュー行くことにしてんだよね」

「マジかよ！　俺もそっち行こうかな」

僕は日当たりの悪い下位クラス用の席で、そんな楽しげな会話を聞いていた。

ぶっかけうどんをすすりながら、机の下でこっそりスマホを操作する。

『また会話があった。部長たちはうまくやってくれているっぽいな』

胡桃にそうメッセージを送ると、すぐに既読がついて返信がきた。

『そうみたいですね。新しく私の近くに座った人も映画に行くって話をしています』

顔を上げると、斜め右の奥のほうに座っている胡桃と目が合う。胡桃は傍目からはわからない程度に口角を上げて、カレーライスをぱくり。そのまま食事に戻っていった。

今日、僕と胡桃はコンパ開催の話がどれだけ広まっているのか確認するべく、混雑時を狙って学食を訪れていた。自クラスで盗み聞きしてもよかったのだが、先輩と後輩が入り混じる学食のほうが学校全体の雰囲気を知ることができると考えたのだ。

別々の席で食事をしているのは、別々の場所で聞き耳を立てたほうが一度に多くの情報を集められるからである。

今のところ、部長たちの参加者集めは順調らしい。話題沸騰というわけではないが、コンパの話は着実に下位クラスの生徒たちに広まっているようだった。

聞き耳を立てるため静かにうどんをすすっていると、膝の上でブーとスマホが震えた。

胡桃からの新着メッセージ。有用な情報でも聞こえてきたのだろうか。画面を確認する。

『ご飯を食べてるときの先輩、なんかモルモットみたいでかわいいですね』

まったく違った。なにを見てるんだ胡桃は……。

『そういうこと言うな。なんか食べづらくなる』

『こっそりメッセージ送り合ってるの、なんか社内恋愛みたいですね？』

『社内でもないし恋愛でもないだろ』

遊びに来ているわけじゃないんだから、ちゃんと調査してほしい。なんなんだよ。

顔を上げると、胡桃が僕に向かってべーっと舌を出していた。僕も胡桃もゆっくり食事をしとはいえまあ、胡桃が飽きる気持ちもわからなくはない。コンパの状況はだいたい把握できている。

て、だいぶ長いこと学食に居座っているのだ。そろそろ教室に戻ってもいいだろう。

進捗は悪くないとわかった。そう思い、胡桃に切り上げる旨のメッセージを送ろうとしたところで、

「あれ？　夏目くんだ」

さっきまで空席だったはずの正面から、そんな声が聞こえてきた。

顔を見なくても誰かわかった。この透き通るような声の主は田中さんだ。

田中さんは白身魚のフライ定食が載ったトレーを持った状態で、僕を見下ろしていた。

「珍しいね、学食にいるなんて」

「えっと、今日は朝にコンビニ寄れなくて学食なんだ。田中さんは今からお昼？」

「あー……うん、ちょっとね。女友達と会ってて、それでお昼が遅くなっちゃったの」

田中さんは、はにかむような笑みを見せると、どこか遠慮がちな目になる。

「あの……さ、夏目くん。もう食べ終わっちゃうかな？」

「あ、いや、まだそれなりに残ってるけど」

田中さんは周囲を確認するような素振りを見せ、ふう、と息を吐いた。

「そっか。もしよかったら、ご一緒してもいい？　私、一人なんだよね」

「ああ、うん。田中さんがいいなら、僕はいいよ」

広げていた食器を手元に寄せてあげると、田中さんは「よかったぁ」と安堵の表情を浮かべながらトレーを置いた。臀部を撫でるようにしてスカートを伸ばし、着席する。

これは棚からぼたもちだ。いい展開になったな。田中さんと食事できるのもそれなりに嬉しいが、それ以上にコンパのことを誰かに聞くチャンスが訪れたことが嬉しかった。

『悪い。先に切り上げて戻ってくれ。僕はもうちょっと調査してから戻る』

机の下で胡桃にそうメッセージを送り、スマホをポケットにしまう。

田中さんが「いただきます」と言って食事に手をつけるのを待つ。僕は数センチうどんをすすって自然な間を作りだしたあと、世間話をする感じで話を切り出した。

「そういえばさ、田中さんってなんか部活とか入ってたっけ？」

「部活？　あー……入ってない、かな。いちおう。課題とかで忙しいし」

「まあ、ウチの学校じゃそうだよね。そういう人、多そう」

「うん。残念だけどね。どうして急にそんなこと聞くの？」

僕は「あー」と言い、なんでもないふうを装って本題を話す。

「なんか最近、文化祭当日に部活仲間で遊びに行く人がいるって話を聞いてさ。それでちょっと、田中さんはどうなんだろうって気になったから聞いてみたんだよね」

「あっ、それ、なんか私も聞いたかも。バーベキューとか？　だよね？」

「そうそう。部活に入ってないなら田中さんは参加しない感じ？」

「うーん……私はたぶん参加しないかなぁ。なんかあれ、部活関係なく参加できるみたいだけどね。それでも私は行かないな。ダメって言われそうだし」

教師に止められそうだから行かないのか。田中さんは慎重なタイプの人なんだな。

「友達に誘われたりはしなかった？」

「誘われたよ。文化祭なくなったからあっち行こーって言ってた。でも、私は断ったよ」

なるほど。二年女子の間でもそれなりに話は広まっているようだ。

やっぱり盗み聞きをするのと直接聞くのでは情報の質が違う。田中さんだけでなく、田中さんの友達がどう思っているのかまでわかってしまった。

「こういう話をするってことは、夏目くんは参加しようと思ってるの？」

小首を傾げる田中さんに、僕は用意しておいた回答を口にする。

「いや、僕も参加はしないかなぁ。なんか映画鑑賞会とか公園ライブとかを企画しているグループもあるみたいだけど、どれもいまいち興味が湧かなくて」

「あ、そんなものあるんだ。みんな精力的だね」

状況も聞けたし、バーベキュー以外のコンパの宣伝もできた。こんなもんでいいだろう。

うどんをすすって沈黙を作ったあと、僕は関係ない会話を切り出した。

「あっ。話、変わるんだけど、この前に話した好きな曲――」

それからは消化試合だった。

僕は、適当に雑談をしながら田中さんのペースに合わせて食事を終えた。

食後。一緒に教室へと戻るのもなんだか気まずいので、僕は職員室に用事があると言って少しだけ先に席を立った。空の食器の載ったトレーを持って返却口に向かう。

すると途中、胡桃の後ろ姿を発見した。胡桃は無言で返却口にトレーを置くと、僕に目を向けることなく早歩きでスタスタと廊下へと出ていってしまう。

切り上げていいって言ったのに、この時間まで残っていたのか。

追いかけて声をかけると目立ってしまうので、僕は報告がてらメッセージを送ることにした。トレー返却後、教師に見つからないよう廊下の隅に行ってスマホを取り出す。

『部活外からも参加可能っていうのは、みんなわかっているっぽい』

シュポっという情けない音とともに送信。既読はすぐについたが、返信はなかった。

文字を打つ余裕がなかったのか、返信の必要はないと思ったのか。

まあ、なんでもいいか。そう思いスマホを閉じようとしたところで、胡桃の黒猫アイコンの右上にプロフィール更新のマークがついていることに気がついた。

見ると、空欄だったステータスメッセージが「うそつき」に変わっていた。

＊

気になる点はあったものの、放課後になってしまえば胡桃はいつもの様子だった。

その日は作戦会議を予定していたのだが、僕が遅れて部室に入ると、胡桃は気だるそうな顔で猫耳キャスケットをくるくる回して遊んでいた。

「おっ。どもです先輩。遅かったですね。ヤニ休憩でも行ってたんですか？」

「普通にホームルームが長引いたんだよ。タバコは、その……あれ以来、吸ってない」

「んー？『あれ』って、なんです？ ちゃんと言ってくれないとわかりませんよ」

復讐モードの胡桃はくすくすと笑った。まったく。意地悪な奴だ。

僕がパイプ椅子を引いて着席すると、胡桃は猫耳のキャスケットを被った。バッグから黄色いノートと細身のシャープペンシルを取り出して机に載せる。見慣れた光景だ。

「じゃ、作戦会議を始めましょうかね」

「そうだな。……と言っても、なにか会議することあるか？ 今のところ順調だろ」

「文化祭を復活させるほうに関しては、たしかに順調そうですね」

「……ああ、そういうことか」

「今日は文化祭をめちゃくちゃにするほうについて話し合いましょう」

西豪(さいごう)高校の文化祭は七月の下旬。仮に復活させることに成功したとしても、それから破壊活動の作戦を考えていたのでは遅い。胡桃(くるみ)はそう思ったのだろう。

まあ、それなら異存はない。僕としても、間違いを犯してしまわないようにテロの準備は徹底したい。イメージトレーニングができるくらいには犯行内容を決めておきたい。

「どんなことやりましょうかねー。当初の予定どおり派手なやつがいいですよね」

言いながら、胡桃は復讐(ふくしゅう)ノートをパラパラと捲(めく)って白紙のページを開く。なにか提案してくれるんじゃないかと期待していたのだが、胡桃も特に考えてきてはいないらしかった。

「大掛かりでインパクトがあるものだろ？　そう簡単には思いつかないよな」

「んー。勝手にドでかい花火を打ち上げるとかどうです？　ドーンって」

「花火を打ち上げるのってたしか国家資格がいるだろ。僕らじゃ用意も着火も不可能だ」

「できるかできないかは一旦、考えないで。案としてどうです？　花火」

「派手ではあるけど、普通にお祭り中じゃイベントの一つだと思われそうだな……」

それに、花火ではなんというか『芸』がない。

メッセージ性と言い換えてもいい。今まで僕らがやってきた犯行は陰湿な嫌がらせではあったが、その中にきちんと信念があった。歪(ゆが)んだ美学のようなものがあったはずだ。言うならば、政治や世間の風刺なんかをストリートアートで表現するバンクシーみたいになろうとしていた。行動はともかく、心だけはそうであろうとしていたはずなのだ。

難しいかもしれないが、やるならそういうテロがいい。

「もっと後悔と損害を与えられるようなテロがお好みですか」

皆まで言わずとも胡桃は察してくれたらしい。唇を尖らせながら腕を組んでいた。

「後悔と損害……ちょっと、学校が文化祭をやる理由から考えてみるか」

「ん？　どういうことです？」

「生徒に勉強させることだけを考えるんだったら、文化祭なんて端からやらなくていいはずなんだ。どうして西豪高校という進学校で文化祭なんていうイベントが今年まで生き残っていたのか。そこにいいアイデアを出すためのヒントがあるような気がするんだよ」

「なるほどですね。……ちなみに、一般的な文化祭は、生徒に経営の体験学習の場を作ること、それから、集団行動の大切さを学ばせることを目的にしているらしいですよ」

「そうなのか。よく知ってるな」

「でしょでしょ。私、天才ですから。もっと褒めてくれていいんですよ」

胡桃はドヤ顔で僕にスマホを見せた。「文化祭　なぜやる」の検索ワード。現代っ子め。

「体験学習と集団行動、ね。耳が腐りそうな綺麗事だな。ウチの高校は成績の良し悪しと大学の現役合格がすべてだ。生徒に社会勉強させようなんて微塵も思っていないだろ」

「でしょうね。んー。なら、どうして文化祭なんて続けていたんでしょう？」

「ここって私立だし、なにか実利的な理由があると思うんだよな」

「ふーむ。実利ですか……模擬店の売上が欲しい、とかですかね」

「いや、そこからはそんなに利益出てないと思う。あと、売上は全額どっかに寄付される」

学校というだけで美化されるが、結局は私立高校なんて営利企業でしかない。

西豪(さいごう)高校がなにを利益にして、ここの教師がなにを収入としているか。

それを考えていけば答えが導き出せそうだが……。

「……もしかして、文化祭って保護者と入学希望者に学校の楽しい様子を見せるためにやってるんじゃないか？　一種の学校見学みたいな感じで」

「あー。それはあるかもしれませんね。私も中三のときここの文化祭、来ましたし」

「文化祭をやらなくなったら、きっと来年の入学希望者数に影響が出るんだよ」

「たしかに。イベントがない高校とか誰も入学したいと思わないですしね。それが文化祭を開催していた理由ですか。おー。なかなか鋭い推理ですね。さすが先輩」

胡桃(くるみ)に「ぱちぱちー」と小さく拍手をされる。

ちょっと考えれば誰でもわかりそうだが。褒(ほ)められるのは悪い気分ではない。

「となると、学校側に最も損害を与えられる方法は入学希望者を減らすこと、ですね？」

「そうなるな。全人類がこのクソ高校に入学しようなんて思わなくなれば最高だ」

「ふむ。その方向でテロを考えてみましょうか……」

二人でしばらく考える。先に「あっ」と指を立てたのは胡桃だった。

「入学希望者で思いついたんですが、私たちで真の学校説明会を開くのはどうです？」

「真の学校説明会？　……ああ、この学校の劣悪さを教えてあげるってことか？」

「そう！　そうです。さすがに本格的な説明会は無理ですけどね。学校の内情を説明という体で外に漏らすんです。具体的な方法は……授業中の暴言を録音して、一般に向けて流すとかどうですかね？　入学希望者にここの教師どもの暴言を聞かせてあげるんです」

「暴言放送か……アリかもな。でも、どうやってやるつもりだ？　難しいぞ」

「文化祭当日に放送室をジャックするのはどうですか。学校全体に影響を及ぼせます」

ジャックて。そんなことしたら、いよいよ本物のテロリストである。

……まあ、文化祭中に放送室を勝手に使うくらいはできなくはないか。それっぽい理由や言い訳を並べ立てれば、放送室に入って、中にいる人を追い出せるはずだ。

「文化祭のクライマックス。盛り上がっているところで、学校全体に暴言放送を流すんです。『西豪高校の日常風景をご紹介します』って言って！　最高のフィナーレですよ！」

「なるほどな。……うん。それなら皮肉が効いているし、いいかもしれない」

「決まりですね。では、決行に向けて暴言を録音しないといけませんね。できるだけひどいものがいいです。それこそ放送できないようなものであればあるほどいいんですが……」

「……ん。ちょっと待って」

僕はポケットからスマホを取り出して、コト、と机に置いた。

「録音データならあるよ」

胡桃がきょとんとした顔で目を瞬かせる。

「え？　え？　なんで？　いつの間に録音したんです？」

「……胡桃に出会うよりも、前にな」

今年度の初め。教師に暴言をやめろと言ったとき。僕は本当に『出るところに出る』つもりでいたのだ。結局、呆れ果てたので実行に移すことはなかったが。

まさか、こんな形でこの録音が役に立つとは思わなかったな。

「さすがですね、先輩っ！　では、破壊のほうはこの方針でいきましょうか」

「……ああ」

胡桃が拳を向けてくるので、手を伸ばしてグータッチをした。

胡桃と触れたあと、僕は自分の拳を引いて視線を落とした。

文化祭復活計画の第一段階はうまくいっている。文化祭破壊計画も大筋が決まった。

そうか——僕らは、この学校の生殺与奪の権利を得ようとしているのか。

不思議な感覚がする。緊張と全能感が体中を駆け巡っていて、酩酊してしまいそうだ。

ポケットにしまったスマホが、さっきよりも重たくなっているような気がした。

＊

翌日。僕は朝からずっと、状況確認のために自分のクラスで聞き耳を立てていた。

コンパ企画は人が人を呼び、雪だるま式に参加者を増やしているようだった。コンパという名称が女子の参加を渋らせるような気がしていたが、そこは男子たちが「レクリエーション会」とか「お楽しみ会」とかに変えて、言葉巧みに誘っていた。ほんと、下位クラスのくせにそういう悪知恵だけは働くんだよなぁ、と思った。なお、これは自虐でもある。

そんなこんなでうまくいっていたコンパ企画だったが、転換期を迎えることになる。

帰りのホームルームで、不機嫌顔の担任がクラス全体に向かってこんな話をした。

「文化祭当日に学校外で遊ぶ計画を立てている人間がいるようですが、ふざけるのも大概にするように。文化祭の日、下位クラスは自宅学習だと言っているはずです。当日は手の空いている教員が近隣駅に見回りに行きますので、おとなしく家で勉強していなさい」

教室が少しざわつく。遊びに行く予定だった生徒たちが不満を漏らしているのだろう。

「今年の下位クラスは本当に出来が悪い。こんなことも言わないとわからないんですかね」

教室内にはやや不満げな空気が漂っていたが、教師が七月に控える期末テストの話をし始めると、曖昧な雰囲気になった。予定が有耶無耶になって消えた瞬間だと思った。

さて、これにてコンパも文化祭も完全に禁止となった。

甘い作戦が招いた最悪の結末……ではない。

ここまですべて、僕の予定どおりだ。学校外で面倒事が起こりそうなだけで文化祭が復活することはない。そんなことは、最初からわかっていた。計算の内だった。

僕の文化祭復活計画はうまくいっている。次のステップに移行しよう。

僕はもう一度、招待状を書いて部長たちを招集した。

＊

「おい。文化祭を復活させる計画、ダメだったじゃないか」

第二校舎の補講室にメンバー全員が集合した瞬間、サッカー部の部長にそう言われた。

簡易円卓に座っている部長たちが僕を睨んでいる。ややご立腹の様子である。

「先生が見回りするってよ。うまくいかねえじゃねえか。幸い、先生に個人的に怒られるようなことはなかったけどよ。外で遊ぶのも文化祭を復活させるのも無理だった」

「そうですね。そうなってしまいましたね」

「日曜に食材を見に行ったりして楽しみにしてたのに。上げて落とされた気分だ」

サッカー部の部長が肩を落とすと、軽音部の部長が「練習したのに」と呟く。その便乗に便乗する形で「バド部も楽しみにしてた」とか「見たい映画があった」とか声が出る。

ひとしきり愚痴が出揃ったあたりで、サッカー部の部長がため息を吐きながら僕を見た。

「それで？　夏目。これからどうするんだよ」

「どうするって、なにがですか？」

「コンパと文化祭のことだ。招待状を送ってきたってことは、まだ策があるんだろ？」

期待の込められた眼差しが向けられる。部長たちはまだ諦めていないようだ。

僕は全員を順繰りに見たあと——わざときょとんとした顔を作って言う。

「そんなものないですけど。コンパの計画は破綻。文化祭も復活しない。それだけでしょ」

数秒間の沈黙。身を乗り出して問い詰めてきたのは、やはりサッカー部の部長だった。

「はあ!?　お前、なんか次の作戦とか考えてきたんじゃねえの？」

「別になにも考えてきてないですけど」

「いやいや、なんで俺たちのこと集めたんだよ!?」

「計画がダメになったので報告会をしておこうかなと思いまして」

「いらねえよそんなの！　そんなのどのクラスでも教師に言われてわかってんだろ」

サッカー部の部長が椅子に身を投げ出すと、他の部長たちもウンウンと頷く。

「……じゃあ、これで終わりか？　学校生活で思い出を作るって話は、終わりなのか？」

「そうなりますね。『僕から提案することは』なにもないです」

「くっだらねえー。チッ。真面目に取り合ったのが馬鹿だったわ」

そう吐き捨てると、サッカー部の部長は立ち上がって出入り口に向かった。これ以上ここにいるのは時間の無駄だと思ったようだ。

代表者となっていた彼が帰ることを決めたので、他の部長たちもそれに従うことにしたようだった。後頭部を掻いたり肩を竦めたりしながら、次々と席を立っていく。

「……先輩」

気づけば、隅のほうに立っている胡桃が不安そうな表情をこちらに向けていた。

その、なんだ。そんな目で見られても困るんだよな。

だって、なんの心配もない。僕の計画はここからが本番なんだ。

「諦めるんですか？」

出入り口のドアが開く直前、僕は部長たちの背中に向かってそう言葉をかけた。

ゆっくりと、波紋が広がるように、部長たちが振り向いていく。

最奥。サッカー部の部長が、ドアに手をかけたまま僕を見て、ため息を吐いた。

「それはお前の言うセリフじゃないだろ。俺らはお前に乗せられたんだ」

「いいえ、僕のセリフであってますよ」

突き刺すように向けられる視線に負けないよう、僕は堂々と言う。

「もう一度、聞きます。学校と上位クラスに金も自由も奪われたまま、諦めるんですか」

「……なに？」

「上位クラスが遊ぶためにお金を払って、それでいいんですね。お貢ぎ、ご苦労様です」

部長たちは眉根を寄せる。僕がなにを言っているのかさっぱりわからないようだった。

「ちょっと待て。お前、なんの話をしているんだ？　自由を奪われたのはわかるけど、金とか貢ぎってなんだよ。俺たちがいつ上位クラスの連中に金を払ったんだ？」

そうか。やっぱりわかっていなかったか。なら、教えてやる。

――この学校が孕んでいる闇について。

「僕は教科外活動費の話をしているんですよ」

「はあ？　なんだよそれ」

「西豪高校が徴収している学費の内訳の一つです。金額にして、おそらく五万強。先輩方のご両親が必死に汗水垂らして働いて、今年度の初めに学校へ支払ったお金の一部ですよ」

「……で？　それがなんなんだ？　なにが貢ぎなんだよ」

「わかりませんか？　教科外活動費というのは、文化祭の開催費のことです」

正確には全額が文化祭開催費ではないが、それは言わなくてもいいだろう。

「下位クラスの生徒は、文化祭の開催費を支払っているんですよ。参加禁止なのに」

「え、いや……下位クラスだけ減額されてたりするんじゃないのか？　さすがに」

「それはありえないです。なぜなら、下位クラスの文化祭参加禁止は今年度に入って急に決まったから。学費は年払いなので、今年度の初めに一括で支払っているはずですよ」

部長たちは困ったように顔を見合わせていた。

「……はあ？　待てよ夏目（なつめ）。そんなこと」

「そもそも、上位クラスでも課題未提出者は参加禁止って話ですよ？　課題未提出で文化祭に参加できなかった生徒にだけ返金対応とか、すると思います？　ありえないでしょ」

実際にはありえるのかもしれないが、そこはこの学校の日頃の行いが悪い。日々、下位クラスの生徒として虐げられている部長たちは、妙に納得してしまったようだった。

あとは簡単だ。生まれてしまった猜疑心（さいぎしん）は、事実無根の言葉でいくらでも増幅できる。

「先輩方。この学校は、間違いなく生徒から徴収した金をちょろまかそうとしています」

「……それ、マジかよ」

「文化祭の規模縮小で浮いたお金で、この学校の教師たちはなにをするつもりなんでしょうね？　飲み会？　パチンコ？　ああ、風俗なんかに行ってるかもしれませんね」

場の雰囲気が重く沈んだ感じがした。どうやら全員、食いついてくれたようだ。

「わかりました？　僕らは不当に文化祭に参加することを禁止されているんですよ」

「…………」

「この学校の教師と、この学校の教師に調教された学畜どもは、勉強ができなければ遊べなくて当然だと思っているようですけどね。残念ながら文化祭の話はそう単純じゃない」

聞く者の胸にある怒りや憎しみの感情を煽（あお）るように、僕は言い放つ。

「金を徴収しておいて文化祭に参加するのは禁止なんて、そんなことは本来、許されない」

僕がそこまで言って、やっとこの学校の理不尽さを完全に理解したようだった。部長たちは深刻そうな面持ちで、顔を見合わせ、お互いの様子や反応を窺っていた。

仕上げだ。僕は立ち上がり、嫌味ったらしい口調でコンプレックスを刺激してやった。

「どうぞお帰りください。テストの点数で負けて、成績で劣って、差別されて、自由を奪われて、その上、金まで搾取されてしまう哀れで救いようのない負け犬の先輩方」

「……………」

「そのしょうもない人生の中で、一生、搾取されていればいいんじゃないですか？」

「……お前、言っていいことと悪いことがあるだろ」

サッカー部の部長がズカズカと歩いてきて、僕の胸ぐらを掴み上げる。

ここでビビっちゃいけない。僕は怯むような様子を見せず、相手の目を見据えて返す。

「お言葉ですが、先輩。怒る相手が違うでしょう」

導火線に、火がついた。

＊

『下位クラスを文化祭に参加させないと面倒なことになると思わせればいい』

僕がそう考えたのは事実だ。

だけど、実際に文化祭を復活させるまでの手順が、胡桃や部長たちに話したのと違った。

胡桃の張り紙を見た瞬間から、僕はずっと考えていたのだ。

この学校は、コンプレックスを刺激すれば生徒を従わせられると本気で思っている。

生半可な脅しや犯行じゃ、取り合ってもらえない。文化祭は復活しない。

なら、どうするか。僕の出した答えはこうだった。

学校側に『生徒が従わなくなった』と『生半可じゃないレベルで』思い知らせればいい。

つまり、校内で暴動に匹敵するほどの炎上を起こすのだ。生徒が制御しきれないとなれば、学校は必ずなにかしらの行動を起こす。そこで文化祭の復活に舵を切らせるのだ。

部長たちに教科外活動費のことを告げた翌日から、西豪高校は徐々に荒れていった。

「先生。先輩から聞いたんですけど、俺たちの教科外活動費ってどうなるんですか？」

「自宅学習なのに上位クラスの人たちと同じ金額を払っているって本当ですか？」

朝、僕が登校すると学級委員の男女が担任を問い詰めていた。部長たちに告げた学校の不祥事は、噂となって校内に広まったらしい。

突然そんなことを言われると思っていなかったようで、担任はひどく驚いていた。悩んだあと、声を荒らげながら曖昧な返答をして、ひとまず場を切り抜けようとしていた。

「馬鹿なことを気にしていないで自習でもしていなさい」

廊下に出てみると、ウチのクラスと同じようなやりとりが各所で散見された。

馬鹿な教師どもだ。そんな対応じゃ火に油を注ぐだけだろうに。

やがて、教師に不信感を覚えた下位クラスの生徒たちが行動を起こし始めた。学校に返金を迫るだけでなく、コンパの強行開催を宣言する者や、校内の掲示板に「詐欺学校」と書かれた張り紙をする者も現れた。そういう騒ぎが立て続けに起こった。

差別される環境に甘んじてはいるが、下位クラスの生徒も根っからの奴隷ではない。金の損失という実害を受け、それで得をしている人間がいると知れば憤慨するのは当然だ。

教師どもは怒鳴ったり、暴言を吐いたり、学費についての説明をしたりして必死に生徒を抑え込もうとしていたが、下位クラスの荒れ模様は悪化していく一方であった。

僕は炎上に関心のない一般生徒のフリをして過ごしながら、胸の内でほくそ笑んでいた。

理想的な流れだ。簡単に鎮火してもらっちゃ困る。長くひどく炎上が続くように、わざわざコンパの企画なんていう面倒な手順を踏んだんだからな。

学校が考えを改めるような炎上を引き起こすには、かなりの人手が必要だ。

僕と胡桃が叫ぶだけでは大した騒ぎにならない。かといって「文化祭費が返金されていない」とビラを撒くような作戦をすれば、胡桃がやった張り紙と同じ結果になる。

多くの生徒に不満を抱かせ、それを爆発させるような展開にしなければならない。

だから、学校に止められるだけとわかっていながらコンパを企画した。

文化祭の代わりに遊べると思ったのに、それもダメだと言われれば落胆する。サッカー部の部長風に言うならば、上げて落とされた気分になる。

多くの生徒が学校に対して不満を抱いている状況を作り出し、そこで教科外活動費という不祥事の種を露呈させることによって大炎上を引き起こす。

これこそが、当初から僕が目論んでいた文化祭復活計画だったのである。

甘いんだよ、西豪高校の教師ども。僕だけは騙されてやらない。なにが「お前らが悪いんだぞ」だよ。本当に悪いのは文化祭への参加禁止を勝手に決めたお前らだろうが。

炎上開始から四日ほどで、西豪高校内の炎上は外部に広がった。

噂で耳にしただけだが、下位クラスの生徒の保護者が学校に事実確認の電話をしたらしい。あと、上位クラスの生徒の保護者も学校が荒れているとクレームを入れたとか。

保護者からの連絡は効果抜群だったらしく、教師どもは放課後に緊急会議を行っていた。

さあ、もう逃げられないぞ。知らぬ存ぜぬでは済まないところまで来てしまった。

こうなってしまえば、学校が取りうる対応は二つになる。

文化祭不参加の生徒に差額を返金するか、文化祭を復活させるか。この二択。

僕は結論を出していた。西豪高校は多額の学費を要求する私立の高校だ。個別調査と返金作業なんていう、手間がかかるくせに一円の利益も出ない行為をやりたがるわけがない。

一方、文化祭の復活は簡単だ。もとより文化祭は、上位クラスの生徒のみとはいえ、開催自体はする予定であった。もうすでにある程度の準備は進められている。そこに下位クラスの生徒が混ざるだけなのだから、大した面倒も問題もないはずだ。

この学校は、絶対に文化祭開催での火消しを選択する。

そして日が経ち、炎上開始から一週間後。朝のホームルームのこと。

担任が教壇に立ち、ついに今回の騒動について学校公式としての説明を始めた。

「えー、大事な話があります。いいですか。よく聞いてください。我が校にみなさんが噂しているような不祥事は一切ありません。そもそも教科外活動費というのは――」

文化祭だけに使用されるわけでなく――また、教師の懐に入っていたりはせず――繰越金というものもあり――くどくど。くどくど。長ったらしい説明をする。

教室内は「なんだよ」「そういうのいいよね」と言う声で溢れていた。みんな噂で、あるいは予感で、担任の話がこれで終わらないことを知っているのだろう。

そんな生徒たちを見た担任はため息を吐き、ばつが悪そうな顔で本題を切り出した。

それは――学校から下位クラスへの降伏宣言と取っていい内容だった。

「……しかしですね、私たちが口でどれだけ言っても納得できないと思いますので、急な決定ではありましたし、ひとまず今年は、全校生徒の文化祭参加を許可しようと思います」

いつも死人のような様子のクラスメイトたちも、今回ばかりは「おおっ」と沸き立つ。

「文化祭への参加は許可しますが、はしゃぎすぎないように。あなたたちは下位クラスなんですから、勉強することが第一優先です。期末試験も迫っていますので――」

教師のそんな言葉は、もう誰も聞いちゃいない。自由を勝ち取った快感で気分が高揚しているようで「出し物なにやる?」「シフト一緒にしようぜ」などと騒いでいた。

浮ついた雰囲気となった教室を眺めながら、僕は静かに安堵の息を漏らす。

今回は多くの人間を騙し、思惑を誘導しての作戦だった。必死に考え、間違えないように徹底してきたつもりではあったが、それでもうまくいくか不安だった。

最良の形で終わってよかった。これにて文化祭復活計画の全工程が終了となる。

「ん……ふう……ん?」

ホームルームが終わったあと、軽く伸びをしていたら隣の席から視線を感じた。

見ると、ビー玉みたいに透き通る瞳と目が合った。

田中さんが僕に向かって微笑みかけていた。

「夏目くん。文化祭、参加できるって」

「あ、うん。そうみたいだね」

「えへへ。嬉しいな。一緒に思い出、作ろうね」

……それは、どういう意味なのだろう。どう捉えたらいいのだろう。

わからないが、なんとなく褒められているような気がして、僕は軽く笑い返した。

*

学校側から降伏宣言が出た翌日、僕は部長たちに招集をかけた。

目的は個人的かつ、些細なものだ。

今回の作戦は間違いなく、部長たちの協力なしでは成立しなかった。僕と胡桃の二人では、どんなに騒ごうが教師どもに意見や声明を封殺されて終わりだった。

だから、どうしてもお礼を言っておきたくて、それで招集をかけたのだ。

文化祭は僕の与り知らぬところで暴動が起きて復活したことになっている。部長たちはいきなり感謝されてもなんのこっちゃと思うかもしれない。

でも僕は「ありがとう」と言いたかった。言わないといけない気がしていた。

昼休み。補講室で待っていると、部長たちがぞろぞろとやってきた。以前に見たときと雰囲気が違う。彼らの表情は達成感に満ちていて、どこか清々しいものとなっていた。

五人の部長が簡易円卓に着席したのを確認して、僕は咳払いを一つ。話を始める。

「みなさん、お集まりいただきありがとうございます」

「……夏目。文化祭、復活することになってよかったな」

サッカー部の部長にそう言われ、僕はぺこりと会釈をする。

「先輩方が噂を広めて、学校を問い詰めてくれたんですよね。ありがとうございました」

「いいや、俺たちも言われておかしいって気づいたから行動しただけだ」

「そうだとしても、僕は先輩方のおかげで文化祭が復活したのだと思います」

誰でも感謝されれば嬉しいものだ。部長たちは満更でもない顔をしていた。

「招待状に書いたとおり、本日はお礼がしたくて集まっていただきました」

「別にお礼なんていいのに。自分たちのためにやったことだしよ」

「いいえ、僕がお礼したいんです。先輩方にはたくさん協力していただきました。結果的になんか……思ってたのと違う形での文化祭復活となりましたけど、それでも文化祭が復活したことに変わりはありません。本当に、ありがとうございました」

口ではそう言いながら。

——騙されてくれて、乗せられてくれて、ありがとうございました。

心の中でそう思いながら、僕は深々と頭を下げた。

「ささやかではありますが、お礼の品を用意してます。受け取ってください」

そう言って、僕は足元に置いてあったビニール袋を持ち上げる。中に入っているのは五百ミリリットルのペットボトルのお茶だ。今朝ドラッグストアで買ってきた。

僕は感謝の言葉を告げながら、部長たちの席にお茶を置いて回った。

部長たちは照れくさそうにしながらも、僕の厚意をきちんと受け取った。

「なんか悪いな。いいのかよ？　俺たち先輩なのに、後輩からこんなの貰っちゃって」

「いいんです。遠慮しないでください。本当にささやかなもので申し訳ないくらいです」

サッカー部の部長は「そう言うなら」と言って蓋を開けてお茶に口をつけた。

これにてミッションコンプリートだ。これで僕のやりたいことはすべて終わった。

後腐れなし。この先の人生で彼らと関わることはないだろう。

「短いですが、先輩方の時間を取ってもよくないですし、本日はこれにて解散にしたいと思います。改めて、ご迷惑をおかけしました。本当にありがとうございました」

パラパラと拍手が起こる。

拍手される筋合いなどないのだが、まあ、いいか。形式的なものなのだろう。

僕が補講室の出入り口に向かいドアを開けると、部長たちが退室を始める。「軽音部でステージ出るわ」「マジか。見に行こうかな」なんて楽しそうに話していた。

最後に席を立ったのは、サッカー部の部長だった。お茶をぐびぐび飲みながら、他の部長たちのあとを追う形で補講室を出ていこうとする。

彼には部長たちの代表者として活躍してもらった。個人的にお礼を言いたい。

彼が横に来たところで、僕は顔に笑みを形作って声をかけた。

「岩田部長。いつも意見をまとめてくれて、ありがとうございました」

「ん？　ああ、いいんだよ。それよりごめんな、口悪いときあって」

「それこそ別にいいんですよ。僕も嫌味っぽいこと言ってましたし、お互い様です」

僕は用意しておいた回答を口にする。

なんというか、このサッカー部の部長は言動が読みやすい。

この人が話し合いの代表になったおかげで、話の流れを掌握しやすかった。そういう意味でも感謝している。本人には言えないし言わないけども。

「コンパはなくなっちゃいましたけど、文化祭、楽しんでくださいね」

「おう。今、クラスの出し物を決めてるからさ。当日は遊びに来てくれよ」

「わかりました。必ず行きますね」

このまま手を振ってさようなら……そう思ったのだが。

サッカー部の部長は、白い歯を覗かせながら去り際にこんなことを言ってきた。

「そうだ。夏目。お前も、ありがとな」

「はい？　なにがですか？」

「お前の作戦はうまくいかなかったかもしれないけど、あのときに教科外活動費のこと教えてくれたから俺たちは騙されてたことに気づいた。だから、ありがとう」

「ああ……いや、別に……」

僕は悪いことを吹き込んだだけだ。まさか逆にお礼を言われるとは思わなかった。

なんで最後の最後に読めないことをしてくるんだ、この人。

「うっし。文化祭を楽しむためにも期末テストがんばんねーと。またな、夏目」

「ああ、はい。お疲れ様でした」

廊下の奥に消えていく部長たちを眺めながら、僕は心の内側を指で押されているような感覚に陥っていた。そわそわするというか、なんか落ち着かないというか。

この感覚はなんなのか。なぜこんな気持ちになるのか。

考えて、正体を掴(つか)もうとして――突如、僕の右頬(ほお)に生暖かいものが触れた。

「ちゅ」

思考世界から現実世界へと引き戻される。

小さな水音。わずかに触れた吐息。そして、コツンと当たった帽子のつば。

なにをされたかなんて、考えるまでもない。

横に目をやると、胡桃(くるみ)が猫耳キャスケットを被(かぶ)り直しながらにんまりと笑っていた。

「なんだよ、胡桃」

「ふふん。ご褒美ですよ」

悪いことをしたご褒美が頬へのキスとは、とんだ悪女もいたもんだ。

胡桃は上機嫌に後ろ手を組むと、僕の隣にぴょこんと跳んで並ぶ。

「下位クラス全体を巻き込んだ炎上。これが先輩の本当の文化祭復活計画だったんですね」

「うん。これくらい事を大きくしないと学校側は動かないと思ったんだ」

「私には教えてくれてもよかったんじゃないですかね」

「ああ、ごめんな、黙ってて。敵を騙すには味方からって言うだろ。それだよ」

「部長たちは敵なんですね」

「……違うな。怒ってる？　ほんとごめん。失敗したら恥ずかしいから言わなかったんだ」

胡桃が「これで許してあげます」と口元を指差すので、僕はそこにそっと唇を添えた。

「んっ」

ご機嫌取りのキス。ああ。苦いキスの経験がまた一つ、増えてしまった。

僕が顔を離すと、胡桃は頬を赤らめながら微笑む。許してくれたようだ。

「ふふっ。本当に文化祭を復活させちゃうなんて、さすが先輩ですね」

「やれることはやったつもりだけど、運がよかっただけだよ」

「運も実力の内です。一瞬ヒヤっとしましたが、先輩ならやってくれるって信じてました」

信じてました、か。胡桃はよくこんなふうに僕のことを認めて、褒めてくれる。

いちおう僕は脅されている立場なんだけどな。こういうところが憎めないというか、胡桃の持っている魔性なのだと、最近になって思うようになった。

ファムファタールという言葉もある。憧れてはいるが、魅入られないようにしないとな。

そんなことを考えていたら、胡桃が肘で僕のお腹を突いてきた。

「にしても、先輩は変なところで律儀ですよね」

「……律儀？　なにが？　なんの話？」

「今日のこの集会ですよ。部長たちに感謝して、お礼の品もあげて、律儀じゃないですか」

　よく考えてみれば、たしかに。今回の騒動は部長たちが主導となって行ったものだ。僕はほとんど関与していないことになっているんだから、放っておけばよかった。

　どうして僕は今日、部長たちを呼んだのだろう。自分でもよくわかっていない。

「んーっ。ひとまず復活のほうはこれで終わりですね。なんか心労が大きかったです」

　隣で胡桃が大きく伸びをしていた。

「クラスでの話し合いとか、模擬店の準備とか、明日から忙しくなりそうですね」

「文化祭準備の前に期末テストがあるだろ」

「どうでもいいですよそんなの。どうせ退学するんですし」

　胡桃は「変なこと言いますねーもう」と言いながら、僕の肩を小突いた。どう考えても変というカテゴリに分類されるのは胡桃のほうだと思うんだけどな。今の流れだと。

　僕の脳内ツッコミには気づいているらしく、胡桃はニコニコ笑っていた。

「先輩っ。文化祭、楽しみですね！」

「……そうだな」

「みんなが楽しんでいるところ、思いっきりぶっ壊してやりましょうね！」

　拳を握って意気込む胡桃に、僕は「ああ」と言って頷（うなず）いてみせる。

　でも、なぜだろう。なんとなく生返事をしてしまったような気がした。

四章

　文化祭の復活が決まってから、校内の炎上はすっかり収まっていた。もとより、教科外活動費が不当に徴収されていると思った生徒たちが怒って起こした騒動だ。学力差別に反抗していたわけじゃない。学校が文化祭復活を決めれば、みんなそれで満足なのだろう。生徒がおとなしくなると、教師どもは疲れたような、安堵（あんど）したような顔になっていた。

そんなこんなで時は過ぎ、降伏宣言が出てすぐに期末テストが始まった。

僕は感情を殺して一夜漬けの勉強をして、本当にギリギリ赤点を取らないような回答をした。補習や追試になれば時間を無駄にしてしまう。いろんな意味で忙しい今、それは避けたい。別にいい成績が取りたくて勉強したわけじゃないんだからね。（本当にそう）

三日間のテストが終わると、西豪（さいごう）高校は浮かれた雰囲気に包まれる。

その理由はテストの重圧から開放されたから……だけではない。

七月の期末テストの終了は、そのまま文化祭準備期間の開始を意味するからだ。

毎年この時期、西豪高校の生徒たちは、青春の渦中にいるという集団幻覚を見始める。

文化祭というイベント。そして、そのあとすぐに来る夏休み。

男女交際禁止の学校で、誰もがありもしないなにかを期待する。

　去年と変わらず、今年も校内はそんな雰囲気が広まっていた。

「ねえ、そっちにマスキングテープの予備なかったっけ？」

「ん？　あー、あるよ。つか俺、やることなくなったんだけどー」

　放課後。いつも葬式会場みたいになっている教室は、活気で溢れていた。

　机と椅子が端に退けられ、床にブルーシートが敷かれている。中央に大きな布が一枚広げられており、その布を取り囲むように何人かの生徒が四つん這いになっていた。

　彼らはなにをしているのかというと、垂れ幕を作っている。

　ホームルームにて行われた多数決。そこで、ウチのクラスは文化祭の出し物として、校舎に飾る大きな垂れ幕を作ることに決まったのだった。

　文化祭当日は作った装飾品を飾るだけという、いわゆる展示モノの企画だ。

　模擬店をやることだけが文化祭のすべてではない。シフト勤務とかが存在しない展示モノをやることにして、当日は思いっきり遊んで回る。これも立派な文化祭の楽しみ方の一つだと思う。垂れ幕制作は、十分に選ぶ価値のある企画だろう。

　僕個人としても展示モノは大賛成だった。僕は料理も接客も苦手である。シフトで店の運営に迷惑をかけるのが容易に想像できるので、ぶっちゃけ模擬店はやりたくない。

「そっちの下書きってもう終わりそうー？」

「もう少しで終わる！　集中すっから待って」

クラスメイトたちは、実に楽しげな様子で制作を進めていた。

文化祭準備期間だけは、未提出の課題があったとしても居残りでやらなくていいことになっているのだ。学校側の良心……ではない。未提出課題のある生徒が多すぎるので、居残り勉強なんてやらせていたら人手が足りず、文化祭準備が間に合わなくなるからだ。

抑圧から解放され、合法的に遊べる。これでテンションが上がらないわけがない。

「やべえ！　ちょっとミスったかも！」

「えー！　ちゃんとやってよ！　塗るのあたしたちなんだからね」

指示を出す女子グループ。指示に従う男子グループ。それから、任された仕事をほどほどにこなしながら談笑しているグループが、男女関係なくちらほら。

様々なコロニーが形成されているが、教室には謎の一体感があった。集団でオールを漕いで大船を動かしているようなイメージだ。張り切っている人もいれば、ほんのり力を抜いている人もいる。それでもオールは動いているので、船は目的地へと進んでいく。

うむ。我ながらうまい例えだ。……と、僕は教室の隅で思った。

教室の隅で、一人佇みながら、そう、思ったのだった。

「………」

さて、オールを持たせてすらもらえない人間はどうすればいいんだろうか。

クラスメイトを観察していたが、今度は僕個人に焦点を当ててみよう。

ホームルーム後、流れに乗って自分の席は撤去した。しかし、それからずっと棒立ちだった。邪魔にならないよう壁際で佇んでいる。さながら観葉植物のようである。

ウチのクラスでは、一部の女子が自主的に先行で垂れ幕の制作を進めていた。その影響で、準備期間の本番となった今、その先行組の女子たちがクラスを仕切っている。

仕事をもらうには、彼女たちに声をかけなくてはならない。でも、今からやることを聞いても「え？　こいつなに」みたいな反応をされるだろう。手伝いたくても手伝えない。

マジでどうしたものか。……なんか死にたくなってきたし帰るか、もう。

部活に行っている人もいるとはいえ、三十人近い人数が準備のために残っている。間違いなく人手は十分。僕一人いなくなったところで誰も気づきはしないだろう。

僕は自分の席からバッグを取った。そして、そそくさと撤退。作業中のクラスメイトにぶつからないよう、慎重かつ隠密（おんみつ）な歩調で出入り口へと向かった。

ドアを開けて脱出――したところで、不幸が起きた。廊下にいた人物とぶつかりかける。

「きゃっ！　あっ……夏目（なつめ）くんか。びっくりした」

「ご、ごめん。いると思わなかった」

田中（たなか）さんは「大丈夫だよ」と、陶器のような肌の顔に薄い笑みを浮かべる。

ぶつかりかけたのが田中さんでよかった。他のクラスメイトだったら面倒だった。

「私こそ前を見てなくてごめんね。ちょうど買い出しから帰ってきたところで」

田中さんは持っていたビニール袋を持ち上げる。

「そうだったんだ。えっと……田中さんが買い出しの担当だったんだね。お疲れ様」

「ありがとう。外が暑いから意外と大変だったんだよねー。……あれ？」

田中さんがなにかに気づいたような声を上げる。彼女の視線は僕の右手に注がれていた。

「夏目くん、カバン持ってるけど、もう帰っちゃうの？」

「あー……うん。なんかやることなさそうだし、いても邪魔かと思って」

「邪魔なんてことはないと思うけど……」

そう言うと、田中さんは廊下から顔だけ入れて教室内の様子を窺う。きょろきょろと辺りを見回して「んー」と一鳴き。僕の感じた居心地の悪さを察したような声だった。

「ほら。床で作業してる人も多いし、どこにいても邪魔になりそうでしょ？」

「たしかにそうだねー。見た感じ、空いてるスペースもないもんね」

同情する感じで頷く田中さん。買い出しに行っていて教室の状況を知らなかったんだな。

納得してくれたみたいだし、これで帰してくれるだろう。……そう思ったのだが、次の瞬間、田中さんはけろっとした口調で僕のまったく予想していなかった言葉を口にした。

「じゃ、廊下で私と一緒に作業しよっか」

はい？　今、なんて言った？　一緒に作業？　……僕と？

固まっていると、田中さんは茶髪を揺らして小首を傾げた。

「どうしたの？　あ、もしかして用事があって帰らなきゃいけなかったとか？」

「あ、いや、そういうのじゃないけど……いいの？」

「え？　なにが？　いいに決まってるよ。クラスメイトでしょ？」

僕が作業していいの、僕と一緒でいいの、君は友達と作業しなくていいの。様々な意味を込めての「いいの？」だったのだが、田中さんはまたもけろっとした様子で答えた。

本当に気配りができて優しい人だな、この人。

「えっと、なあに？……あんまり見られると恥ずかしいかな」

尊敬の眼差しを向けていたら、ふいっと目を逸らされた。なんか、申し訳ない。

「わかった。お言葉に甘えて仕事をもらおうかな。僕に手伝えることがあればやるよ」

少し迷ったが、僕は田中さんの誘いを受けることにした。心身ともに居場所がないから帰ろうと思っただけで、仕事をすることが嫌なわけではないしな。

「オッケー。作業と言っても、大したことやらないから大丈夫だよ。こっち来て」

僕はバッグを自分の席に戻し、田中さんを追って教室から出る。

廊下は雑然とした有様となっていた。どこのクラスも教室だけでは作業スペースが足りないらしい。けっこうな数の生徒が地べたに座り込んで、イラストを描いたり折り紙の輪っかを繋げたりダンボールを切ったりしていた。なんか、ごった煮みたいな光景だ。

「人が多いし、端っこのほうでやろっか」

そう言って向かったのは、廊下の最奥だった。二年五組から少しだけ離れているが、周囲に人はいない。ちょっとした穴場というか、作業するのに理想的な場所だった。

田中さんは「待っててね」と言うと、近くにある女子トイレへと向かう。お花摘みかと思ったらそうではなかった。水道水の入ったプラコップを持ってすぐに出てくる。

「おまたせ。それじゃ、作業を始めよっか」

「それで、僕はなにをすればいい？」

「うんとね、絵具を紙皿の上に出してほしいんだよね。はいこれ」

買い出しのビニール袋を手渡される。中を見ると、英字でアクリルと書かれた絵具と、お椀タイプの紙皿が数セット。あと、絵画用の筆が大小様々に何本か入っていた。

「教室のほうでそろそろ塗りが始まると思うの。だからその準備をしたくてね。夏目くんは絵の具を紙皿の上に一色ずつ出してくれる？　私が水を入れて溶いていくから」

「え？　ここに出すの？　……あー、なるほど。紙皿をパレット代わりにしたいのか」

「そういうこと。理解が早くて助かるー」

要は絵具を適量ずつ出していくだけの単純作業だ。よかった。これくらいの業務内容なら、胡桃に愛想を尽かされるレベルで不器用な僕にもできるだろう。

「ガンガン進めていこー。絵具はいっぱい出しちゃって大丈夫だからね」

僕と田中さんは壁を背もたれ代わりに座って、作業に取り掛かった。

僕が紙皿に絵の具を出して、田中さんに渡す。

田中さんはそれを受け取ると、プラコップから少量の水を入れて筆で溶く。

できた紙皿パレットは、時たまやってくる塗り担当の女子に回収された。

あとはその繰り返し。流れ作業のようにひたすら手を動かすだけである。

「あれー？　由美、ここにいたの？　一緒に塗りやろーよ！」

途中、パレットを回収しに来る女子にそう言われても、田中さんは僕の隣にいた。

「いいの。人いっぱいだったし、私が買い出しに行ったやつだし。はい、持っていって」

会話から察するに、田中さんは文化祭準備を仕切っている女子グループに所属していたらしい。なるほど。それで僕に仕事を回せたのか。一人で納得する。

「ごめん。夏目くん。この青い絵具、もうちょっとだけ量、足せる？」

「ああ、うん。わかった。新しいの開けるから待ってて」

手早く絵具を入れて渡す。田中さんは「ありがとー」と言って受け取った。

こうして作業していると、クラスの一員として文化祭準備に参加しているような気分になってくる。実際は田中さん個人に雇われているアルバイトみたいなものだけど。

手を動かし続ける。絵具を溶かすたびに、僕も青春空間に溶けていくみたいだった。

「……んー……ふんー……」

作業の途中、楽しげな騒音の中に心地よい旋律が混じっていることに気がついた。

「田中(たなか)さん。その鼻歌、なんの曲？」

「え？　あー、有名なクラシックだけど……ごめん、うるさかった？」

「いいや、別にそんなことはないよ。素敵なメロディだと思った」

「あはは、なにそれ。やめてよー。なんか恥ずかしい」

田中さんは手のひらで顔を扇(あお)ぎながら、たははと笑う。

「私、文化祭の準備が好きなんだよね。みんながわくわくしていて、楽しそうに作業しているのを眺めていると、こっちまで嬉(うれ)しい気持ちになってくる。すごく幸せ」

「……なるほど。そうなんだ」

返答に困る。それを聞かされた僕は、喜ぶべきなのか、申し訳ないと思うべきなのか。なんと答えたらいいのかわからなかったので、僕は別の質問をしてみることにした。

「田中さんは文化祭当日も楽しみにしてる？」

「当日かぁ。うーん、そっちはまあ……ちょっとだけ、かな」

その曖昧な返答をされて、僕はさらに困った。もっとも、素直に「楽しみ」と言われればそれはそれで困ったかもしれないが。自分で自分の首を絞めるだけの質問だったな。

「でも、去年よりは楽しみかもね。ほら、一時期は参加すらできなそうだったし」

「あれか。失って初めて気づく大切さ、みたいな？」

「そうそう。そんな感じに思えちゃって、今年は当日も楽しみに思ってるよ」

田中さんは目を細めて、ごった返す廊下を愛しげに見る。その笑顔は妙に儚げで、陶器のような肌も相まって、なにかの拍子にすぐ壊れてしまいそうだと思った。

「あっ、そうだ。夏目くん」

田中さんが突然、こちらに向き直る。

「準備の話をしてたら思い出したんだけど、足りないものがあるから、もう一回、買い出しに行こうと思ってるんだよね。もしよかったら夏目くんも一緒に行かない？」

「え、一緒に？」

何気ない口調でそう誘われて、僕は戸惑ってしまった。

実を言うと、僕は一年のころも文化祭準備にはまともに参加していない。買い出しに誘われるなんて経験は初めてだったので、スマートに言葉が出てくれなかったのだ。

「あー、えっと、いつごろ行くとかって決めてる？」

「明日の放課後かな。ホームルーム終わったらすぐに出ようと思うんだけど、どうかな？」

脳内でスケジュール帳を開く。その日、胡桃との作戦会議はなかったはず。

となると、あとは僕の気分次第ってことになる。迷った末に、僕はこう返事をした。

「うん。わかった。いいよ。一緒に行こうか」

「ほんと？　ありがとう。荷物が多くなりそうだから、男の子の手を借りたかったんだ」

そういうことなら協力させてもらおう。田中さんには恩がある……とまでは言わないが、気にかけてもらっているしな。こういうときに手伝わないのは不義理だろう。

それからしばらくして、僕らの作業はつつがなく終了を迎えた。

「由美(ゆみ)ー。もう全員分のパレットあるー。作らなくて大丈夫だよんー」

教室のほうからそんな声が聞こえてきたので、僕らは手を止めた。

「もう終わりでいいみたい。夏目くん、お疲れ様」

「ああ、うん。お疲れ様」

「たくさん作ったね。後片づけ、しよっか」

脇を見ると、空にしたチューブが大量に転がっている。

こんなに使ったのか。気づかなかった。それくらい集中していたってことだろうか。

僕は空のチューブや破れた紙皿なんかをまとめてビニール袋に入れた。

その間に田中さんは、プラコップの水を捨てて使っていた筆を洗ってきた。

そこまで散らかる作業でもなかったため、後片づけはすぐに終わってしまった。

「ありゃ、やることなくなっちゃったね。んー、どうしよっか」

そう言って、田中さんは左手首の内に目をやった。薄茶色の腕時計がついている。

僕もこっそりスマホを取り出して時刻を確認した。六時過ぎ。

「微妙な時間だねー……なんか他にお願いするような仕事はあったかな……」

「あ、ごめん田中さん。僕、夕飯の支度をしなくちゃいけないからそろそろ帰る」

なにかを提案されてしまう前に、僕はそう言った。

これ以上、気を使わせるのは申し訳ない。そう思っての発言だ。

田中さんは僕を見て二、三回瞬きをすると、ふっと柔らかく笑った。

「夏目くんって、いつも夕飯の準備してるんだ。偉いね」

「あ、いや全然、偉くなんてないよ」

事実、ほとんど外食か出前の二択だからまったくもって偉くはない。でもまあ、自炊していることにしておいたほうが帰る理由としては都合がいいだろうし、黙っておこう。

「用意するって言っても自分の分だけだし。ウチ、家族が家にいないことが多いから」

「一人分でもご飯の用意してたら忙しいよ。うん。そういうことなら帰って大丈夫だよ」

「ごめん、あんまり手伝えなくて。明日の買い出しはちゃんと行くから」

「うん。わかった。お願いね」

小さく手を振る田中さんに「また明日」と返して、僕は教室に向かった。

さて、帰る前に置いてきたバッグを回収しないと。

教室のドアを開けると、中では変わらずクラスメイトたちが楽しそうに作業していた。

騒がしいため、入ってきた僕には誰も目を向けない。少しほっとする。

クラスメイトたちの垂れ幕作りは順調そうだった。やる気のある生徒が率先して制作を進めていたこともあってか、もうすでに一枚目が完成に近づいていた。

縦長の布に、でかでかと「西豪祭」。シンプルかつ王道な垂れ幕だ。

クラスメイトたちは、紙皿パレットと垂れ幕の間で必死に筆を往復させていた。

あのパレットを用意したのが僕だと知っている人は、どれだけいるのだろう。いないのかな。どうでもいいことだとわかっていながらも、そんなことを思ったりした。

＊

バッグを回収したあと、僕はすぐに教室を出た。

廊下を抜けて、階段を降りる。一階の渡り廊下では実行委員が入場門を制作していた。

下駄箱まで行ってみる。いつものように待ち伏せしている教師の姿はない。

やはり帰っても大丈夫そうだ。僕は自分の靴を取って、昇降口のほうへと向かう。

一人静かに学校を出るつもりだったのだが、学食の前あたりで背後から肩を叩かれた。

「よう。誰かと思ったら夏目じゃんか」

声をかけてきたのは、サッカー部の部長だった。

「あ……どうも。お久しぶりです、岩田先輩」

「ははっ。久しぶりって。前に会ってから一週間も経ってねえだろ」

サッカー部の部長は声を張るようにして笑う。

そんな表情をされると気まずくなる。笑い返そうとしたが、うまく笑みが作れなかった。

「夏目は今から帰るところか？」

「はい、そうですね。昇降口にいるってことは岩田先輩も今から帰りですか？」

「いいや、俺は部活から戻ってきただけだ。今から教室に行くとこなんだよな」

言われてみれば、部長はワイシャツ姿だがエナメルバッグしか持っていなかった。

「せっかく文化祭に参加できることになったわけだし、少しはクラスの模擬店準備にも顔を出しておきたいと思ってな。部活をちょっと早めに切り上げて来たんだよ」

「部活をやっていると、色々と大変そうですね」

「そうなんだよ。顧問が『やる気ないならやめて勉強しろ』ってうるせえから休めねえし」

そう言って、呆れ果てるみたいに深い溜息を吐いた。

部活をやっていない僕には広げることのできない話題。

僕は適当に「がんばってください」と言って話を切り上げよう……と、思ったのだが。

サッカー部の部長が唐突に、なにか思い出したような感じで手を打った。

「あ、そうだ夏目。実はウチのクラス、模擬店でバーベキューやることになったんだよ」

「……へえ、そうなんですか。なんか珍しいですね」

「コンパでバーベキューやるつもりだったから忘れられなくてさ。ホームルームで提案したらみんな賛成してくれたんだよ。ってても、焼き鳥みたいな感じになりそうだけどな」

そう言いつつも、表情は明るい。嬉しさが滲み出ているようだった。

「そういう理由もあって、クラスの準備もなるべく顔を出したいってワケ」

「なるほど。岩田先輩、コンパを企画しているときは、食材を見に行ったりして楽しみにしていたって言ってましたもんね。よかったです。そういう形で報われて」

僕は本心で言う。今までさんざん騙してきたくせに……いや、今までさんざん騙してきたからこそ、部長たちの望みが叶うのは素直に喜ばしいことだと思ったのだ。

サッカー部の部長は鼻の下を軽く擦ると、僕に向かってニヤッとした。

「当日は食べに来てくれよな。タレとかめっちゃこだわるつもりだし」

「それは期待できますね。お邪魔させてもらいます」

「待ってるぜ。じゃ、俺はクラスのほう行くわ。またな」

サッカー部の部長はサムズアップして、踵を返した。今度こそ会話終了となる。

模擬店、か。行くなんて言ってしまったが、僕は約束を果たせるのだろうか。

小走りで去っていくサッカー部の部長を眺めながら、僕はそんなことを考えていた。

＊

翌日の放課後、僕は教室に荷物を残したまま、田中さんと一緒に校舎を出た。

実行委員が作業しているピロティを抜ける。正門をくぐり、堂々と学校の外に出る。

西豪高校は敷地を広大にするためか、割と辺鄙な土地に建っている。通学路となっている大通りの横には住宅街があり、少し離れると川と田んぼが広がっている。

ビルも店もない道では、空が広く見えて仕方ない。厚くて切れ目のない雲がどこまでも続いていた。今朝、梅雨明けに関するニュースを見たばかりなのだが、晴れないな。

「田中さん、買い出しってどこに行くの？　百均とかじゃ売ってないよね、あの絵具」

「そうなんだよねー。だから、ちょっとだけ遠出するよ。たぶん定期券内だから大丈夫」

人通りのまばらな通学路を田中さんと二人で歩いていく。

学校の最寄り駅の階段を上る。改札にＩＣカードをタッチしてホームへ向かう。

ちょうど電車が来た。上り方面の鈍行電車。車内はエアコンが効いていて涼しかった。

空いている席に二人で座って、揺られること十五分。世間話が尽きてきたあたりで、田中さんが「降りるよ」と言った。そこは僕がいつも乗り換えで使うターミナル駅だった。

人通りの激しい改札を抜ける。西口から外に出ると、立体歩道橋と雑居ビルに囲まれた。

ここまで来て、僕は目的地がどこなのか察しがついた。

「もしかして買い出し先って、モールの六階にある文房具屋？」

「ああ、うん。そうそう。よく知ってるね」

やっぱりそうか。道に見覚えがあったからそうじゃないかと思ったんだ。

目的地は以前、消しゴムはんこの材料を買うために胡桃（くるみ）と行った文房具屋だった。

「夏目（なつめ）くんって画材とか買いに来たりするの？　あ、絵が趣味だったり？」

「そういうのじゃないよ。前に通りかかったときに見かけたから、たまたま覚えてたんだ」

「へえ。モールに遊びに行ったりするんだね。ちょっと意外かも」

見かけたから覚えていたわけじゃないし、僕はモールに遊びに行ったりしない。嘘（うそ）ばっかりだ。とはいえ、どう取り繕ってもボロが出そうなので、僕は黙っていることにした。

人に紛れて道を進み、いくつかの横断歩道を渡る。

目的地のモールは相変わらずだった。ガラス張りの七階建てが客を見下ろしている。

「あんまり混んでないみたいだし、ぱぱっと買い物、済ませちゃおうね」

自動ドアから入店。喫茶店などには目もくれず、僕らはすぐにエレベーターに乗った。

六階で降り、右手のほうに広がる文房具屋へ。開放的な店舗エリアの中央あたりから入店する。商品棚が短い間隔で置かれているのでやたら狭い。迷路みたいだ。

店内で買い物カゴを確保した僕らは、店の角スペースで一息ついた。

「それで、今日はなに買うつもりなの？」

「塗り担当の子たちから、大きめのハケみたいなのが欲しいって言われてるんだよね」

「ハケか。ここらへんは画用紙コーナーだから、たぶんあっちのほうにあるかな」

「あ、でも絵具の補充もしたいの。必要なものをメモしてあるから、夏目くんは――」

ワイシャツの胸ポケットに手を入れた状態で、田中さんが固まる。

「どうしたの？　メモくれたら買ってくるけど」

「ああ、うん。ありがとう。でも、大丈夫。一緒に見て回ればいいかなって」

田中さんは微笑を浮かべながら、メモをポケットにしまい直した。

夏目くんには無理だろうから頼まなくていいや……と、思ったわけではなさそうだ。どうして思い直したんだろう。お使いならやるけどな。まあ、いいか。

「ハケ、あっちに置いてあるんだよね？　一緒に行こ」

田中さんに先導される形で店の奥へ進んでいく。レトロＲＰＧの勇者と一人目の仲間みたいな感じ。狭い棚の間を歩いて回り、目的の品をカゴに入れていく。途中、当たりをつけた場所にハケがなくてさまよったりしつつも、楽しく買い物を進めていった。

「ねえ田中さん。塗りで使う筆ってこれでいいかな？」

「あははっ。それハケじゃなくてブラシじゃない？　さすがに太いよ」

「え、嘘？　ごめん、わかんなかった」

買い出し先でクラスメイトと笑い合う。他愛もないやり取りだが、初めての経験だった。

迷路のような店内を巡る。買い物は進んでいく。

「夏目くん。そこにあるテープ取ってくれない？　太いほう」

「こっちのやつか。はい。他には買うものある？」

「うーんと、ハケも買ったし、青の絵具も買ったし……うん。これでオッケーかなぁ」

三十分ほどで買う予定だったものはすべて揃えることができた。

「すみませーん。お会計お願いしまーす」

レジに向かい、田中さんが店員を呼ぶ。幸い、店員は前に来たときと違う人だった。

茶封筒に入ったクラス資金で会計を済ませて、僕らは店の棚の間から脱出した。

「夏目くん、ごめんね。買った商品、持たせちゃって」

「別にいいよ。そのために来たんだし」

僕はビニール袋を持ち上げて、余裕だとアピールをする。

そういえば、買い出しの品は一袋にまとまったんだな。大した量じゃない。

「それじゃ、みんなが待ってるから学校に戻ろっか」

田中さんと一緒に、来た道を引き返す。エレベーターに乗り、喫茶店やインフォメーションセンターの前を過ぎる。自動ドアを抜けて、蒸すような暑さの外に出る。

都会っぽい往来。駅への道の途中で、田中さんが突然こんな質問をしてきた。

「前から聞きたかったんだけどさ。夏目くんって、去年はどんな子だったの？」

「去年？　どんな子って言われてもな……。一年前くらいじゃ、なにも変わらなくない？」

「いや、ほら……その、友達とか」

友達。その単語で、言外の意を悟る。

田中さんは、僕がクラスで避けられていることを気にしてくれている。避けられているのが去年からなのか、今年からなのか、それが知りたくて聞いているのだ。

「一年のころは勉強しかしてなかったから、友達とかいなかったな」

「夏目くんってやっぱり頭よかったんだ」

「……成績は、よくないよ。よくないから勉強してたんだ。上位クラスに入りたくて」

素直にそう答える。田中さんは、ほんの少しだけ驚いた顔をした。

「今も上位クラス目指してるの？」

「今は目指してないよ。そこまでがんばってない」

「ふーん。そっか。そうなんだ」

そこで言葉を切ると、田中さんは「んー」と考えるような仕草をする。そのまましばらく黙っていたが、突然、思いきったような感じでこんなことを言った。

「教室にさ、マスキングテープ貼る係の男子たちがいるんだけど、わかる？」

「え？　……ああ、クラスの文化祭準備の話か。なんとなくわかるけど、なんで？」

「声かけてみたらいいんじゃないかな。たぶんみんな夏目くんを勘違いしてるんだよ」

それは、仲間に入れてもらえばいいという意味だろうか。

勘違い、ね。どうなんだろうな。僕は教師どもにクレーマー扱いされているから暴言を吐かれていないだけで、贔屓されているわけではない。僕を避けているクラスメイトたちはそこを勘違いしているだろうけど……だからといって、なにをどう伝えるというのか。

　あれこれ考えていたら、田中さんが小さなため息を漏らした。

「はぁ。わかった。……あのさ、夏目くん。もしよかったら私が」

「あっ」

　田中さんの言葉を遮ったのは、そんな短い声。

　進行方向に立っている人物を見て、僕も思わず声を漏らしそうになった。

　胡桃だ。往来のど真ん中で、黒髪モードの胡桃がこちらを見つめていた。

　なんという偶然、だけどタイミングが悪い。今、胡桃と接触してしまえば、ここまで徹底的に隠してきていた僕と胡桃との関わりが、一般生徒である田中さんにバレてしまう。

　断腸の思いではあるが、無視するしかないだろう。

　僕は人混みに紛れて、何事もなかったかのように横を通り過ぎることにした。

　しかし、言葉で退路を絶たれた。

「せ、先輩。奇遇ですね。こんなところで会うなんて」

　すれ違うよりも先に、そう声をかけられたのだ。

　おいおい、なにを考えているんだ、胡桃は。お互い無視でいい場面だ。さっき「あっ」って言ってしまったから、変に取り繕うよりは会話したほうがマシだと思ったのか？

くそ。話しかけられた以上、会話しないほうが不自然だ。仕方ない。相手をするか。

立ち止まって胡桃のいるほうに向き直る。

しかし、僕が返事をすることはなかった。胡桃が『こちらを』見ていなかったのだ。

「田中先輩、今日はどうしたんです？　お買い物ですか？」

「……うん。ちょっと文化祭の買い出しがあって、ね」

「なるほどなるほど。それはお疲れ様ですねー」

胡桃はやけに親しげな口調で、田中さんに労いの言葉を投げかける。

「田中先輩って、五組でしたよね？　なんの模擬店をやるんです？」

「えーっと、それがね、模擬店じゃなくて展示物をやることになったんだよね」

田中さんは慣れた口調で胡桃にそう返事をする。

なんだ、これ。僕抜きで会話が進んでいる。理解ができず、僕はぽかんとしていた。

「あ、夏目先輩も、こんにちは」

名前を呼ばれて、僕はやっと我に返った。

冷静に状況を整理する。……そうか。知り合いだったのか、この二人。

「星宮さんはどうしてここにいるの？　家、こっちじゃないよね？」

「あー……私も……文化祭の買い出しですね。クラスの人に頼まれたものがあって」

「そっかそっか。星宮さんのクラスはなんの模擬店やるの？」

「たしか、迷路ですね。机を並べてダンボールで壁を作って……って感じのやつです」

胡桃は話しながら、持っていたビニール袋をさりげなく背中側に隠した。

田中さんには見られずに済んだようだが、角度的に僕には中身が見えてしまった。

家電量販店のロゴが印刷された半透明の袋の中には、円柱状の物体が入っていた。おそらく空のCD－Rだろう。データを書き込むと自作の音楽CDが作れるという代物である。

胡桃の様子から、僕はあれがなにに使われるのか察した。

テロだ。おそらくあれは、教師どもの暴言を書き込むための空CDだろう。胡桃は暴言CDを作成し、給食の時間に音楽を流すのと同じ要領で校内放送をするつもりなのだ。

「……胡桃」

「………………」

僕が小さく声をかけると、胡桃はふいっと目を逸らした。

暴言を書き出すCDであってるから触れないでください。私たちは今ここで会話をするべきじゃないです。——どういう意図にも取れた。だからこそ、よくわからなかった。

胡桃がよそ行きの笑顔になって、なんともわざとらしい声を出す。

「あっ！　ごめんなさい先輩方。あまり時間がないんでした。私はもう行きますね」

「うん。こっちこそごめんね、引き止めちゃって。またね、星宮さん」

「はい、また。先輩方、さようならです。よければ当日、ウチの模擬店に来てくださいね」

僕の背後に向かって、胡桃が早足で歩いていく。

去り際、一瞬だけ胡桃と目が合った。胡桃は目尻を下げて、寂寥感に満ちた顔をしていた。よく行っていた駄菓子屋が潰れてしまったような、そんな表情をしていた。

目を逸らしたり、悲しい顔をしたり、なんなんだ。

「私たちも行こうか」

「あ、うん」

田中さんが駅に向かって歩きだすので、僕はその半歩後ろをついていく。

「ねえ、夏目くん。クレープでも食べて帰ろうか。奢るよ。買い出しのお礼に」

「……ああ、クレープか。いいね。せっかくだし寄っていこう」

どこまでも優しい田中さんにそう返事をしながら、僕は一人、思い返していた。

さっきの瞬間。胡桃は「ぶっ壊してやりましょうね！」と言っていたときとは別人のような顔をしていた。あの切ない顔の裏で、胡桃はなにを思っていたのだろう。

「…………」

考えて、一つの可能性に辿り着く。

もしかして。もしかして胡桃は、僕と同じ思いを抱いたんだろうか。

ここ数日、いや、思い返せば先週末——部長たちに感謝をしたあのときから、ほんのわずかに抱いていた疑問があった。心の奥底にしまって、蓋をして、見ないようにしていたそれを、僕はそっと取り出してみる。そっと、奥を覗き込んでみる。

僕はその場で立ち止まり、振り返った。雑踏の中。後ろ姿はもう見えない。

だけど、取り出した疑問を西日に透かすと、胡桃の影とぴったり重なるような気がした。

「夏目くん？」

僕らは……いや、僕は、いったいなにをしようとしているんだろう。

復讐を遂げる。テロを起こす。学校を変える。

それは、わかっている。わかっているのだけど、どうしても引っかかる。

今回のテロが孕んでいる代償を、僕らは本当の意味で理解しているんだろうか。

＊

その日、僕は田中さんが声をかけてくれるよりも前に教室を出ると決めていた。帰るわけではない。胡桃と作戦会議の約束をしているので、そっちに行くのだ。

自分の席を教室後方に動かしたあと、僕は部活に向かう生徒に混じって教室を出た。幸いにも、田中さんは女子グループと会話をしていて僕に気づく様子はなかった。

廊下に出ると、他クラスがすでに床で模擬店の準備を始めていた。多くの生徒たちは笑顔で、これが唯一の楽しみだと言わんばかりに作業を始めていた。

三階の廊下を通り、第二校舎をぐるりと回る。人気のない道を選んで僕は部室に向かう。西豪高校の文化祭は、部活動で出し物をすることを禁止している。文化部の生徒たちはみんなクラスの準備に行っているようで、旧部室棟周辺はいつもに増して静かだった。

ほんのり薄暗い雰囲気となった廊下を、最奥に向かって歩いていく。

辿り着く先には、相変わらずのドアプレートがあった。紙と油性マジックの天体観測部。ガラリとドアを開けて入室する。このドアこんなに重かったっけ、なんて思った。

「……あっ。どもです。先輩」

簡素な部室では、復讐モードの胡桃が椅子に座って待っていた。

胡桃は顔を上げると、座ったまま僕にぺこりとあいさつをする。

「えへへ。ちゃんと来てくれたんですね。よかったです」

「なんだよそれ。僕がちゃんと来なかったことなんて一度もないだろ」

「いやいや。先輩、女の子との約束とか平気な顔して破りそうじゃないですか」

「破らないよ。胡桃は僕のことをどういうふうに見ているんだ」

「さあ？　どういうふうに見てるんでしょうね？」

胡桃が意地悪く口角を上げて、くすくすと笑う。

それに対し、僕は呆れた表情を顔に作って嘆息する。

もはやお馴染みとなったやり取りだ。しかし、なんとなく今日はその間が長く続かなくて、僕がパイプ椅子を引いて席に座ると、胡桃もすぐに真面目な顔で姿勢を正した。

「……作戦会議、始めましょうか」

「そうだな」

胡桃は足元のバッグを漁り始める。がさごそして、中から取り出したのは復讐ノート、ではなく薄型のノートパソコン。それから二十枚セットのCD－R。

今日の会議では、暴言CDを作成すると決めていた。胡桃はその準備をしているのだ。

僕もポケットからスマホとUSBケーブルを取り出して、机上に並べる。

「そういえば、先輩。空のCD買っておきましたよ」

「うん。知ってるよ」

「あ、あははっ。そうですよね。……会っちゃいましたもんね」

どこか取り繕うような笑みを浮かべる胡桃。

そうだ。作戦会議をする前に聞いておこうと思っていたんだった。

「胡桃って、田中さんと知り合いだったの？」

「…………。……あー、んー、そうですね。知り合いというか、なんというか」

なんだそれ。なんとも歯切れの悪い返事である。

胡桃はCD－Rのシュリンクを外しながら、恐る恐るといった感じで僕を見た。

「あの……先輩、田中先輩から私のこと、なにか聞きました？」

「胡桃のこと？　いや別に。なんも聞いてないけど。あのあとすぐ帰っちゃったし」

「そうですか。……ならいいです。そのままでいてください」

視線を外される。謎は深まるばかりである。でも、胡桃の顔に「これ以上は聞かないでください」と書いてあるみたいだったので、僕は詮索しないことにした。

胡桃が退学を決めた要因の一つだったりして。推測するのもよくないか。やめよう。

「それじゃ、編集作業を始めましょうかね」

胡桃がパソコンを開いて電源をつけるので、僕のほうも準備を始める。

USBケーブルの太いほうをパソコンの側面に、細いほうを自分のスマホの下部に挿し込む。しばらく待っていると僕のスマホの画面に「このコンピュータを信頼しますか？」という問いが表示された。「はい」を押すと画面が戻ったので、ひとまず置いておく。

「これ、どうやって録音データをCDにするんだ？」

「スマホとPCを同期させてデータをコピーしたあと、フリーソフトで読み込みます。そこで軽く音声の編集をして、最後に音量なんかを整えて書き出す感じになりますね」

「そのまま直で書き込むわけじゃないのか。詳しいんだな」

「んまあ。昨日ちょっと勉強したんですよ」

ちょっと勉強するだけで理解できるのがすごいと思う。胡桃は本当に器用だよな。

僕が感心している間にも、胡桃はパソコンとスマホを操作して作業を進めていた。

「……これでいいかな。スマホ、ありがとうございます。同期は完了しました」

「ケーブルは抜いちゃっていいのか？」

「はい、大丈夫です。もうコピーはできたので。ここからは切り貼り……えっと、ＣＤに書き込む暴言の選別作業に入ります。試しにいくつか流すので一緒に聞いてみましょうか」

胡桃が真面目な顔でノートパソコンのタッチパッドを操作する。

すると、サーッというホワイトノイズが流れ始めた。息を潜め、スピーカーにそっと耳を澄ます。そして――僕は後悔した。直後に耳をつんざくような男声が流れたのだ。

『ぶっ殺されてえのかよお前さぁ!!』

音声はそこで止まった。胡桃が嫌な顔をしている。どうやら一時停止を押したらしい。

「……んもー、最悪です。先輩、大丈夫でしたか？」

「うん。大丈夫だけど、体がびくってなった」

「ちょっと音、大きすぎましたね。編集のときは下げておきましょう」

胡桃が軽く操作を加えて、今度は聞き取れないほどのホワイトノイズから本編が始まる。

『ぶっ殺されてえのかよお前さぁ!!』

『……すみません』

『なんでこの問題も解けねえんだよ。昨日教えたばっかりのところじゃねえかよ。意味わかんねえだろ本当に。お前なんのために学校来てるんだよ。死んだほうがいいだろ』

死んだほうがいい、ね。ああ、情景がありありと浮かんでくるなぁ。

これはたしか、数学の授業の録音だ。黒板の例題を解くように指名されたクラスメイトが解答できず、教師がブチ切れたときの音声だったはず。四月の下旬のやつかな。

『ほんっとにくだらない。お前のせいでクラス全員が迷惑してんだよ』

『……はい。すみません』

『やる気ねえなら帰れよマジで。俺の授業にいらねえんだよお前みたいな奴』

「ん？　先輩。この後ろで流れてるバサバサーって感じの音、なんです？」

「あー、それは……教師が集めた課題を床に投げてぶちまけている音だね……」

「うっわぁ。なるほどですね。やりそー……」

ドン引きな表情をする胡桃。たぶん、僕も同じような顔になっているだろう。

録音内の教師が追加で何言か暴言を発したところで、プツッと音声が止まった。

「あ、この日付の録音はここで終わりなんですね」

「うん。たしかこのあとは教師が教室を出ていって、全員で職員室に謝りに行ったんだ」

「出た。授業ボイコット。マニュアルでもあるのかってくらいテンプレの動きですね」

テンプレートの動きというか、テンプレートっぽい行動をなぞっているだけだ。

僕はたびたび思う。この学校では、教師が生徒を怒るという図式が形骸化しているのだ。

学校というのは本来、わからないものを学ぶために来る場所である。例題が解けない生徒がいたから怒って授業放棄なんて、本末転倒もいいところだ。教師だろ。教えろよ。

「とりあえず、この録音を切り貼りして編集しちゃいますね」

胡桃が目を細めてパソコンの画面に集中する。

「放送室をジャックできる時間はわずかだと思うんです。すぐに放送を止められたとしても、みんなの印象に残るといいですよね。CD冒頭の暴言はインパクトが大事です」

「それなら、この録音の始めの一言とかちょうどいいんじゃないか？」

「そうですね。最初のほうのノイズだけ切って使いましょうか」

胡桃が操作して再び『ぶっ殺されてえのかよお前さぁ!!』という音が流れた。

うん。効果的だな。小音量になっている今でも、このセリフを聞くと心臓が跳ねる。

「あとは怒られている生徒の声を入れるかどうか、ですね。どうします？」

「うーん、どうするか。会話しているほうが学校生活の一幕って感じはするけどな」

「もう一度、怒られている側の音声アリのまま再生してみますね」

『ほんっとにくだらない。お前のせいでクラス全員が迷惑してんだよ』

『……はい。すみません』

『やる気ねえなら帰れよマジで。俺の授業にいらねえんだよお前みたいな奴』

音声が止められる。僕と胡桃の間に軽い沈黙が落ちる。

「自分で録音しておいてなんだけど、なんか嫌だなぁ。聞いてらんない」

「怒られる側の声があると生々しいですね。それをいいと捉えるか、悪いと捉えるか」

胡桃（くるみ）が口をへの字に曲げる。僕も自分の頬（ほお）が引きつっているのがわかった。

教師の暴言の切り貼り。シチュエーションは消しゴムはんこを作ったときと似ている。

でも、あまり気分がよくない。

胡桃はその理由が、傷ついている対象が音声に乗っているからだと言った。

でも、僕はなんとなく違う気がする。嫌な気持ちになる理由は、試聴をしてみて、この音声が攻撃する対象――教師どもに多大なる影響を与えるとわかったからだと思う。

改めて聞いてみて思ったが、西豪（さいごう）高校の教師はとんでもない発言をしている。殺すだの死ねだの、感情に任せて教師にあるまじき言葉を連発している。

文化祭でこの録音を流し、授業の様子を一般に広めれば間違いなく大事になるだろう。責任問題に発展して、教師の誰かが退職になる可能性だってある。それが生々しいのだ。

例えるなら、今まで水鉄砲をかけるくらいの攻撃をしていたのに、今回は実弾でぶち抜こうとしている。嫌いな相手を馬鹿にするのではなく、悪意を持って殺そうとしている。殺せる。その事実は、僕らにとって喜ばしい以前に重いものなのだ。

「胡桃。生徒を晒（さら）したらかわいそうじゃないか？　ＣＤにする音声は教師だけでいいだろ」

「……そうですね。それじゃ、これをベースにもう何個か録音を繋（つな）げていきますね」

胡桃は怒られている生徒の音声を切り取って削除した。完成した音源を倍速で試聴する。

手際がいい。だが、僕にはそれが、現実を直視したくなくて急いでいるように見えた。

胡桃は他の録音も同じように編集した。切り貼りし、一つのデータにまとめていく。

暴言を試聴するたびに、僕は心が綿越しに圧迫されているような感じがした。嫌な作業だ。技術もそうだがなによりも感情の問題で、僕にはこの編集作業ができなかったと思う。

「ん。こんなもんでしょう。できました。音源はこれでオッケーです」

「最終的にどのくらいの長さのデータになったんだ？」

「十五分くらいですね。どうせすぐに止められると思うので、これくらいでいいかなって」

まあ、問題ないだろう。切迫した状況での十五分って、思っているより長いだろうし。

「音源も完成しましたし、書き出しちゃいましょうかね。先輩、ＣＤ取ってください」

「わかった」

円柱形のケースを開けて、中にあるＣＤを一枚、そっと取り出して渡す。

胡桃はパソコン側面のディスクドライブを開き、そこにバチッとはめ込んで入れた。

「うーん、と。書き出しは内蔵ソフトで可能だったはずなんですよねぇ……」

バチバチとパッドを操作しながら、胡桃は画面に顔を近づける。

しばらくして、モーターの回るような音が鳴り始めた。書き込みが始まったようだ。

拳銃に実弾を込める作業みたいだ、なんて思ったりした。

「……うん。書き込めているみたいですね。完成までちょっとだけ時間かかるっぽいです」

「そうか。どうする?」

「時間がもったいないですし、当日の作戦会議でもしながら待ってましょうか」

胡桃はパソコンを端に退けると、バッグから復讐ノートを取り出した。ぺらぺらと捲って、机上に開いて置く。以前に見たときと同じ白紙のページだった。

「放送室のジャックは可能だと思うんですよ。『先生が呼んでるよ』とか言って、放送担当の生徒を追い出せばいい。暴言のCDを入れて再生するくらいの時間は稼げるはずです」

「……うん」

「問題はそのあとですよ。どうやって脱出するか、なんですよね。暴言放送なんてしたらすぐに教師が飛んで来ますよね。素顔は隠すにしても、どうやって逃げましょうか」

「…………」

胡桃の問いには答えず、僕は鈍いモーター音を聞きながらぼうっとしていた。

なんとなく、今この時間が空虚なものに思えて仕方なかったのだ。

今はちょっと、考える気にならない。胡桃のほうから適当に案を出してくれないかな。

そう願っていたのだが、一ヶ月以上も行動をともにしていれば相手のことなんてある程度はわかるらしい。胡桃は僕の思惑を見透かしているようで、眉根を寄せていた。

「先輩。ちゃんと話、聞いてます?」

「……聞いてるよ。どうやって逃げるか、だろ」

胡桃は僕を睨んでいた。無言のままでいさせてはくれないようだ。

仕方ない。ひとまずこの場は適当な回答でごまかそう。

「当日まで時間あるし、脱出方法については僕が考えておくよ」

「……そうですか」

胡桃は諦めたような口調でそう言うと、パイプ椅子に座り直して嘆息を漏らした。

沈黙が落ちる。作戦会議の場が、重い空気で満ちていく。

「……話すことなくなっちゃったじゃないですか」

「……そうだな」

窓の外に目を向けると、夕暮れ時に差し掛かっていた。

会話がないと周囲の音が嫌でも耳に入る。

外から聞こえてくる音々。運動部の掛け声や吹奏楽部の音色とユニゾンするように、いくらかの談笑の声が混じっている。文化祭準備を楽しむ生徒たちの声だろう。

一方、僕らのいる部室では、ディスクドライブの鈍い音が響くだけだ。

僕らだけが別世界にいる。そんな錯覚をしてしまう。

「……先輩」

「なに？」

視線を戻す。胡桃はうつむいていた。帽子のつばに隠れていて、表情がよく見えない。

「先輩、キスしてくれませんか」

あまりにも唐突なお願い。絞り出すように発されたその声は、震えていた。

「どうしたんだよ、急に。計画はうまくいってるだろ」

「……いいから。お願いです」

ふと、思う。胡桃からキスのお願いをされたのはこれが初めてだ。僕らがキスするときは、雰囲気に流されるか、胡桃が一方的に僕に迫るか、大抵そのどちらかで始まっていた。

さて、どうしたものか。キスという名の別のなにかを求められているような気がする。

「先輩はもう、キスしてくれないんですか」

「……別にそんなことは言ってないだろ」

数秒の逡巡を経て、僕は結局キスをすることにした。誓って、僕の行動原理に性欲みたいなものは一切なかった。僕の心にあったのは、義理。罪悪感にも似た負の感情だった。

僕は椅子から立って、机に身を乗り出す。

「……胡桃」

僕はキスの邪魔にならないよう、胡桃の黒とアッシュの髪をすくって耳にかけた。

窓から差し込む夕日に照らされて、胡桃の顔が露になる。

いつもの意地悪な笑みはない。口は結ばれ、瞳はここではないどこか別の場所を見ているようだった。虚脱、喪失、哀、悲愴。そんな言葉が似合ってしまう表情をしていた。

思い出すのは買い出しの帰り道。去り際の胡桃の切ない表情。こんな顔をするということは……心が晴れてないということは、胡桃も僕と同じように思い始めているのだろう。

胡桃の顔を見ていたくない。僕は胡桃の顎をそっと上げて一思いに彼女の唇を奪った。

「先輩っ……んっ……」

控えめな態度から一転。キスを始めた瞬間、胡桃は中腰の僕を抱き込むような形で引き寄せた。脱力する感じで口を開け、柔らかい唇と舌で唾液をべったりと塗りつける。

「れぇっ……せんぱっ……ちゅぅっ……」

胡桃の舌が、ずるりと僕の口内へ入ってくる。胡桃の舌は意思を持った一つの生物のように激しく動いていた。僕の歯茎を磨き、マーキングするようにねぶり、犯していった。

甘くて苦い吐息が混ざり合う。額が重なる。胡桃のキャスケットが床に落ちる。

呼吸の間もない、相手の奥の奥まで知ろうとするような激しいキス。これは少女漫画で描写されるような素敵な行為じゃない。もっと爛(ただ)れていてジャンキーじみたものだ。

「ぷはっ……胡桃、ちょっと苦しい……」

「んちゅ……うるさいっ……せんぱ、い……うるさいですっ……」

回されている腕の力が強くなる。

僕は胡桃の邪魔をしないよう不動に徹することにした。

「ふぅ……んくっ……れぅ……んくっ……」

くちゅくちゅと粘着音が響く。呼吸器官を塞がれてどれくらいの時間が経っただろうか。

今日はやけに激しい。胡桃とこういうキスをしていると、僕はいつも酸欠に陥る。

酸欠に陥った僕は、脳が正常に回っていないからか、変なことを考えてしまう。

例えば……僕らが今しているこの行為は本当にディープキスと呼ぶものなのか、とか。

学校に反抗した気になって、倒錯感を得る。ストレスを解消する。そんな現実から目を背けるためだけの接吻を、本当にディープキスと呼ぶのだろうか。僕らの行っているこれは、そんな甘ったるい行為なのだろうか。もっと別の、陰湿で後ろ暗くてふさわしい名称があるんじゃないだろうか。僕と胡桃にだけ名づけることが許された、特別な名前が。

今日の僕は、そんなくだらない考えに頭を支配されていた。

「れっ……ぷはあっ……先輩……はぁ……はぁ……けほっ……」

「ぷはっ。……はあっ……げっほ！　げっほ、ごっほ」

唇を離した瞬間、二人して足がふらついて、どかっとパイプ椅子に座り込んだ。

深呼吸をしたり、咳き込んだりしながら、お互いに息を整える。

過去一、二を争うくらいには長くて激しいキスだった。正直、死ぬかと思った。

……胡桃は満足してくれたのだろうか。

僕はかぶりを振って、何度か瞬きをして、目の焦点を合わせる。

姿勢を正して前を見ると、髪を乱した胡桃が、淋しい表情のままふにゃりと笑っていた。

「……やっぱり、キスをするだけじゃ思考は読めませんね」

なんだよそれ。胡桃が求めていたのはキスではなく、僕の思考だったのか。

胡桃は僕をじっと見つめたまま、薄く口を開く。

「先輩、なにを考えているんですか」

どう答えたらいいのかわからない。あまりにも抽象的な質問だ。

「……甘くて苦くて、やっぱりビターチョコみたいなキスだな、とか考えてた」

「相変わらずキモいですね。……でも、違います。そういうことは聞いていないです」

胡桃は目を合わせたまま、静かに首を振る。そして、純然たる笑みを浮かべた。

「先輩。なにか、私に言いたいことがあるんじゃないですか」

その言葉を聞いて、僕は心臓を鷲掴(わしづか)みにされたような気分になった。

なんだよ。……ちゃんと思考、読めているじゃないか。

当たりだ。胡桃に言いたいことは、ある。でも今日この場で告げるつもりはなかった。

僕自身、なにが正しくてなにが間違っているのかよくわかっていないから。自分の中できちんと結論を出してから話すつもりだったのだ。

まあでも、気取られたのなら、すべて打ち明けてしまってもいいか。大した話でもない。

心の奥底にしまって、蓋をして、見ないようにしていた疑問を、僕は再び取り出した。

「……なあ、胡桃。これは、やっぱりやめにしないか？」

そう言って、僕が見るのはノートパソコン。正確には、今もなお鈍い音を立てているディスクドライブの中。そこで回っているCDという名の凶器に目を向ける。

胡桃は上目遣いから僕の視線を追っていき、そっとパソコンの上に手を乗せた。

「それは……つまり、教師の暴言を放送するテロをやめたいってことですか」

「うん。やめたいというよりは、やめたほうがいいと思ったんだ」

「…………」

無言、か。反応を窺うために、僕は胡桃の顔に視線を戻す。

あのとき。田中さんと買い出しに行った帰り。僕は、胡桃の悲愴感に満ちた顔を見たときに、胡桃も暴言を流すテロに疑問を抱いているのかもしれないと思った。別の場所で同じような思いをして、文化祭の破壊に抵抗を感じ始めたのかもしれないと思った。

……でも、事実は違ったらしい。胡桃は机に目を落としていた。

「どうして……どうして先輩は、そんなこと言うんですか……」

ぽつぽつと吐くように、胡桃が聞いてくる。

「先輩は……先輩は、もう……復讐なんて嫌になってしまったんですか……」

「そうじゃないよ。僕は今でもこの学校のことを嫌に思っている」

「じゃあ、じゃあどうしてっ！　先輩は急にやめようなんて言いだしたんですか……？」

胡桃がぱっとこちらを向く。不安そうに眉を下げていて、目尻には涙が浮かんでいた。

感情が読めない。まずいな。このままでは、なにか大きな勘違いやすれ違いを起こしてしまいそうな気がする。なぜこのテロをやめるべきだと思ったのか、きちんと伝えないと。

僕はゆっくり、落ち着いた口調で語りかける。

「胡桃。僕はずっと、この学校の生徒は青春の幻影を追っているんだと思っていた。文化祭を空元気で楽しんで、自分たちが青春の渦中にいるって錯覚したいんだと思っていた」

「………………」

「でも、違ったんだ。文化祭という青春の幻影を、本気で楽しんでいる人もいるんだよ」

思い返すのは田中さんとの会話。それから、サッカー部の部長が見せた笑み。

それらは、孤立していた僕が初めて触れた、この学校の生徒たちの人間味だ。

「今日、改めて思った。そのＣＤの破壊力は凄まじい。僕らがやろうとしているテロは……教師の暴言を流すという行為は、確実に問題になる。文化祭の楽しい空気を引き裂くと思う。……僕は、純真な気持ちで楽しんでいる人たちまで傷つけていいのか疑問なんだ」

無言でうつむいたままの胡桃に、僕は必死に言葉を届ける。

「そもそも、だよ。文化祭が復活になって、たくさんの下位クラスの生徒が喜んでいるのに、すべて台無しにするようなことしていいのかな。僕らは誰も彼も傷つけていいのかな」

そうだ。そうだよ。思い出した。僕らはあの日、屋上で誓ったじゃないか。

「僕らみたいな人がもう二度と現れないようにしてから、学校をやめるんだろ。復活計画で僕らと同じ境遇の下位クラスの人たちは救えた。ひとまずはそれでいいんじゃないか？」

　一呼吸で言いきって「僕は、そう思うんだ」とつけ足した。

　言葉にまとめるのは大変だったが、言いたいことはすべて言えたと思う。

　胡桃の意見も聞けたらいいのだけど。

「……胡桃？」

　話し終わったのに無言のままなのが気になって、僕はちらりと胡桃の様子を窺った。

　胡桃は無言であったが、きちんと反応していた。――胡桃の返事は、涙だった。

「うっ……ぐっ……あぁ……」

　見て、僕は一瞬でわかった。胡桃は感情を殺そうとしている。

　胡桃は歯を食いしばって、唇を引き締めて、心を制御しようと努力していた。

　だけど、努力は努力で終わっていた。理性の及ばない領域から感情が溢れてきて、それが涙となって表面に出てきているみたいだった。自分では止めようがないらしかった。

　胡桃の顎先から、溜まった涙が落ちる。その雫は、夕日に照らされてサンストーンみたいに輝いていた。机上にぽたり、弾けて消えた。砕けて、跳ねて、散らばった。

「うぅ……はっ……ひぐっ……」

　僕には、胡桃が泣いている理由がわからない。僕の考えは誤解のないよう余すところなく伝えたはず。ひどいことも言っていない。話に泣くような要素は一切なかったと思う。

胡桃は文化祭を破壊するテロに強い執着とこだわりを持っていたとか？　いや、もしそうだとしたら、怒ったり、僕の意見に反論したりするだろう。泣きだすとは思えない。なにが原因なんだ。なにが悪かったんだ。僕は、どこで間違えてしまったんだ。

「……なんで泣いてるんだよ」

聞くしかない僕のことを、胡桃は上目遣いで睨んだ。

「……わからないんですね」

心底残念そうな口ぶりでそう言うと、胡桃は目尻に溜まった涙を指先で拭った。

それっきり、胡桃がなにかを言うことはなかった。

沈黙。胡桃の浅い息の裏側で、モーターの鈍い音が止まった。カシュ、とディスクドライブが開いて、ＣＤが出てくる。どうやら書き込みが終わったらしい。

僕はパソコンからＣＤを取り出し、そっと、机上に置いた。

「……今日の作戦会議は、終わりにしようか」

「………………」

「たぶん、僕も胡桃も疲れているんだ。また、違う日にちゃんと話そう」

僕は席を立った。バッグを肩にかけて、廊下に出る。

ドアを閉める直前、部室を振り返る。

胡桃はパイプ椅子に座ったまま、垂れる髪に隠れるようにして泣き続けていた。

彼女の周囲にはパソコンと、復讐ノートと、シャープペンシルとCDとキャスケットが散らばっている。おもちゃを片づけられない子どもみたいだと思った。

＊

文化祭当日が迫る中、胡桃が学校に来なくなった。

何言か、スマホにメッセージを送ってみたが、既読はつかなかった。

田中さんに胡桃のことを聞いたら、気まずそうな感じでごまかされた。

言いにくいこと？　考えて、僕は初めて胡桃と会ったときのことを思い出す。

——退学。ああ、たしかに夏休み前ではある。

そうか。これで終わりか。あっけない幕引きだ。

なるほど。胡桃は退学が近いから、最後にやる大掛かりなテロとして暴言放送を楽しみにしていた。それなのに、僕が代案もなしにやめようなんて言いだしたから泣いたのか。

気づいた僕は、謝罪文を打って送った。

『胡桃の気持ちを理解しなくてごめん。でも、僕は間違ったことを言ってなかったと思う』

相変わらず既読はつかなかった。ステータスメッセージも変わっていなかった。

スマホというのは軽薄で不確かなツールだ。答え合わせは、できないまま。

五章

義務教育を終えて高校を卒業すれば、僕らは一般人の認定証が貰えることになっている。

逆に一度ドロップアウトしてしまえば、それまでだ。退学という行為の裏にどんな事情があったのかなど、誰も気に留めてくれない。履歴書には傷がつく。退学の類義語は、社会不適合者と引きこもり。民意という荒波の中ではそうなっている。

そして、それを理解していて、器用に心を殺すことができる人間がこの世には多くいる。

要するに、どこかの誰かが退学しようがなにも変わりはしないのだ。

西豪高校は生徒という名の歯車を回しきり、今日も普通に一日を終えようとしていた。

「……文化祭の当日が近いからといって、妙な真似はしないこと。以上。号令」

そんな担任の言葉でホームルームが締めくくられる。

二年五組の生徒たちは礼を済ませると、慣れた手つきで席を端に寄せ始める。その流れに乗って、僕も自分の机と椅子を移動させた。今日も文化祭の準備が始まる。

「垂れ幕もラスト一枚だね！　みんな、ラストスパートの気持ちでがんばろ！」

「おっしゃ！　マジで気合い入れて塗っていこうぜ！」

週末が明けて数日経っても、胡桃が学校に来ることはなかった。

僕の生活は空虚なものになっていた。

授業、昼食、授業。放課後になれば文化祭の準備を進めるか帰宅する。それだけ。

そんな日々を、僕はどこか冷めた気持ちで過ごしていた。

二つの過去が脳裏にこびりついている。ずっと、僕の心を冷やしている。

一つはテロ。暴言放送はこの学校へ贈る大きな復讐だった。

でも、同時に僕と同じ境遇の者を傷つける行為だった。

この学校に復讐をして、その上、同じ境遇の人間を救うというのは難しいのだ。

あの日、屋上で僕が聞いたのは、やっぱり理想論だった。それがわかって冷めたのだ。

もう一つは胡桃。日が経つにつれて、僕の中にある胡桃への感情は、憤りに似た落胆へと変わっていた。

退学が近くて焦っていたのはわかる。でも、意見も言わずに泣くのはどうかと思う。

屋上で憧れた星宮胡桃は、あの程度の人物だったのか。そう思って冷めたのだった。

やっぱり、復讐を企てるような人間がハッピーエンドを迎えられるわけがないんだよ。

僕と胡桃の物語はこれで終わり。ずいぶんとあっさりしているが、現実なんてこんなもんだろう。結局、僕らの理想は理想で終わった。学校を変えることなんてできなかった。

とはいえまあ、この一ヶ月半、なにも収穫がなかったわけではない。

胡桃と二人で理想を掲げていたときは、間違いなく楽しかった。

僕はこの先、胡桃とやったテロの思い出を胸に生きていく。この前の期末テストだって乗りきれたのだ。その気になれば赤点の回避ならできる。平凡な一人の生徒として、西豪高校という腐った学校にひっそりと通い続ける。あと一年半。通い続けて卒業する。それでいいだろう。少しの間、夢を見られただけで十分だ。

「ねえ、夏目くん」

文化祭の準備が始まる中、教室の隅で突っ立っていたら、田中さんに話しかけられた。

「大丈夫？　なんか暗い顔をしてるけど」

田中さんが心配そうに覗き込んでくる。本当に、この人は周りのことをよく見ている。そうだ。今の僕には田中さんという友人がいる。クラスで完全に孤立していたときとは状況が違う。このクソみたいな学校で生活していくにしても、前ほどの絶望感はない。

「……うん。ちょっと、ね。考え事をしてた」

僕がそう返事をすると、田中さんは驚いたような顔をしていた。

彼女は目を伏せ、小さな声で「そっか」と言い、諦めたような笑みを顔に形作る。

「どんなに辛いことも、いつか忘れるよ」

彼女は僕の肩にポンと手を置き、女子グループのほうに去っていった。

取り残された僕はその後ろ姿をしばらく眺めて、また一つ、ため息を吐いた。

＊

胡桃がいなくなったので、僕が学校にテロを仕掛けることはなくなった。

当然、作戦会議もなくなるわけで、僕の放課後は実に淡白なものとなっていた。

自分の席を端に寄せる。それからは、文化祭準備を手伝うか、帰宅するか。どちらか。

そして、僕のその二択は、主に田中さんによって決定されていた。彼女が声をかけてくれれば仕事をするし、声をかけてくれなければこっそり帰る。そんな日々が続いていた。

文化祭の二日前。放課後。準備が始まった教室内で、今日もその審判が下される。

申し訳なさそうな顔の田中さんに、僕はゴミ袋を手渡された。

「夏目くん。ごめんなんだけど、外の収集所までゴミ捨てに行ってきてくれない？」

「ああ、うん。それくらいならお安い御用だよ」

「ごめんね。本当はもっと多人数でやる仕事とかを指示できたらいいんだけど……」

「え？　別にこういう仕事でも大丈夫だよ」

本音でそう答える。ここ一週間、田中さんの指示でマスキングテープ貼りなどの多人数の仕事もやったのだが、クラスメイトとの距離感が気まずくて仕方なかった。ゴミ捨てのような一人で完遂できる仕事を任せてもらえるのは、むしろありがたい話である。

「……そっか。じゃあ、お願いね。ゴミ袋はいくつかあるから」

「うん。行ってくる」

サンタクロースのようにゴミ袋を担いで、僕は廊下に出た。

ドアを開けた瞬間、もあっとした熱気と一緒に、ペンキの匂いに包まれる。

ごった煮のような光景だった廊下は、以前にも増して賑(にぎ)わっていた。

看板に凝った絵を描く生徒。余ったダンボールを使ってふざける生徒。指示を飛ばしながらペーパーフラワーを量産する生徒。誰もがみんな楽しそうだった。

愉快なのは人だけではない。各クラス、教室と廊下を隔てる壁には、ダンボールを利用した立体絵や「クレープ」「タピオカ」などのお品書きが貼られていた。どこかのクラスが蛍光灯にセロファンを被(かぶ)せたらしく、辺りはご機嫌なオレンジ色の光で包まれている。

いよいよ文化祭一色になってきたな。

それもそうか。西豪(さいごう)高校の文化祭準備はラストスパートに突入している。基本的にどのクラスも、文化祭二日前である今日の放課後、完全に準備を終わらせる。そして明日、文化祭の前日は授業をしないことになっているので、丸一日リハーサルをするのだ。

ウチのクラスのように展示モノをやる場合でも、明日には作品を完成させて設置しなければならない。どこもかしこも大詰めなのだ。

僕はゆっくりとした足取りで廊下を歩いた。何度か立ち止まったりして、楽しそうな空間に目をやる。幸せの渦中にいる者を見て、僕も少しだけ幸せになりたかった。

階段を回って、一階に降りる。学食の前に行くと、実行委員が入場門を外へ運び出しているところだった。その人混みに混じって、僕も下駄箱に向かった。

靴を取って、昇降口に向かう。しかし、気になる人影を見つけて立ち止まった。

「あれは……」

サッカー部の部長だ。サッカー部の部長が下駄箱の近くに立っていた。

「っつーわけで、決まりだからヨロシクー。他の連中にも伝えとけよ。いいな」

「……はい。わかりました。すみません」

以前と同じような場所で同じような人物と遭遇したが、状況までは同じじゃない。

サッカー部の部長は、僕の知らない三年生と話していた。見知らぬ三年生が威圧的な口調でなにかを言うと、サッカー部の部長は敬語口調で軽く頭を下げた。

それから何言か言葉を交わしていたが、見知らぬ三年生が去る形で会話は終了した。

僕は部長が完全に一人になるのを待ってから声をかけた。

「どうも、岩田先輩。こんにちは」

「……ん。おう。夏目か」

サッカー部の部長は僕に気づくと、小さく手を挙げてそう返事をした。

「なんかさっきの人と揉めてるみたいでしたけど、トラブルですか？」

「いや、トラブルってわけではないんだけどな。……でも、夏目には言っておかなきゃか」

僕がなんのことか聞くより先に、部長の口から衝撃的な一言が発せられる。

「模擬店、さ。来てくれって言っといてわりぃんだけど……やらないことになったわ」

「……はい？　やらないって……前言ってたバーベキューから変わったんですか？」

「あ、違う違う。ウチのクラス、文化祭当日は模擬店自体やらないことになったんだ」

中止？　どうしてまた、そんなことに。意味がわからず、ぽかんとしてしまう。

僕が理解できていないことを察してか、サッカー部の部長は早口で説明を始めた。

「さっき話してた相手、いたろ？　あいつ三年一組なんだけど、前から模擬店の規模をデカくしたいから機材とか場所とかを譲れって言ってきててさ。ずっと返事を保留にしてたんだけど、なんか、ついにウチの担任にも話を通したらしくてよ。譲ることになった」

「譲ることになった？　え、なんですかそれ？　意味がわからないんですけど」

「うーん、わからないって言われてもなぁ。俺、事実を言っただけだし」

サッカー部の部長は、仕方ないだろといった感じで肩を竦(すく)めた。

三年一組というと、上位クラスだ。上位クラスの横暴も謎だが、僕が一番謎に思ったのは、サッカー部の部長がなんでもないふうに話していることだった。

場所と機材を奪われたんだろ？　この人はどうしてこんなに冷静でいられるんだ？

「先輩はここで、上位クラスの生徒に機材と場所を譲るって話をしていたんですよね？」

「そうだな。俺が学級委員だから、代表として話しに来たんだろうよ」

「言い返したりしてませんでしたよね？　なんで、おとなしく従ったんですか？」

「え？　別に俺、おとなしく従ってたつもりはねーけど……」

サッカー部の部長は頬（ほお）をポリポリと掻（か）いて、

「文句言ったってしゃーないだろ。先生たちも上位クラスの味方だし」

「…………」

「上位クラス様には逆らえない。ウチの学校ってそういう法律じゃん？　ははっ」

そう答えて、諦めきった者の笑みを浮かべるのだった。

――直後、僕は身震いをした。人ならざる者のような、おぞましいなにかを見てしまったような気がしたのだ。かかとから後頭部にかけて寒気が走る。悪寒が走った場所から嫌な汗が噴出する。嫌な汗は吐き気をもたらし、吐き気は目眩（めまい）を誘発した。

よくない。口呼吸をして、気分を落ち着かせる。なにを動揺しているんだ、僕は。

顔を上げると、サッカー部の部長が不審感と心配の入り混じった目で僕を見ていた。

「……夏目（なつめ）？　大丈夫か？　お前、なに怒ってんだ？」

そんなの……わからない。僕が聞きたい。

ダメだ。なんかモヤモヤする。思考がまとまらないし、会話を切り上げてしまおう。

ああ、でも一つ。この確認だけはしておきたい。

「先輩のクラスの人たちは、模擬店やらなくても大丈夫なんですか？」

「うん、まあ。みんな文化祭当日は遊べるわけだし、いいかなって言ってたぜ」

……そうか。それならいいんだ。

お互い合意の上なら、僕がどうこう思う必要はないはずなんだ。

＊

翌日。文化祭の前日。昼休みが終わったころ。

リハーサルで賑(にぎ)わう校内で、ウチのクラスは達成感に満ちていた。

「これにて完成でーすっ!! みんなお疲れ様でしたーっ!!」

リーダーを務めていた女子がそう言うと、クラスメイトから歓声と拍手が巻き起こる。

教室の中央には、できたての垂れ幕が広げられていた。鮮やかな水色の背景に、明朝体(みんちょうたい)で「繋(つな)ぐ伝統と絆(きずな)」という文字が書かれている。今年のスローガンを表した垂れ幕だ。

これは三枚目。最後の作品。本作の完成をもって、二年五組の文化祭準備は終了となる。

「ねえねえ、この垂れ幕ってどこらへんに飾られるんだっけー？」

「本校舎の屋上だったと思う！　三つ並べて掛けられるはず！　ですよね先生？」

女子のグループが静観していた担任に確認を取る。そして、

「んじゃ、早速ウチらは展示してくるから！　みんなは片づけしておいて」

担任と一緒に垂れ幕を持って教室を出ていってしまった。

一見、おいしいところだけ持っていくような行動。

しかし、達成感に満たされているからか、クラス内に文句を言う者はいなかった。

「あいつらが帰ってくる前に片づけ終わらせちまおうぜ」

「うわ。床に絵具が飛んでるわ。雑巾がけもしないとダメっぽいぞ」

そんな会話をしながら、残されたクラスメイトたちは掃除を始めていた。

僕もなにかしないと。さすがに今は放課後じゃないから、帰るわけにはいかない。

田中(たなか)さんを探す。彼女は教室の隅で、女子数名と談笑しながらゴミを集めていた。

話しかけづらい……と思ったけど、今日は指示を仰ぐ必要ないか。掃除をやるってことは決まっているんだ。僕は隅のほうでゴミ拾いとかしていればいいだろう。

掃除が進んでいく。端に寄せられていた座席はすべて元の位置に戻った。

ほどなくして、展示に行った女子グループが帰ってきた。

「あっ、おかえりー！　垂れ幕どんな感じだったー？」

「めっちゃすごいよ！　いざ展示してみたら『でかっ！』って感じだった！」

わいわい。がやがや。休み時間のように会話をするクラスメイトたち。

しばらく盛り上がっていたが、担任が教壇に立ったところで、その騒ぎは収まった。

仏頂面の担任が教室全体を見渡し、話を始める。

「……はい。みなさんお疲れ様でした。協力してよくできていたと思います。このクラスは模擬店ではないためシフトなどはないと思いますが、くれぐれも当日はふざけすぎないように。毎年ハメを外しすぎて問題を起こす生徒がいますので。……私からは以上です」

日直の号令が飛び、短いホームルームが終了。教室内は再び騒がしくなる。

「明日どこ行く？　俺、二組の綿あめ買いに行きてえんだよなー」

「いいじゃん行こうぜ。朝からいつものメンバーで回らね？」

文化祭の前日は、準備が終わったクラスから下校となる。二年五組の生徒たちは当日の予定なんかを話しながら、ぞろぞろと教室を出ていった。

僕も帰ろう。バッグを持って、人の流れに乗って教室を出る。

ウチのクラスの下校が早いだけで、他のクラスはまだ接客練習や試食なんかをやっていた。教室、廊下、階段、どこも賑わっていて、すでに本番が始まっているかのようだった。

祭の雰囲気の中、二年五組の生徒たちは集団で下駄箱へと向かう。

「ねえ、ウチら文化祭後の片づけとかないし、一足先に打ち上げやっちゃう？」

「それめっちゃいいじゃん！　どっか予約しよ！」

熱気に当てられたクラスメイトたちが、そんな会話をしている。

どうせ呼ばれないし、僕には関係ないことだ。さっさと帰ろう。

そう思い、人の入り乱れる下駄箱から靴を回収した、そのときだった。

「おい！　お前ら止まれ。……チッ。キャーキャーうるせえ！　耳障りなんだよ！」

楽しげな空気を引き裂くような、ヒステリックな男声が飛んできた。

「ここ、玄関だぞ？　教室じゃないんだよ。公共の場なんだから黙れよカスども」

声の主はすぐに見つかった。数学の古川教員だ。彼は大股で下駄箱に近づいてきていた。

場がシン、と静まり返る。朗らかだったムードは一瞬にして凍りついた。

古川教員は二年五組の生徒たちを順繰りに見て、また一つ舌打ちをする。

「……お前ら五組か。あのさあ、文化祭で浮かれてるのかもしれねえけど、学生の本分は勉強だってこと忘れるなよ。五組は中学範囲も忘れてるようなアホばっかりなんだから」

怒鳴られたクラスメイトたちは、いつもの授業中のように固まって動けずにいた。皆動きを止め、嵐が過ぎるのを待つようにじっとしていた。

「ほんとはさぁ、文化祭とかで遊ばせたくねえんだよな。テストの成績も悪かったし」

はあ。このクソ教師、こんなときまで説教か。馬鹿馬鹿しい。放っておこう。

一人、昇降口に向かう。――しかし、僕は途中で立ち止まることになった。

「特にお前だよ。夏目」

……は？　あいつ、なんて言った？　もしかして今、僕は名前を呼ばれたのか？

ゆっくりと振り返る。古川教員が、またあの冷たい瞳で僕を睨んでいた。

「この前の期末テスト、本当に無様だったたな。なんなんだよ三十七点って。マジで赤点ギリギリじゃねえかよ。あれか？　俺のこと舐めてんのか？　殺すぞ」

後頭部にドライアイスを打ち込まれたみたいな、嫌な感覚がした。

鳥肌が立つ。背中にぶわっと冷や汗が溢れる。

直接的に暴言を吐かれたのはいつ以来だ？　三ヶ月ぶりくらいか。

……そうだ。胡桃と会うよりも前に、僕は一度この学校に反抗していたのだ。

過去の自分から受けていた恩恵をどこかで忘れていた。当たり前だと思っていた。

この学校に身を置いて、平凡にひっそりとなんて生きられるわけがないのに。

僕に暴言を吐かないなんていう、ただの口約束がずっと守られているわけがないのに。

「上位クラス行ってすぐ落ちるような馬鹿だから仕方ねえけどさぁ、ちゃんとしろよ」

「………………」

「おい。んだよその目は。言いたいことあるならはっきり言えや。なに？　また反省文書かされてえの？　それくらいしねえとわかんねえの？　もう学校やめろよ、お前」

そのセリフを聞いた刹那——僕は血が沸騰するような感覚がした。

全身の細胞が騒ぐ。こいつだけは許せない。許しちゃいけない。

僕は右手を強く握り締め、上体を反らすように大きく振りかぶる。

そのまま前傾。勢いをつけた拳を、一切の躊躇もせずに古川教員の左頰に突き刺す。

軸足にすべての体重を乗せて、ぶち抜く。思いっきり殴り飛ばす。

尻もちをついた古川教員の顔面を、靴底ですり潰すように踏み抜く。二度と生徒に暴言が吐けないように、トラウマを植えつける勢いで痛めつける。

……なんて。

「チッ。……無視してんじゃねえよ、馬鹿が」

できたらどれだけいいか。

すべて僕の妄想だ。脳内でこのクソ野郎を殴っているだけ。

古川教員は無視を決め込んでいる僕に嫌気が差したのか、どこかに行ってしまった。

「……ふざけんな」

ぐるぐると胸に渦巻いている憎悪の感情が、そんな一言となって思わず漏れる。

すると直後、肩にポンと手が置かれた。

見ると、そこにいたのは名前もよく覚えていないクラスメイトの男子だった。

「いやあ、夏目（なつめ）。災難だったな」

彼の一言を皮切りに、他の男子も声をかけてきた。

「ドンマイドンマイ。そういうこともある」

「気にすんなよ。俺らもテスト散々だったし」

馴れ馴れ（なな）しい口調で、次々にそう言う。彼らは竹馬の友と接するように笑っていた。

急になんだ？　公衆の面前で罵られた僕に同情してくれているのか？

そう思ったが、次に発せられた一言で違うと知る。すべてを悟る。

「なんか、これで俺も夏目と仲よくできる気がするわ」

……こいつら、古川教員に怒鳴られた僕を同類認定しただけだ。

少し離れたところで、田中さんが穏やかに微笑んでいた。

「夏目くん。よかったね」

なに言ってるんだよ。よかった？　これが、よかったのか？

「……あっ、ちょ、おい！　夏目？　どこ行くんだよ!?」

僕は無意識のうちに駆け出していた。階段を上り、人気のない上階のトイレに向かう。

個室に入り、ドアを閉めて、衝動のままに壁を殴る。

「なんなんだよ、もう……」

気持ち悪い。全身にべったりとまとわりつくような不快感がある。

少し前まではこんな感覚、なかったはずなのにな。

*

久しぶりにタバコを吸うことにした。

さんざっぱらキスやテロをしてきた僕が、いまさら悪いことという記号でしかないタバコで満足できるとは思えない。それでもなにかをしないと落ち着かなかったのだ。

僕はトイレの個室でしばらく息を整えてから、屋上へと向かった。

階段を上って、最上部に辿り着く。慣れた所作で、鉄製の扉に手を伸ばす。

「あれ？　……開いてない」

ノブを回しても肩で押しても、屋上へと続くドアはびくともしなかった。

そうか。考えてみれば当然だった。ついさっきウチのクラスの生徒が垂れ幕をかけるため屋上を訪れていたじゃないか。ここのドアは、誰かが施錠を忘れてしばらく開いていただけだった。新たに屋上を利用する者がいれば、戸締まりされるに決まっている。

困ったな。屋上以外に喫煙できそうな場所なんて知らないし、どうしたものか。

「………」

ふと、天井を見てみる。火災報知器の類は見当たらない。

もう、ここで吸ってしまおうか。なんか、なにもかもどうでもいいや。

ポケットからタバコとライターを取り出して、僕は立ったまま喫煙を開始した。

タバコの端を口に咥え、先端部に火をつける。赤く、黒く、そして白くなったらゆっくりと息を吸う。煙を肺に入れないよう、口元でふかす。

「ふーっ……」

息を吐き出すと、口元に溜まっていた灰色の煙が宙に舞う。その煙はすぐに消えなかった。天井に留まり、壁にぶつかって跳ね返り、室内を漂い滞っていた。

のたうち回るような無様な煙。なんだこれ。どれだけ吐いてもスッキリしない。

胸の奥が重い。後ろ暗い快感がいつまで待ってもやってこない。

それでも喫煙を続けていたら、気持ちが悪くなった。不満が渦巻いていて吐き気がする。

「……はぁ」

慣れてしまったのか。おかしくなってしまったのか。

僕のこの気持ちは、どうしたら改善できるんだ。このやり場のない怒りと憎しみと悲しみと不快感は、どうしたら解消できるんだよ。……誰か教えてくれよ。

「ねえ、本当にここでするの？　バレたら怒られちゃうよ」

再び煙を吐こうとしたとき、そんな声が聞こえてきた。

「……っ⁉」

僕は咄嗟に身を屈めた。階段の最上部だけにある小さな壁の裏へ隠れる。

タバコの火を急いで消し、携帯灰皿へ突っ込む。

耳を澄ます。声の主が階段を上ってくる気配はない。

即座に反応したし、物音も立てなかった。

なら、大丈夫か。僕の存在は……バレていないはず。危ない。見つかるところだった。

……文化祭のリハーサル中じゃないのかよ。一体誰だ？　こんなところに来るのは。

「私、友達と打ち上げに行くところだったんだけど」

「悪い悪い。なんか会いたくなっちゃってさ」

「まったく。いっつも急に呼び出すんだから……」

男の声と女の声がする。声のトーンから、両者が親しい間柄だということがなんとなくわかる。カップルかなにかだろうか。西豪高校は男女交際禁止のはずだが。

僕は息を殺して奴らが去るのを待つ――つもりだった。

「ほら、こっち向けって。少しだけ上を見る感じで」

「……このくらいでいい？」

…………。

いや、待てよ。女の声のほうに聞き覚えがある。

間違いない。つい最近……というか、ついさっき聞いた声だ。

そうだ。そうだよ。あのソプラノボイスを忘れるわけがない。

僕はほんの少しだけ、壁から顔を出して声のするほうを覗いた。

そこに、いたのは。そこに、広がっていた光景は。

「由美……かわいいよ……」

「んっ……嬉しい。拓海くんもかっこいい……」

一つ下の踊り場で――田中さんが、僕の知らない男子生徒とキスをしていた。

田中さんと男は照れながら目と目を合わせ、顔と顔を近づけ、鼻と鼻を擦り合わせる。

そのまま、どちらからともなく体を密着させて、そっと唇を重ねた。わずかに身長差があるので、田中さんがほんのり上を向く形になっている。

田中さんの頬は赤くなっていた。目に至っては溶け落ちそうなほどにとろんとしていた。

「ちゅ……由美……ん」

「拓海くん……ちょっと……んっ、ちゅぅ……」

僕は壁を背にする体勢で、ゆっくりとその場に座り込んだ。

口元に残っている煙を出しきるように、ふうっと細い息を吐く。

なんともまあ、面倒な場面に遭遇してしまったものだ。

あんなところでキスなんてされていたら、去ろうにも去れないじゃないか。

「んっ……由美っ……ちゅっ……由美っ……」

「れぇ……拓海くんっ……んんっ……」

二人のやり取りには、吐息と唾液の音が混じっている。

今の精神状態で他人の幸せなんて知りたくない。なんの拷問だよ、これ。

いっそ耳でも塞いでおこうかと思ったところで、キスの音が止まった。

「ぷは……そういや、由美。お前、いつまで下位クラスなんかにいるんだよ。受験生で忙しい俺が時間を作って勉強見てやってんだからさ、さっさと上位クラスに上がれよな」

「いつまでもあんなバカな連中と一緒にいるなよ。上位クラスの俺が付き合ってやってんだから、お前も早く釣り合うようになれって。俺が恥ずかしいだろ」

「……はい」

「別に俺は謝ってほしくて言ってるわけじゃないんだけどなぁ。……ん」

「……うん。そうだよね。ごめんなさい」

ふんわりと会話が終わって、二人は再びキスに没頭し始めたようだった。

くちゅり、くちゃりと、粘着質な水音が鳴り響く。

溶解液の音だと思った。少しずつ、田中由美という存在を覆うメッキが剥がれていく。

「………」

考えざるを得なかった。田中由美は僕にとってなんだったのだろう、と。

会話を聞くに、田中さんの隣にいるあの男は上位クラスの生徒らしい。

それは別にいいのだけど、「上位クラスの俺が付き合ってやってんだから」と言われて「ごめんなさい」と謝ってしまうほど、田中さんは汚れている人間だったのか。

あんな人間に同情されて、僕は喜んでいたのか。なんて愚かだったんだ。

「んちゅっ……由美……もっとこっち来いよ……」

「んっ、……んっ……」

いつまでやってるんだよ。ああもう、さっさと失せてくれないかなぁ。

キスっていうのは、こんなふうに即物的で性衝動を解消するだけのモノじゃないはずだ。

もっと陰湿で後ろ暗くて、それでもほんの少しだけ不安が紛れる行為のはずだ。

僕の思いを……僕らの思いを、陳腐な愛の証明として消費するなよ。

「由美もさ、上位クラスに彼氏がいると自慢できるだろ？」

「…………。……そうだね」

肯定の言葉を聞いた瞬間、僕は強く奥歯を擦り鳴らしてしまった。

上位クラス、下位クラス。暴言を吐かれている、いない。

人間の一対一の付き合いにそういう事情を持ち込むのはどうなんだよ。

普通って、そういうものか？　与えられる価値観に従って、自分の立場をわきまえて生きるのか？　同類認定した奴とつるんで、身分の高い相手には媚びて、それでいいのか？

そんなものは、友情でも愛情でもなんでもない。惰性と諦めに満ち満ちた青春ごっこだ。

なにが勉強だよ。なにが成績だよ。なにが西高法だよ。笑い事じゃねえだろ。人間として守らなくちゃいけない大切なモノが歪んでるって、どうして誰も気づかないんだよ。

ダメだった。文化祭を復活させるだけじゃ、なにも変わらなかったんだ。

僕が馬鹿だった。「やっぱりやめにしないか？」なんて言うんじゃなかった。

ありきたりな情に流されただけで、結局なにも変えられていなかったんだ。

僕は間違った選択をしてしまった。間違って、正しい選択をしてしまった。

今、わかった。こんなクソ高校は、一度、徹底的に破壊しなきゃいけなかったんだ。

「んっ……拓海（たくみ）くん……ちゅ……」

「ぷあっ……はぁ……由美……もう少し……」

二人がまた唇を交わし始めたので、僕もタバコとキスをした。

新しいタバコを口に咥（くわ）え、ライターで火をつける。

タバコのことはよく知らないが、父が吸っているこの銘柄は重い部類なのだろう。

僕は今日、初めてそう思った。

＊

僕のことなんておかまいなしに時間は進んでいく。気づけば文化祭の当日だった。

朝。ホームルームの時間を迎えた教室は、いつもより少しだけ騒がしい。

『これより、西豪（さいごう）高校文化祭を開催します』

二年五組の生徒たちは、談笑しながら校内放送を聞いていた。

流れているのは、文化祭の開催宣言である。

西豪高校は全校生徒の数が多い。ゆえに、文化祭の開会式は生徒会や実行委員などの一部の生徒のみで執り行う。一般生徒は放送で開会式を聞くだけでいいことになっている。

「六組の友達がクレープ安くしてくれるって言うから行こうぜ！」

「ねー、ウチらはどっから回る？　並ぶの嫌だし人気そうなとこから行かない？」

模擬店をやらない我がクラスの生徒は、開会式の終了と同時に自由行動となる。

クラスメイトたちは仲がいい者同士で集まり、遊びに出かける準備をし始めていた。

騒がしい教室内の隅で僕は一人、静かに席を立つ。

僕は文化祭の開始と同時に教室を出ると決めていた。昨日みたいによく知らない男子が絡んできたりしたら面倒だから、行方をくらませるつもりなのだ。

最低限の荷物を持つ。音を殺して歩いて、誰よりも先にドアに向かう。

無事に教室を出ることができた。隣の席の田中さんでさえ、僕に見向きもしなかった。

「お客さん入れるよ！　調理班！　大丈夫!?　材料の準備ってもう終わってるー!?」

「四組、開店しまーす！　今ならすぐご案内できますよー！」

廊下はすでに大賑わいとなっていた。この時間にシフトがない生徒たちが各クラスからどっと溢れ出てきていた。模擬店の運営をする生徒は、開会直後というビッグウェーブ中に一人でも多く客を入れるため、居酒屋も驚くような積極的なキャッチを行っていた。

こんなところにいて、文化祭を心から楽しんでいる一人だと思われたら癪だ。

僕は喧騒から離れられる方向へ、目的地も決めずにふらふらと歩きだした。

客引きがいたら目を逸らし、進行方向が騒がしければ踵を返す。さまよい続ける。甘ったるい匂いと、アップテンポなＢＧＭと、絶叫にも似た歓声の中を、歩く。歩く。歩く。

追いやられるような感じで歩いていたら、いつの間にか外に出る人の流れに乗っていた。

「……暑」

昇降口を抜けたあたりで、僕はそんな独り言を漏らしながら額に手をかざした。

真夏日だった。世界の天井は濃い青色だった。飛行機雲が伸び、積乱雲が浮いていた。

初夏の終わり。なにかを期待させるような真夏の空模様。

かざした手の端から日光が漏れている。眩しい。あまりにも、眩しい。

「はいはーい！　いらっしゃーい！　ポテトいかがですかー？」

「厨房の人たちさぁ、お客さんまだいるからガンガン作っちゃっていいよ！」

外では昇降口から校門にかけて、屋台形式の模擬店が展開されていた。簡易テントが並んでいて、その上にポテト、お好み焼き、フランクフルトなど、派手な看板が載っている。

「すみませーん！　これ二人分くださーい！　千円でも大丈夫ですかー？」

「君、中学生？　どう？　ウチ焼きそばやってるんだけど買っていかない？」

すでに一般公開も始まっているらしく、西豪高校の生徒以外の姿もちらほらある。

外の模擬店はどこも行列ができていた。

中でも特に盛況なのは三年一組の串焼きだった。サッカー部の部長のクラスから機材と場所を奪い取ったあのクラスは、二店舗分の設備をフル稼働して効率よく店を回していた。

ちょうど今も接客中だ。

中学生の女の子が焼き鳥を注文する。接客担当の生徒が調理を担当している生徒に指示を出す。焼き上がったら、額に汗を浮かべた調理担当の生徒が中学生の客に串を渡す。

登場人物、全員が笑顔だった。あまりに気持ちが悪い光景だった。

見ていられない。でも、目を見開いて見ていなくちゃいけない光景だと思った。

ほら、気持ち悪くても見ろよ。これが、胡桃を泣かせてまで守った文化祭なんだから。

「…………」

三年一組の模擬店は、一度に大量の肉を焼くため、屋台のテントから煙が漏れていた。

空に向かって伸びる煙を見ていると、タバコみたいだと思う。

屋上で一人、不貞腐れながら空を汚していたあの日のこと思い出す。

思い出したが、吸いたくはならなかった。

なんとなく、僕はタバコの臭いが嫌いになっていた。

それでも、煙を見ていたら口元が淋しくなった。

口元だけは、たしかに淋しくなったんだ。

…………。

ああ、本当に気分が悪い。なにしているんだろうな、僕は。

ウチのクラスにシフトはない。僕は今日、仮病を使って休んだって別によかった。こんな墜落したような気持ちでいるなら、登校するべきじゃなかったとさえ言える。

それでも僕が学校に来た理由は……そうだ。一つしかない。

胡桃に会えるかもしれないと思ったからだ。

はっきり認めよう。僕はもう一度、胡桃と話がしたかった。

なにを話したいかはわからない。なにを伝えたいかはわからない。でも、僕の中にある鬱憤と不満と後悔を晴らすには、彼女と言葉を交わす以外に方法がないと確信している。

相変わらず、胡桃に送ったメッセージに既読はついていない。音信不通の状態だ。

となると、直接会う以外に話す方法がない。

一般公開されている文化祭の日なら、退学した胡桃も登校することができる。

もし、胡桃がいまさらメッセージを送ることに気まずさを覚えているだけなら。

もし、胡桃が僕と同じようにもう一度だけ話がしたいと思ってくれているのなら。

今日、人混みに紛れて会いに来てくれるんじゃないか。

そんな一縷(いちる)の望みを抱いて、僕は今日、学校に足を向けたのだった。

……わかっているさ。女々しいってことは。でも、仕方ないだろ。僕は胡桃の家どころか最寄り駅すら知らないんだ。待つ以外にできることなんてない。ずっと本心から目を背けていて、胡桃に脅されないと行動できなかった僕なんて、その程度の人間なんだよ。

「……馬鹿馬鹿しいな」

屋台から目を外す。僕の足はまた、自然と人混みから離れるように動いていた。

校内に戻る。静かな方へ、心が休まる方へ、がむしゃらに突き進む。

脇目も振らず歩いていたら、いつしか僕を取り囲む景色は見慣れたものに変わっていた。

薄暗い廊下。壁には部名の書かれたドアプレートがあって、それが奥まで続いている。

文化祭の喧騒（けんそう）から遠く離れた、世界の裏側のような場所。——旧部室棟。

最奥まで行って、そこにあるドアの前で立ち尽くす。初めて来たときと同じように。

無意識か意識的か、自分のことなのによくわからない。

とにかく僕は、さまよい続けた果てに、天体観測部に来てしまっていた。

部室のドアに手をかける。鍵はかかっていなかった。

「……胡桃（くるみ）？」

もしかして『先客』がいるのではないかと思って、心臓が跳ねた。

でも、息を忘れるほどに緊張したのは一瞬だった。期待はすぐに落胆へと変わった。

部室の中央に長机が一つ。パイプ椅子が二つ。あとは棚が置かれているだけ。

ほとんど変わっていない部室内。

でも、胡桃だけがいない。

存在を消されてしまったかのように、胡桃の姿だけがそこになかった。

「いない、か……」

ひゅ、と小さなため息を一つ漏らしてしまう。

もし、胡桃が僕に会うためにこの学校に来ているのなら、ここにいると思った。

ここにいて「あ、先輩……どうも」と気まずそうにあいさつしてくるのだと思った。

僕のご都合主義な期待は願望で終わった。いまさら遅い。僕という線と胡桃という線は、とっくに交わる地点を過ぎていたのだろう。悲しいけれど、そういうことなのだ。

念(ねん)の為(ため)にスマホを確認してみたが、新着メッセージなどはなに一つとして届いていなかった。ゲームのスタミナが溜(た)まったという通知が、異様な数届いているだけだった。

僕は部室内に足を踏み入れた。パイプ椅子を引き、自分の席に座る。

なんとなく机を指でなぞってみたが、涙の跡は見つけられなかった。

片づけられた部室を見て、僕は思う。……胡桃の泣いた理由が今ならわかる、と。

胡桃は、僕が『下位クラスの人間』になってしまったのが嫌だったんだ。

原初に立ち返って考えるべきだった。

屋上で僕が星宮(ほしみや)胡桃という存在に出会って憧れを抱いたのはなぜだ?

僕と同じようにこの学校に対する嫌悪感を持っている人がいて、嬉(うれ)しかったからだろ。

この学校にいる教師とも、上位クラスの生徒とも、下位クラスの生徒とも違う星宮胡桃が眩(まぶ)しかったからだろ。確固たる信念と正義を持った星宮胡桃が好きだったからだろ。

僕はこの学校の教師どもが嫌いだ。偉そうな顔をしている上位クラスの人間も嫌いだ。

だけど、それと同じくらい、成績差別に疑問を抱かず、なんの抵抗もせず、虐げられる立場に甘んじてへらへらしている下位クラスの人間どももも、大嫌いだったんだ。

最後の作戦会議で、僕は偉そうに「誰も彼も傷つけていいのかな」なんて言った。

いいんだよ。誰も彼も傷つけてよかったんだ。

だって僕は――僕らは、この学校にいる全員が大っ嫌いなんだから。

「うっ……ああっ……」

胡桃(くるみ)の言う「私と同じような人間」は、下位クラスの人間のことじゃなかったんだ。

ごめん、胡桃。僕が間違っていた。

「くそっ……なにやってんだよ、僕はっ……！」

胸に抑えきれない衝動があって、僕は拳を机に強く振り下ろした。ダンッ、という音が響いて、手が痛む。それだけが、僕が知覚することのできるリアリティだった。

僕は今日まで、間違えないように生きてきた。こんなにも後悔したのは、初めてだ。

机に突っ伏す。腕を目に当て、じんわりと浮かんできた涙を拭く。

しばらく耐えていたが、やがて、僕の心は感情の奔流に押し潰されてしまった。

もう、なにも見たくない。この世に存在していたくない。

目を閉じる。現実から逃げるように、僕は意識を手放した。

＊

眠った僕は、一つの夢を見た。

胡桃ともっと普通の出会い方をして、健全に仲を発展させる夢だった。

僕と胡桃は、同じ文化系の部活の先輩と後輩だった。

放課後、部室で会って、僕らはろくに活動もせず他愛もない会話だけしていた。胡桃が茶化すようなことを言って、僕がそれにツッコミを入れる。それが日常だった。

やがて、僕らは悩み相談をする仲になって、お互いのことをよく知るようになる。この世に生きづらさを覚えている僕たちは、寄り添い支え合うように彼氏と彼女になった。

初めてのキスは、部室でそういう雰囲気になった瞬間。

「先輩、どうでした？　ファーストキスの味は」

「うーん、イチゴの味かなぁ」

そう言って照れて、笑い合う。そんな未来は、ありえたんだろうか。

＊

ガンガンと鳴り響くような激しい頭痛がして、僕は目を覚ました。

机に預けきっていた上体をゆっくりと起こす。

「痛っ……」

長時間、変な体勢でいたせいで体が重い。腕と肩と腰が凝り固まって痛かった。

いったいどれくらい眠っていたのだろう。

霞(かす)む視界のまま窓の外を見ると、だいぶ明るくなっていた。太陽が上りきっている。

たしか今日は、朝から熱中症の警報が出ていた。まだまだ暑くなりそうだ。

「……あれ」

そこで、僕はあることに気がつく。

部屋が、僕のいるこの部室が、暑くない。むしろ涼しいくらいの室温に保たれている。

何度か目を擦(こす)り、ぼやけている視界を正常に戻す。

周囲に人影はない。でも、上方でエアコンが静かに作動していた。

僕がここに来たとき、あのエアコンは動いていなかったはず。自分でつけた覚えもない。

となると、考えられる可能性は一つしかない。

「……誰か来たのか？」

呟(つぶや)くと同時、僕の手になにかが触れて、カサリと音を立てた。

いつの間にか机の上に置いてあったそれを見て、僕は吐き気にも似た衝撃を受けた。

鼓動が強く脈打つ。ぼんやりとしていた意識が覚醒する。

僕のご都合主義な期待が、現実に変わる。

そこにあったのは、打ち上げのときに食べたクッキー。それから、ノート。

ノートは新しいページが開かれていて、「先輩、差し入れです」と書かれてあった。

「――胡桃っ⁉」

僕は跳ねるようにパイプ椅子から立ち上がり、部室を飛び出した。

長い廊下。本校舎の方角に目を向けるが、薄暗いだけで誰の姿もない。意味もなく左右を確認して、名前を叫んでみる。虚しく反響するだけで、返事はなかった。

いつだ？　胡桃はいつここに来た？　どうして僕は気づかなかったんだ。

部室内に戻る。からかいたがりの胡桃のことだ。僕の慌てる姿を見て楽しもうなんて考えて、どこかに隠れている可能性がある。探したら見つけられるかもしれない。

机の下を見る。棚の引き出しを開ける。カーテンの裏を暴く。

部室内をくまなく捜索したが、胡桃はどこにもいなかった。

暴れるように探し回ったあと、僕はパイプ椅子に力なく座り込んだ。

「……なんなんだよ」

なんでどこにもいないんだよ。もう一度、僕と話そうと思ってくれて、それで学校に来てくれたんじゃなかったのか。なんで起こしてくれなかったんだ。

これですべて終わりのつもりか？　思い出の品の差し入れなんていう小粋な真似して、

一人でスッキリして終わりか？　エモい感じの美談で終わらせるつもりか？

そんなのってないだろ。

僕は……僕はまだ、本当の意味で胡桃（くるみ）に謝れていないのに……。

「………」

いいや。まだ、終わってない。終わらせたくない。

僕は置き書きのあるノートのほうを手に取った。

閉じて表紙を見る。黄色い。間違いない。これは胡桃が持ち歩いていた復讐（ふくしゅう）ノートだ。

……見てみよう。もしかしたら、再び胡桃に会うためのヒントがあるかもしれない。

思い返せば、僕がちゃんとこのノートを読むことは一度もなかったっけ。

そっと、黄色い表紙を捲（めく）る。

復讐ノート――それは、犯行計画表でありながら、胡桃個人の日記でもあった。

『五月十五日
娘が高校を自主退学することになったのに、パパとママは相変わらずだった。
私の成績がイマイチだったときと同じ。「大丈夫」って言うだけだった。
どうしても、納得ができない。
なにをやっても兄さんに劣っている私が、大丈夫なわけがないのに。高校を退学するような人間が大丈夫なわけがないのに、パパとママは平気な顔で大丈夫って言う。

ちゃんと、見てほしい。ダメな私を、ダメだと認識してほしい。

だから私は、世界に復讐をすることにした。私を私として見てくれないこの世界に、私の存在を知らしめてやる。もっと、大丈夫じゃない人間になりたい。

大丈夫じゃないということを、パパにも、ママにも、兄さんにもわかってほしい。

今日から、この復讐ノートを書いていこうと思う。

ここに記された事が、私が私でいるために活動してきた唯一の証拠だ。

五月十六日
世界に復讐するのはさすがに難しい。

なので、学校に復讐することにする。

ここが教師に暴言を吐かれるような学校じゃなければ、私は与えられたそれなりの高校生活に満足して、自分の限界を知って、諦めて、普通に生活していたかもしれないんだ。

問題はどうやって復讐するかだけど、これについては少しずつ考えていこうと思う。

今のところ、教師の言動をモノマネとして流行（はや）らせる作戦とか思いついた。

六月二日

昨日、屋上で知らない先輩がタバコを吸っていた。話を聞いてみると、先輩は学校が嫌でタバコを吸って、反抗している気になっているらしかった。

女々しいと思った。でも、もっと話を聞くと、過去に反抗したことがあったらしい。

先輩を仲間に引き込んでみた。学校が嫌で不貞腐(ふてくさ)れている先輩は、学校への反抗の意思がある。これは使えると思った。なにをするにも人手は多いほうがいい。

明日から本格的に作戦を立てる。今は消しゴムはんこを使った嫌がらせを考えている。名づけて、全校生徒暴言配布キャンペーン。

六月十一日
先輩、はんこを作るのは下手だったけど、作戦はうまく実行してきてくれた。

先輩は初めてのテロ行為を存分に楽しんだみたいだった。先輩の作戦を実行してきたときの話を聞いて、学校の人たちが私たちの噂(うわさ)をしているのを聞いて、私も楽しかった。

成功祝いとして飲んだジュースは、今まで飲んできたものよりもずっと美味(おい)しかった。気のせいだということはわかっているんだけど、なんか特別だった。

そういえば、中学の同級生はなにかにつけて打ち上げを開催していたっけ。あの人たちもこんな気持ちだったのかな。行ったことないからわからないや。

呼ばれなかったわけじゃなくて、私が行かなかっただけだから別にいいんだけど。

六月十六日
先輩とキスをした。
なんとなく、本当になんとなく、興味本位でやってみた。
初めてだったけど……うん、なんか、刺激的だった。
先輩がタバコを吸いたがる理由が、少しだけわかった気がする。
彼氏でもない人とキスをする。それも学校の中で。
すっごく背徳的だ。どんどん私が大丈夫じゃなくなっている気がして気持ちよかった。
あと、興奮しているくせに冷静なふりをしている先輩がちょっとかわいかった。
あ、でもビターチョコの味がうんたら言ってたのはぶっちゃけキモかった。』

日記に書かれている言葉が、ぐさりと胸に刺さる。
傷ついた。あんな変な発言をしなきゃよかったと思った。
でも、なぜだかわからないけど……僕は、読んでいて思わず笑っていた。

『六月二十三日
文化祭を復活させてぶっ壊すことにした。

復活が先輩の提案で、破壊が私の提案。インパクトがあるし、いい作戦だと思う。新聞を切り抜いて、凝った感じの脅迫文を作っちゃおうかな。

六月二十九日
文化祭復活の計画は、先輩の作戦でいくことにした。現状、うまくいってるっぽい。今日は文化祭破壊の作戦会議をした。やっぱり先輩と二人きりの作戦会議は楽しい。月並みな表現だけど、わくわくして、どきどきする。二人ならどこまでもいけちゃいそう。最終的に教師の暴言を校内放送で流すことに決まった。空のＣＤを買っておかないと。

七月九日
いろいろあったけど、先輩の作戦がうまくいって文化祭が復活した。今日まで私以外に仲間を作ろうとしたり、私に本当の作戦を話していなかったりして、ちょっぴり淋しかった。けど、怒ってることに気づいてキスしてくれたから許してあげる。先輩がテロに積極的になってくれて、ちょっと嬉しいし。

七月十五日
文化祭の準備をサボって空のＣＤを買いに行ったら、先輩たちに会った。

先輩たちっていうのは、田中先輩と夏目先輩。二人は文化祭準備の買い出しに来ていた。

夏目先輩だってクラスの一員だ。仕事で買い出しに行くことくらいあると思うけど……。

でもなぁ。どうにも嫌な予感がする。学食で会話していたのとか思い出しちゃう。

先輩はテロに積極的だったんじゃなくて、文化祭復活に積極的だっただけかも。

ちょっと、変な期待を抱いちゃってた。見込み違いだったのかなぁ。

七月十六日
嫌な予感が当たった。先輩に文化祭破壊のテロをやめようって言われた。

先輩はやっぱり、テロに積極的になったわけじゃなかったんだ。文化祭を復活させることに積極的だっただけだ。田中先輩のために文化祭を復活させようとしていたんだ。

なに？　楽しんでいる人たちまで傷つけていいのか疑問、って。別にいいでしょ。

僕らと同じ境遇の下位クラスの人たちは救えた、って。同じ境遇じゃないし。

もっともらしいこと言って逃げないでほしい。

私が泣いている理由もわからないくせに。私がなにを思っているのかわからないくせに。

私がどれだけ先輩という存在に救われていたのかも、知らないくせに。

あのとき、また写真で脅したら、先輩は私と一緒にいてくれたのかな。でも、もうそんな関係は嫌だなぁ。私と一緒の方向を向いていてほしい。そのためにテストしたんだし。

残念だけど、もうあの学校に私の居場所はないってことなんだ。

大好きな先輩のこと、忘れられるといいな。』


読み終えるころ、僕はまた泣いていた。

ここで泣くのは、自分でも違うと思う。でも、胡桃の本音にやっと辿り着けたことが嬉しくて、同時にいまさら遅いと思ってしまって、涙を流さずにはいられなかった。

深い深い海の底をたゆたい続けて、やっと呼吸ができたような感じがした。

嬉しかった。星宮胡桃の文字で綴られる僕と胡桃の物語を見て、僕は懐かしんでいた。

「居場所……居場所、か……」

復讐ノートに書いてあったその単語を見て、僕は理解した。

胡桃の横だけが僕の居場所だったんだ。

胡桃は僕のことを、勉強する気もなくてタバコをふかすだけのダメな奴だってきちんと理解した上で受け入れてくれた。僕は、そんな胡桃と一緒にいたかったんだ。

文化祭を破壊するテロをやめようと言ったのだって、僕が幸せだったからだろ。胡桃と一緒にいて、彼女に強いられる形で学校に復讐をして、ある程度、心が満足していた。だから、他人の幸せを安っぽく願い始めて、文化祭破壊を止めたがった。それだけだった。

馬鹿だ。馬鹿で愚かで浅はかな人間だった、僕は。

「ははっ……もっと早くに気づいていればな……」

僕は声を押し殺して泣いた。

後悔と喜びと情けなさが胸の奥からこみ上げてきて、止まらなかった。

泣いて、泣いて、泣き疲れて、それでも胡桃が部室に現れたりはしなくて。

ここにいても仕方ない。どこか別の場所を探しに行こう。

そう思って立ち上がった、その拍子。

ノートのページが一瞬だけ捲(めく)れて、僕はあることに気づいた。

「えっ……？」

復讐ノートに続きがある。「先輩、差し入れです」と書かれたページに、次がある。

恐る恐る捲ってみると、そこには今日の日付が書かれていた。

『七月二十三日
先輩、私がプレゼントした偽(いつわ)りの青春は気に入ってくれましたか？』

「偽りの青春……？」

なんのことかわからない。胸騒ぎがして、僕は急いで次のページを開いた。

すると、ページの間から一枚の紙切れが飛び出し、ひらりと舞った。

宙を漂い床に落ちたそれを手に取って、僕は固まる。

『入部届　天体観測部　二年五組　田中由美』

そうか。同じ部活だったから胡桃と田中さんは知り合いだったのか。
……いや、それだけで済ますには、どうにも引っかかりを覚える。なんだ、この感じ。
脳を働かせる。引っかかりの原因となっている出来事を、思い返してみる。
偽りの青春。部室で胡桃が発した「私のこと、なにか聞きました？」というセリフ。
天体観測部の実情。それから、日記にあった「テスト」という単語。
すべてが繋がって、筋道が立って、僕の脳内で一つの仮説が生まれる——その直前。
チャイムとともに、やけに聞き慣れた声の校内放送が聞こえてきた。
『ご来校の皆様、こんにちは。これより、西豪高校の日常風景をご紹介します』

＊

放送が聞こえた瞬間、僕はまた部室を飛び出していた。
あの「西豪高校の日常風景をご紹介します」というワードには、聞き覚えがある。

「胡桃っ……！」

粘っこい暑さを振りきるように、僕は廊下を全速力で走る。

向かうは本校舎の二階の端。放送室。

偽りの青春の意味も、入部届の意味も、胡桃の目的もよくわからない。

でも、これから起こることと、今からやらなくちゃいけないことはわかる。

早く。この放送がテロだとバレる前に、誰よりも先に、僕は胡桃に会わないといけない。

『西豪高校は、難関大学への進学を目指す者たちが日々切磋琢磨する進学校です』

そんな放送が流れる中、僕は部室棟を出て本校舎に駆け込んでいた。

校内の様子は今朝とそう変わらない。文化祭を楽しむ生徒でいっぱいだ。みんな夢中で、校内放送を聞いていない。あるいは、この放送も演目の一つだと思っているようだった。

『そんな我が校が誇る質の高い授業の様子を、音声でお届けいたします』

僕は人混みの間を縫うようにして走り続ける。

運動不足で痛む足を無理やり動かして、一段飛ばしで階段を上る。

本校舎の東側、特別教室が集まっているエリアに模擬店はない。

目的地に近づけば近づくほど人はいなくなり、いつしか僕の周囲は静かになっていた。

二階の廊下の半ばまで行くと、カラーコーンと警告色のバーがあった。そのバーの中央には張り紙がしてあった。曰く「関係者以外　立ち入り禁止」。

その注意書きを無視してバーを越え、僕はさらに奥へと走った。

人払いされているなら間違いない。この先に放送室がある。この先に、胡桃がいる。

『本日は入学をお考えの皆様もご来校されていると思います。参考になれば幸いです』

見えた。無機質な灰色のドア。上部で光る「放送中」の赤ランプ。

『それでは、お聞きください。西豪高校の授業の様子です――』

僕はドアノブを回し、タックルの要領で勢いよくドアを開けた。

グレースケールで描いたみたいな、無機質な放送室の中。

吸音素材の壁、様々なオーディオ機器、その中心。

椅子に座っていた一人の少女が、弾けるように振り返った。

ぱっちりとしたまつ毛。黒水晶のような艶のある瞳。控えめな桜色の唇。制服を着ているくせに、黒色のボブカットにはアッシュのインナーカラーが入っていて、猫耳のキャスケットを被っている。妹的な魅力を全身に詰め込んだ『悪い子』がそこにいた。

「……胡桃」

胡桃だ。星宮胡桃が、僕の目の前にいる。

胡桃は丸くしていた目を細めると、意地悪に口角を吊り上げた。

「……あら、先輩じゃないですか。どうも。お久しぶりです」

「はぁ……はぁ……お久しぶりですじゃ、ないだろ……」

呼吸を整える僕を見て、胡桃は「ふん」と鼻を鳴らした。

「息を荒らげて、そんなに急いで来たんですか。私がここにいるってよく気づきましたね」

「そりゃ、あんな放送をしてたら気づくに決まってる」

「決まってますかね？　今の放送、変なことは言ってなかったと思いますけど」

僕を見つめたまま無表情になる胡桃。

「私は学校の様子をお届けするって放送しただけです。怪しいことは言ってません。先輩がここに来たのは、文化祭破壊の作戦会議を覚えていたからなんでしょう？」

「………」

「だから、よく気づきましたねって言ったんですよ」

肩を竦める胡桃を見て、僕は皮肉を理解した。「文化祭破壊のテロをやめようと言ったくせに、よく作戦会議の内容を覚えていましたね」。胡桃はそう言いたいのだ。

弁明したい。でも、どんな言葉を口にしたらいいのかわからない。

胡桃と会って、僕はどうしたかったんだ？　感情と、謝りたいことと、聞きたいことと、伝えたいことが混ざって、混乱してしまっている。脳内でうまく文章が組み上がらない。

「ねえ、先輩」

僕がなにか言うより先に、胡桃が立ち上がった。一歩進んで、強い瞳で僕を見上げる。

「先輩、私がプレゼントした偽りの青春は気に入ってくれましたか？」

挑発的な口調で、復讐ノートに書いてあったのと同じ質問をぶつけてきた。

そうだ。そのことについても、ちゃんと意味を聞きたかったんだ。

「復讐ノートに書いてあったやつだろ。見たよ。……あれ、どういうことだ？」

「わからなかったんですか？　ヒントも挟んでおいたじゃないですか」

ヒントというのは、入部届のことだろう。見はしたが、結局、僕は答えに辿り着けていなかった。考えるよりも、ここに来ることを優先してしまったから。

胡桃は黙っている僕をじっと見つめてから、呆れたようにため息を吐いた。

「まったく。わからないなら教えてあげます。田中先輩のことですよ」

「あの人が、なんなんだ？」

「急に優しくしてくれる女の子が現れるなんて、おかしいと思わなかったんですか？」

「……どういう意味だよ」

「ふん。馬鹿な先輩ですね。一から説明してあげますよ」

嘲笑を浮かべると、胡桃は物語の黒幕のように、やたら饒舌に語り始めた。

「私は先輩を復讐の仲間に誘いましたよね。でも、仲間に誘った段階ではまだ、先輩のことを完全に信用してはいなかったんです。本当にこの学校を憎んでいるのか疑問でした」

「そうだったのか。……それで？」

「先輩が真の仲間たり得るのか見極めたい。なにか方法がないか考えて、目をつけたのが先輩と同じ二年五組にいる田中先輩でした。実は彼女、天体観測部の部員で、幽霊部員となった一人なんです。彼女は部長の私に対して罪悪感を抱いていました」

胡桃は僕を真っ直ぐに見据えて言い放つ。

「私は田中先輩を利用して、先輩の復讐心をテストすることにしたんです」

「僕の復讐心をテスト？　どうやって」

「そんなに難しいことはしてないですよ。気遣うような顔をして『夏目蓮っていう生徒が孤立しているから、こっそり優しくしてあげてほしい』って頼んだだけです」

「なんだよそれ。それがどうしてテストになるんだ？」

「田中先輩は良くも悪くも、西豪高校の普通の生徒です。ああいう生徒に優しくされてテロ行為に罪悪感を抱くようなら、私と一緒に復讐なんてできない。そう考えたんですよ」

なるほど。僕はまんまと騙されて、田中さんと交流を深めていた、と。

トラップだとも気づかずに、青春の幻影に捕らわれていた、と。

「そういうことか。……それが、胡桃の言う偽りの青春だったんだな」

胡桃は「そうです」と言って、小さく頷いた。

胡桃の話を聞いていたら、この水面下の作戦を裏づけるような出来事を思い出した。

買い出しの帰り。胡桃と鉢合わせたとき。

僕と胡桃があいさつを交わしたのに、田中さんは「知り合いだったんだ」というリアクションをしなかった。あれは、僕と胡桃に繋がりがあることを知っていたからだったのだ。

田中さんが話してくれたのも、優しくしてくれたのも、すべて仕組まれたものだった。

悲しい事実だが、ショックはなかった。むしろ、腑に落ちたような感じがしていた。

僕は田中さんのことを、荒野に咲く一輪の花のようだと思っていた。どれだけひどい環境にいようと他人を気遣い、優しさを忘れない。そんな奇跡的な存在だと思っていた。

でも、違う。ありえなかった。そんな人は、いるわけがなかったんだ。

ここは現実だ。夢物語と違って、無条件に優しくしてくれる女の子なんて存在しない。

僕が十七年見てきた現実は、間違っていなかった。地続きだ。それがわかって安心した。

「……ふん。悪く思わないでくださいよ。復讐心のテスト、とは言いましたけどね。先輩に田中先輩を差し向けたのは、本当に私からのプレゼントでもあったんですから」

いつの間にか、胡桃はばつの悪そうな感じで顔を逸らしていた。

「もし、先輩が私のテストに不合格だった場合。それは、先輩と田中先輩が仲よくなったってことを意味しますよね？　もしそうなったら、先輩を見送ろうと思ったんです。田中先輩を足がかりにして普通の生徒に戻る。それは先輩にとって最善の終わり方ですよね」

なるほど。つまり、僕がテストに合格したら、真の仲間として受け入れる。

逆に不合格となってしまったら、田中さんをきっかけに普通の生徒に戻ってもらう。

胡桃はそういう筋道を立てて、僕と接していたってことか。

なんとなく、胡桃っぽい作戦だと思った。前に似た作戦を聞いたとかではないけれど。

「さて、理解できました？　これがこの二ヶ月、先輩の裏で動いていた諸々の事情ですよ」

偽りの青春。それから、プレゼント。それらの意味は、痛いほどわかった。

「まあ、結果は残念でしたね。先輩は私のテストに不合格となりました。田中先輩と仲よくなって、復讐が嫌になって、文化祭破壊のテロをやめたくなってしまったんですもんね」

胡桃はやれやれと肩を竦める。そして一歩、前に進むと、僕の胸をドンと突いた。

「弱い先輩なんて大嫌いです。消えてください」

そう、吐き捨てられる。胡桃の顔は、キャスケットに隠れていてよくわからなかった。

僕は胡桃に手を伸ばしかけて、やめて、踵を返した。

悲しいけど、胡桃の言うとおりだ。僕は胡桃の期待に応えられなかった。復讐が嫌になったわけではないけれど、田中さんや部長のことを思ってテロをやめようとしたのは事実。大嫌いなんて言われてしまったら、もう終わりだ。謝っても無駄だ。取りつく島もない。

今の僕に復讐する資格なんて、胡桃の隣にいる資格なんて、ないのだろう。

――でも。

「……胡桃」

放送室のドアに手をかけたところで、僕は立ち止まった。

既視感。今のこの状況が、部室から出ていったあの瞬間に似ていて、どうにも嫌だった。

だって、今ここを去ったら、与えられる価値観に従って、自分の立場をわきまえて生きる者だらけのあの空間に戻ることになるじゃないか。そして、僕はまた後悔をするんだ。そんなの嫌だ。あんな気持ちの悪い場所で一人で生きていくなんて、僕にはもう無理だ。

気づけば僕は振り返り、悪あがきをするように言葉を紡いでいた。

「弱いと言うなら、胡桃も同じだろ」

「……はい？　なにがですか？」

「なんで今日、寝ている僕の横に復讐ノートを置いたんだよ」

僕がそう言った瞬間、胡桃はびくりと肩を震わせた。

「胡桃は僕がテストに不合格だった場合、田中さんと一緒に普通の生徒に戻ればいいって思ってたんだろ？　だったら、復讐ノートに『偽りの青春』なんて書かなくてよかっただろ。僕に読ませなくてよかっただろ。こうして種明かしする必要も、なかったはずだろ」

「っ……それは……」

「急に優しくしてくれる女の子が現れたって、僕に勘違いさせたままでよかったじゃないか。どうして復讐ノートを置いた？　どうしてわざわざ現実を突きつけたんだ？」

そうだ。種明かしをするメリットなどなにもない。誰も幸せにならない行為だ。

関係性を断ちたいと思っているなら、胡桃は僕のことを放っておくべきだった。

「この暴露は、僕に対する復讐か？」

はっきりと告げたその言葉は、周囲の無機質な壁に吸い込まれて消えた。

呼吸さえ聞こえそうな沈黙。返事はおよそ、十秒後。

「……ええ、そうですよ。先輩への復讐です」

胡桃がわずかに顔を上げて僕を睨(にら)む。

つばの下にある瞳は、怒気に満ちていた。しかし同時に、涙が滲(にじ)んでいた。

「先輩、復讐ノートを読んだんですよね。なら、私がどんな気持ちでいたのか、ある程度はわかっているんでしょう？　意地悪な質問しないでくださいよ……」

「…………」

胡桃はしばらくの間、僕を睨み続けていたが——やがて、観念したように力を抜いた。

「……わかりました。思ってることぜんぶ話しますよ。私は先輩のことが信用できなくて、田中先輩を仕向けてテストをしました。……でも、途中から……感情がおかしくなってしまいました。先輩が普通の生徒に戻ってしまうのは嫌だと思い始めちゃったんです」

初めは、雨だれのようにぽつぽつと。

「だって……だって私、楽しかったんです……！　作戦会議をして、テロをして、打ち上げをして、たまに背徳的なキスをして。そんな日々が、途方もなく愛(いと)おしかったんですよ!!」

次第に、雷雨のように鮮烈に。その歪(いびつ)な愛の告白は、激しさを増していった。

「押し潰されるような不安と倒錯の中で、先輩が隣にいてくれて心強かった。まだ、もっと、一緒にいたかった。一緒にいてほしかった。普通になんて戻ってほしくなかった!!」

言葉を発するたび、胡桃の目から涙が落ちる。

「だから、テロをやめようと言われて悲しかったんですよ! 悲しくて、泣いちゃって、忘れたくても忘れられなくて! それで今日、未練がましく復讐ノートを置きました……」

激情を吐ききった胡桃は、また、力なく手を落とす。

「……そうですよ。認めますよ。寝ている先輩の横に復讐ノートを置いたのも、今日こうして独断で作戦を決行したのも、先輩に来てほしかったからですよっ……」

胡桃は猫耳のキャスケットを毟り取るように脱ぐと、僕の胸元に向かって投げた。

「あんなに私とキスしたくせに……田中先輩を選ぶなんて、どういう神経してるんですか……なんなんですか……私一人だけこんな葛藤に苛まれていて、馬鹿みたいです……」

キャスケットがぽとり、床に落ちる。

胡桃は立ち尽くしたまま、泣いていた。

マイノリティの象徴である帽子を失い、そのくせ黒とアッシュの髪色をしている彼女は、いい子でも悪い子でもなかった。僕の憧れた星宮胡桃ではなく一人の少女でしかなかった。

瞬間、僕は気づいた。

僕が胡桃に助けられていたように、胡桃も僕を必要としてくれていたんだ。

脅されているとか、いないとか、関係ない。僕らは二人で一つだった。

僕も胡桃も、手を繋いでいないと反抗できないような弱い人間だった。

ただ、それだけのことだったんだ。

胡桃から「ははっ」という自嘲気味な笑い声が漏れる。

「……もう、なにもかもどうでもよくなってしまいました。先輩、私を止めに来たんでしょう？　文化祭を守りに来たんでしょう？　ほら、間に合いましたよ。よかったですね」

そう言って一瞬だけ振り返ると、なにかを手に取ってこちらに差し出してくる。

それは、十五分の実弾。暴言が録音されたＣＤだった。

「ほら、取り上げればいいじゃないですか。私のことを学校に突き出せばいいじゃないですか。そしたら万事解決です。先輩は私みたいな重い女から解放されて、日常に戻ることができます。入学希望者減少を防いだってことで、教師からの扱いもよくなるかもですね」

胡桃は悲しそうに笑っていた。

「あはっ。安心してください。先輩の喫煙写真は消しましたよ。先輩がテロの協力者だったこと誰かに言ったりもしません。大嫌いな先輩と関わることなんて、二度とありません」

「…………」

「もう、二度と……関わることなんて……ないですから……」

最後まで芯を保つことなく、胡桃の言葉は消えていった。

「……胡桃（くるみ）」

「……っ」

目が合う。胡桃は怯（おび）えるような表情をしていた。虚勢の笑みなど、とうに消えていた。

胡桃はすべてを曝（さら）け出した。僕の苦し紛れの一言のせいで、曝け出さざるを得なかった。

僕は、どうだ。……考えの整理もしないまま、結論も出さないまま、伝えたいことも伝えていないまま、悪あがきみたいな真似（まね）をして、無様な姿を晒（さら）しているだけだ。

それで、いいのか？　……僕は馬鹿か？　いいわけがないだろうが、そんなので。

僕の番だ。考えろ。本当にこれが胡桃に会って言いたかったことなのか？　違うだろ。

わかってるはずだ。いや、本当はわかっていないのか？　なんなんだ、僕は。

答えろよ。僕は胡桃に会ってなにを言いたかったんだ。胡桃とどうなりたかったんだ。

与えられるまで待っているのは、間違っている。だから、僕は、……ああ、違う……！

「胡桃……」

無意識のうちに、僕はゆっくりと胡桃に近づいていた。

「やだっ……」

反射的に身を引こうとする胡桃の左肩に触れる。

「いやですっ……このCDを取り上げられたら……先輩との繋（つな）がりがなにもっ……」

目を閉じて顔を背ける胡桃に、僕はもう一歩、近づく。

口の奥底が、苦い。十五分の実弾を見つめながら、思う。

違った。偽りの青春の意味を聞くのも、復讐ノートを置いた意味を聞くのも、違った。

僕は胡桃にこんな顔をさせるために死ぬ気で走ったわけじゃなかったはずだろ。

そうだ。違う。こんな勘違いとすれ違いだらけの結末なんて、間違っている。

なにをしているんだ、僕は。いい加減、素直になれよ。もうわかっているだろ。

僕が本当にしたかったことはなんなのか。僕の衝動はどこにあったのか……！

「……胡桃。聞いてくれ。僕は普通の生徒に戻りたいなんて思ってない」

「なに言ってるんですか！　嘘ですっ！　適当なことを言うのはやめてくださいっ!!」

「適当なことなんて言ってない!!　……頼む。もう一度だけ僕のことを信じてくれ」

「信じてくれって、そんなの、そんなのっ!!　私だって……信じたい、ですけど……っ」

喉奥から声を絞り出すと、胡桃は感情を押し殺そうとしているような顔でうつむいた。

僕は胡桃に近づいて、彼女の目尻に浮かぶ涙をそっと指で拭う。

「大丈夫。大丈夫だから。もう、いいんだ。やっとわかった。……僕は覚悟を決めた」

「…………」

「胡桃が嫌がることは絶対にしない。大丈夫。……悪いようにしないから」

ゆっくりと、胡桃の顔が上がる。

胡桃は、不安と期待の入り混じった上目遣いで僕を見ていた。

「……それ、どういう意味ですか」

僕は小さく頷くと、彼女の指に触れ、優しくCDを抜き取った。

胡桃を学校に突き出して自分だけ普通に戻りたいなんて、思っているわけがない。

向かうは放送室の奥。様々なオーディオ機器が並んだコントロールパネル。

思いの外、シンプルな機械で助かった。なにを押せばどうなるのか、直感的にわかる。

黒い箱状のCDプレイヤーを開け、そこにディスクを飲み込ませる。

「胡桃っ！　僕は今日、胡桃を止めようと思ってここに来たわけじゃない！」

見ていてくれ、胡桃。これが僕の答えだ。これが、僕の復讐だ。

「僕は——僕は今日ここに、文化祭をぶっ壊しに来たんだよ!!」

音量を上げて、再生ボタンを押す。——直後、地獄が始まった。

『ぶっ殺されてえのかよお前さぁ!!』

そのセリフを皮切りに、西豪高校の楽しい楽しい授業風景が流れ始めた。

死ね。馬鹿。学校やめろ。矢継ぎ早に繰り出される暴言は、まさに実弾だった。

今この瞬間、この学校にいる全員が驚いている。恐怖している。

ある教師は困惑し、ある教師は焦り、またある教師は不安を抱いているだろう。

考えただけで、悪寒のような電流のような、よくわからないなにかが背中を走り抜けた。

ああ、たまらない。僕はとっくに、この快感から逃れられなくなっていたのだ。

「せんぱい……?」

コントロールパネルから目を離し、振り返る。

呆然としている胡桃に近づく。真正面から向き合う。

遠回りをした。回りくどいことをした。悪あがきをして胡桃を傷つけた。

ぜんぶ、違った。ここに来たときから、僕の気持ちなんてたったの一つだけだった。

僕はただ、胸にある思いを、衝動を、胡桃に聞いてほしかったんだ。

「胡桃がいなくなってから、僕は散々な目に遭っていたんだ」

タバコの煙と一緒に吐き出せなかった不満が、次々と胸の奥から溢れてくる。

「文化祭を復活させてやったのに、サッカー部の部長は上位クラスに媚びへつらってるし。古川とかいうクソ教師は約束を破って暴言を吐いてくるし。それを見たクラスメイトが急に優しくしてくるし。そんな現状を『よかったね』なんて言われるし。死にそうだった」

押し込めて、溜め込んでいた本音が、喉元からせり上がってくる。

「今ならはっきり言える。この学校にいる人間なんて全員ゴミだ。気にする必要なんてなかった。罪悪感を抱く必要なんてなかった。躊躇する必要なんて、なかったんだ」

例えば、誰かに「真面目に勉強している人もいるのに、復讐なんてして楽しい?」と聞かれたとして。そんな『青さ』を突きつけられる瞬間があったとして。

僕らはそのとき、とびっきりの笑顔で「うん」と答えるんだ。

僕らは、そういう復讐をしなくちゃいけないんだ。そういう復讐がしたかったんだ。

「胡桃。僕は今でも、ちゃんと思ってる。この学校をめちゃくちゃにしてやりたい。学校を変えるような復讐がしたい。……でも、僕は胡桃の言うとおり女々しい男だから」

視界が滲む。声が震える。それでも僕は、はっきり言う。

「僕のことをダメな奴だってきちんと理解した上で、それでも受け入れてくれた胡桃と一緒に復讐がしたい。本当の意味で『僕らみたいな人』が二度と現れないようにしたい」

「………」

「胡桃。文化祭破壊のテロをやめようなんて言ってごめん。僕らみたいな人と下位クラスの人間を同一視してごめん。ぜんぶ、僕が間違っていた。僕は甘い奴だった」

間違いなく伝わるよう、ゆっくり語る。

「今は本心から、復讐がしたいって。胡桃と一緒にいたいって、思っている」

勘違いが起きないよう、真っ直ぐ告げる。

「中途半端だった僕のことを、どうか許してくれないか」

数秒の間。胡桃は僕のことをじっと見つめてから、「あはっ……」と力なく笑った。

「……わかってるんです。本当は私、先輩のことを許しちゃいけないんです。一般生徒の声に影響されてしまうような弱い先輩なんて、見限って、切り捨てるべきなんですよ」

胡桃は目尻に涙を溜めたまま「ぐすっ」と鼻をする。

「でも、どうしてですかね。……先輩が悪いことしてくれて、私、とっても嬉しいです」

一息置いてから、胡桃はとびっきり意地悪な笑みを浮かべた。

「先輩が戻ってきてくれて、私、嬉しくてたまらないです」

「胡桃……」

「わかりましたよ。そこまで言うなら、許してあげますよ。先輩のこと」

そう言うと、腕でごしごしと両目を擦り、清々しい泣き笑いを見せる。

「いいんですね。田中由美じゃなくて。……普通じゃなくて、私でいいんですね」

「ああ。胡桃がいい。僕は、他の誰でもない星宮胡桃の隣にいたい」

「ふふっ。嬉しいです。二人で一緒にいましょう。この衝動が続く限り、いつまでも」

どちらからともなく近づく。額と額が重なり、鼻と鼻が擦れた。

なんだかお互いに安いセリフを吐いているな、と思った。

でも同時に、それでいいと思った。

だって、僕らは今、この上なく幸せなんだ。

この学校の醜さを知った。互いの未熟さを知った。キスじゃなにも解決しないと知った。

それでも、いや、だからこそ僕らは幸せだ。二人で不幸に突き進むことが幸せなんだ。

胡桃と見つめ合う。目を細め、穏やかに笑い合う。

「なんか回りくどいことしちゃいましたね、私たち」

「そうだね」

「私が泣いたせいですね」

「僕が馬鹿だったせいだよ」

不意に、唇を塞がれた。

舌を交わす。口奥に残っていた苦味が、ほんの少しだけ甘くなった気がした。

「んっ……ぷぁ……せんぱい……？」

僕らはいつもより短めに口を離した。……この時間も、もう終わりだ。

放送室からじゃ確認できないが、学校全体が騒がしくなっているころだろう。

現実の魔の手が、すぐそこまで迫っている。

せめて、最良の終わり方をするために。僕は最後の作戦を展開しなくちゃいけない。

「胡桃。そろそろ教師どもが放送室に来ると思う。逃げよう」

「……逃げられるんですか？」

不安そうな瞳で見つめてくる胡桃に、僕は笑いかける。

床に落ちている猫耳キャスケットを拾って、胡桃の頭に深く被(かぶ)せる。

「任せろ。逃走手段を考えておくのは、僕の仕事だったろ」

＊

僕と胡桃は放送室から出た。

殺風景な廊下。左右を確認する。見る限り、誰かが来ているような様子はない。

「よし……放送委員も教師もまだ来てないな……」

とはいえ、さすがに放送室で異常が起きていることには気づいているだろう。

決して、時間があるわけではない。急ごう。

「胡桃。ちょっと走るぞ」

「は、はいっ」

僕が先導する形になって、二人で駆け出す。

さっきまで防音室にいたせいか、校内で響いている音がよく聞こえてきた。

流れ続けている暴言放送の裏に、ざわめくような声がある。

盛り上がっていた文化祭は、楽しさではなく騒動としての賑やかさに変わっていた。

ひらすら走る。警告色のバーを越え、階段に辿り着く。

放送室の付近に模擬店はない。そのおかげで、ここまで来ても人影はなかった。

「先輩！　昇降口に行くなら、西側の階段を使ったほうが早いです！」

「いや、ダメだ。昇降口には行かない。この騒動じゃ、出入り口が閉鎖されている可能性がある。野次馬が多いと通れないかもしれないし、それに――」

　そのとき、僕の言葉を遮るように怒号が響いた。

「おい！　そこの二人組！　止まれッ!!」

　廊下の奥。ちょうど話に出ていた西側の階段のほうから、一人の教師が走ってきていた。

「せ、先輩っ。どうしましょう!?　すぐに包囲されそうな雰囲気ですけど……」

「大丈夫。こっちだ。ついてきて」

　胡桃の手を取って、再び駆け出す。

　やるしかない。胡桃を逃がすためには、前に考えていたあの作戦をやるしかない。

　僕らは階段を降りるのではなく、上った。

　薄暗い階段を、一段飛ばしでひたすらに上った。

　上って、立ち入り禁止の看板を通り過ぎて、また上って。

　辿り着くは最上部。もはや馴染み深いとも言える、あの鉄製の扉の前に立つ。

「えっと、先輩？　こんなところに来てどうするんです？」

「決まってるだろ。屋上から飛び降りて脱出するんだよ」

「……はい？　マジで言ってます？　正気ですか？」

　ぽかんと口を開けている胡桃に、僕は真顔で返す。

「正気だったら復讐なんて考えないよ」

「いや。いやいやいや。まったく安心できないお返事なんですけど……」

まあ、そんなに心配しなくていい。無理心中しようとしているわけじゃない。

僕にはちゃんと作戦がある。詳細は……まあ、見てからのお楽しみってことで。

「行こう。追手が来る前に」

ドアノブを掴み、回す。肩と腕で押し開く。開こうとする。

ガンッと音がして、そこで僕は、とてつもなく重大なことを思い出した。

「あ。やばっ」

「ん？　先輩？　なんです？　どうしたんです？」

心配そうに見てくる胡桃に、僕は頬を掻きながらこう返事をするしかなかった。

「あの……胡桃。屋上の鍵、持ってたりしないよな？　施錠されたの、忘れてた……」

「………」

胡桃は無言で口をぽかんと開けていた。

呆れられた。そう思ったのだけど、違ったらしい。

落ち込んでいる僕の顔を見ながら、胡桃は「ぷっ」と吹き出すように笑い始めた。

「あははっ。まったくもう。詰めが甘い先輩ですねぇ。……屋上の鍵なら持ってますよ」

「え？　嘘でしょ？　ダメ元で言っただけなんだけど……」

胡桃はポケットから一本の鍵を取り出すと、ドヤ顔になって鼻を鳴らした。

「そりゃあ、屋上の鍵くらい持ってますよ。私、天体観測部の部長ですから」

NO MORE SWEET

その言葉を聞いて、僕の中ですべてが繋がったような感覚がした。

……ああ、そういうことか。そうだったのか。

ずっと疑問だった。誰が屋上の施錠を忘れているんだろうって。

そっか。胡桃だったのか。

タバコを初めて吸ったあの日から、僕らの出会いは始まっていたんだ。

「行きましょうか、先輩」

「……ああ」

胡桃から鍵を受け取る。屋上に続く扉を、押し開く。

*

心地のいい風が吹き込んできて、それと同時に、視界が開けた。

目に入るのは、まばゆい日差し。澄み渡るような青い夏空。梅雨明けの快晴。

足元にはタイルの床があって、奥には安全用のフェンスがいくつも並んでいる。

屋上。僕らは、学校を変えると約束したこの場所に戻ってきた。

「それで？　こっからどうするんですか、先輩」

「とりあえずフェンスを越えよう。場所は、ここから見て正面の辺りがいいかな」

「うえ……マジで飛ぶ気なんですね……」

僕らはゆっくりと、歩みを進めた。

奥まで行って、安全フェンスに手をかける。下からアシストする形で胡桃を先に登らせて、僕は握力と脚力をフル稼働してなんとか自力で乗り越えた。

フェンスと宙の間にある、わずかな足場。そこに二人、並んで立つ。

「高い……でも、綺麗ですね。空に立っているみたいです」

胡桃の言うとおり、景色が綺麗だった。この位置からは地上がよく見渡せた。川。住宅街。自販機。ノロノロと動く自動車。開け放たれた校門。入場門。

暴言放送で校舎が騒ぎになっているせいか、僕らの真下に人は少なかった。

深呼吸を一つする。肺いっぱいに、夏を詰め込む。期待と予感に満ちた、夏を。

あの日、タバコをふかして燻っていた僕はここから飛べないと思った。

でも、今なら飛べる。今日なら飛べるはずなんだ。

胡桃と二人なら、柵を越えてどこまでだって翔べる。いや、落ちられる。

「ねえ、先輩」

ぎゅっと、手を握られる。

隣にいる胡桃が、不安を滲ませたような顔で僕を見ていた。

「信じていいんですね？　無事に脱出できるって」

「ああ。絶対に大丈夫だ。ちゃんと考えがある」

「そーですか。……まあ、最悪一緒に死ぬことになってもいいと思って身を委ねますよ」

そう言う胡桃の声は震えていた。

「胡桃。大丈夫だよ。大丈夫」

優しく言い聞かせながら、僕は胡桃の手を持ち上げてゆっくりと撫でた。

胡桃はきょとんとしたあと、鼻で笑うような感じではにかんだ。

「ふっ。いつぞやの真似事ですか？　先輩に撫でられたって安心しませんよ」

そうか。こんなんじゃ、ダメか。僕らが不安を解消できる行為なんて一つしかないよな。

僕は胡桃の被っているキャスケットを、空いているほうの手でひょいと取った。

ほんの少しだけ前かがみになって、顔を近づける。そっと唇を重ねて、舌を絡める。

「れ……んんっ……ぷはぁ……えへへ……いきなりキスするんですから、もう……」

文句を言いながらも、胡桃の表情は和らいでいた。

胡桃の頭にキャスケットを再び被せる。これでもう大丈夫だろう。さあ、行こう。

「そろそろタイムリミットだ。覚悟はいいか、胡桃」

「はい。行きましょう、先輩」

身を寄せ合い、互いの顔を見て、頷き合う。それが、合図だった。

僕は胡桃を片手に抱いて、タンッと地を蹴った。

浮遊感が込み上げる。生と死の境界線が曖昧になって、体が夏空に溶けていく。

重力加速度に誘(いざな)われて落下する——その直前。

僕は身を反転させて、校舎の壁に向かって手を伸ばした。

目標物があることは、足元を見たときに確認済みだ。

壁に沿うようにしてピンと張られた一枚の布。その上部を、強く掴(つか)む。

僕らの体は、弾むように揺れたあと宙に留(とど)まった。

「あっ！　先輩、それって……！」

胡桃が腕の中で声を上げる。作戦の全容を理解したらしい。

僕が掴んだのは、垂れ幕だ。僕は落ちる直前、クラスメイトが制作した垂れ幕を掴んだ。

『ねえねえ、この垂れ幕ってどこらへんに飾られるんだっけー？』

『本校舎の屋上だったと思う！　三つ並べて掛けられるはず！　ですよね先生？』

クラスメイトの会話から、僕は垂れ幕がここに飾られることを知っていた。

だから、思ったのだ。今日なら飛べるって。落下の勢いを殺すことができるって。

「胡桃っ！　このまま落ちるから、ちゃんと掴まってろよ！」

「っ！　はいっ！　わかりましたっ!!」

そのまま手の力加減を調整して、するすると下りる……予定だったのだが。

どれだけ丈夫な布を使っていようが、布は布だ。

二人分の体重を受け止めた垂れ幕は、ビーッという嫌な音を発しながら裂け始めた。

僕の掴んでいる部分から破れていく。「繋ぐ伝統と絆」という文字が真っ二つになる。

巨大なファスナーを開けるようなイメージで、僕と胡桃は落下していった。

想定とは違う下り方だが、いちおう勢いは殺せている。仕方ない。このまま下りよう。

「きゃあああああっ!!　なんか思ったより速いんですけどっ！」

「もう少しだけ我慢してくれ！　ぐっ……痛ってぇ……！」

手と破れ続ける布が激しく擦れる。摩擦で熱い。確実に火傷している。

でも、放すわけにはいかない。今だけは。今だけは耐えろ。胡桃のために！

空が遠くなる。雲が離れる。喧騒が近くなる。地面が迫る。

鼓動が速まる。脳が沸騰する。魂が叫ぶ。あと少し――今だ！

「胡桃！　着地するぞ！　人で飛べるか!?」

「うええええ飛ぶんですかぁ!?　あーもうっ！　やりますよ！　行きますっ!!」

地上から数メートルのあたりで、胡桃が手を放して先に落下した。

足裏で校舎の壁を蹴り、僕も続く。

風を感じながら落ちていき、足から着地。

受け身の真似事をしたけど、意味があったのかは不明だった。

僕は地面をゴロゴロと転がって、地に伏すような無様な体勢で止まった。

「はぁ……はぁ……もう先輩……無茶なことするんですから……」

隣で仰向けに寝そべっている胡桃が言う。

「けほっ……はぁ……助かった……。胡桃は？　無事か？」

「ええまあ、なんとか。全身、痛いですけどね……よいしょ……」

胡桃が腰を上げて砂埃を払い始めたので、僕も立ち上がった。

お互い、立てるなら大丈夫だな。

「胡桃。信じてくれてありがとう。言ったとおり、無事に脱出できただろ？」

「これを無事って言うのはどうかと思いますけどね。……まあ、さすが先輩ですね」

胡桃が意地悪に笑うので、僕もつられて笑った。

胡桃に褒めてもらえるのが、懐かしくて、とてつもなく嬉しかった。

「おい！　あっちで誰か落ちてこなかったか!?」

笑い合うさなか、遠くからそんな声が聞こえてきた。

「くそ。やっぱり見られてたか。胡桃。逃げよう。走れるか？」

「まだ動かすつもりですか。……ギリですね。手を引いてくれないと走れないかもです」

「わかったわかった。引っ張ってやるから。ほら、行こう」

「ふふっ。やった」

嬉しそうに顔を綻ばせている胡桃の手を取る。

細くて綺麗な指だ。胡桃の手には、人としての確かな温かさがあった。

手を繋いだまま、人のいないほうに向かって二人で駆ける。

「私、先輩に会えてよかったです」

「僕も、胡桃に会えてよかったよ」

やっぱり、復讐を企てる人間がハッピーエンドを迎えられるわけがない。

胡桃は退学してしまったし、学校は健全な形に変えられていない。

僕らのやったテロは誰かを不快にしたし、この先もきっと、誰かを不幸にするだろう。

でも、いい。今はなにも考えなくていい。この逃避行を、しばらく続けよう。

胸にある衝動のままに動き、叫ぶ。不安なときは手を取り、唇を重ねる。

それが、歪んだ場所で歪めなかった僕らの幸せの形だから。

エピローグ

あれから、暴言放送は大きな問題となった。

僕らが放送室を去ったあと、すぐに教師がCDを止めたのだが、残念ながら遅かった。不特定多数の人間がいる場で、あの聞くに堪えない暴言を流したのだ。数分でも効果は絶大だったようで、生徒は何事かと騒ぎ、来校していた一般人は怯えていた。

そして、文化祭は不穏な空気のまま終わった。

翌日、文化祭の片づけをするために登校すると、教師たちが露骨に言動を改めていた。全員、丁寧語口調で、不用意なことを言わないように気をつけているみたいだった。

「よろしいですか、みなさん。文化祭中に流れた放送の件ですが、現在調査中です。第三者に昨日のことを聞かれたとしても、なにも答えないようにお願いします」

担任はそう言って、ホームルームで生徒たちに口止めをしていた。

「なあなあ。昨日の放送ってさ、たぶん数学の古川先生の声だったよな？」

「なんか教育委員会の人が動いてるらしいよ。クビになるかもって」

生徒たちの間では、そんな噂が飛び交っていた。

文化祭を復活させたとき以上に、学校外を巻き込んだ大事へ発展していっている。

成果は申し分ない。望んでいたとおりの、インパクトあるテロを遂げられた。

でも僕は、朝からタバコを吸いたくて仕方なかった。


文化祭の片づけを終えて、放課後。僕は天体観測部の部室を訪れていた。

長机とパイプ椅子くらいしか物がない殺風景な部屋に一人、立つ。

「……胡桃（くるみ）」

小さく呼んでみても、当然、返事なんてない。

屋上から飛んで脱出したあと、僕と胡桃は無事に逃げきることができた。

僕らが犯人だって学校側にはバレなかった。あれが最良の終わり方ではあった。

……でも、な。胡桃はすでに退学してしまっている。その事実は変わらないのだ。

僕がもっと早く自分の本音に気づいていれば、違ったんだろうか。

胡桃が退学する前に、この学校を変えることはできていたんだろうか。

「あら、先輩じゃないですか。今日は早いんですね」

物思いにふけっていたら、背後からそんな声が聞こえてきた。

振り返って、僕は思わず固まってしまう。

幻聴じゃない。幻覚じゃない。黒髪モードで制服姿の胡桃が、そこに立っていた。

「……胡桃？　なんでここにいるんだ？　退学したんじゃなかったのか？」

「え、どこ情報ですかそれ。まだ手続きとかなにもしてないですけど」

「いやいや。胡桃、しばらく学校に来てなかったじゃんか」

「それは普通に先輩と顔合わせるのが嫌だったから休んでただけです」

マジかよ。田中さんも胡桃が退学したと明言はしていなかったけど……なんだよそれ。

「で、でもほら、明日から夏休みだろ？　夏休み前に学校を去るって話じゃ」

「あー、それなんですけどね。自主退学はしばらく保留にすることにしました」

胡桃はほんのり頬を赤らめながら、指先で鼻を擦った。

「先輩が一緒にいてくれるなら、もうちょっと残ってもいいかなって」

「ああ、そう。……そっか。それはよかった」

「あ、勘違いしないでくださいよ。私、もうしばらく学校に残りますが、真面目に勉学に励むとは一言も言ってないですよ。これからも陰湿なテロをたくさんしていくつもりです」

胡桃は小さな胸を張ってドヤ顔でこう言う。

「これはメリーバッドエンド。あるいは、黙示録の第一章なんですよ」

「……よくわからん。小難しいこと言わないでくれ」

「はー？　隙あらばキザなこと言う先輩にだけは言われたくないです」

胡桃はインナーカラーの髪を解放して猫耳キャスケットを被ると、パイプ椅子に座った。

「それにしても、教師たちの態度、めっちゃおとなしくなってましたね」

「そうだね。クビになるって話も出てるみたいだし、ピリピリしてるっぽいな」

「大事になっていて最高ですね。成功の打ち上げでもしましょうか」

「お、いいね。お菓子、買いに行く？」

胡桃は「んー」と鳴いて難色を示すと、自分の唇を指差してこんなことを言った。

「今日は、お菓子よりもビターチョコの気分です」

「……どういう意味だよ」

「いつも私が聞きたいんですけど？」

挑発的な目を向けられる。僕はいつまでこのネタでいじられるんだろう。別にいいけど。

僕は身を屈め、座っている胡桃の顎を持ち上げ、そっとキスをした。

「……ん、ちゅ……れぇ……んっ」

始めは浅く、次第に深く。唇を重ね、粘膜を擦り、分泌液を飲み込む。

「……ぷはっ。えへへっ」

数分に及ぶ接吻を終えたあと、胡桃は意地悪な笑みを浮かべるのだった。

「先輩。せっかく部室に来たんですし、次やるテロの作戦会議もやっちゃいましょう」

「うん。了解。今度こそ完璧に、僕らの手でこの学校を変えてやろう」

テロを起こして、キスをする。

苦くて甘い僕らの復讐は、まだ続く。

あとがき

改稿を進めながら「本作品のルーツは私の経験のどこにあるのだろう？」とずっとずっと考えていたのですが、最近になってふと、一つのエピソードを思い出しました。

あれは、高校三年の夏のことです。

学校で参加自由の模試があったのですが、私には一切のやる気がありませんでした。

当然、私は担任に「絶対に模試は受けません」と告げたのですが、日本語というのはどうにも難解な言語でして、今回の参加自由には強制という意味が含まれるようでした。

あれよあれよと話が進められ、気づけば私は、模試の会場に着席しておりました。

問題用紙と解答用紙が配られ、試験開始と相成ります。

さて、ここで困ったことが起きてしまいます。私は大変に真面目な人間ですので、シャーペンと消しゴムはしっかりと持参しておりました。ですが、当日までに準備しておくはずだったやる気を、うっかり家に（あるいは過去に）忘れてきてしまったのです。

これでは問題を解くことができません。とはいえ、試験は始まっています。暇です。

困り果てた私は、マークシートのマス目を使ってドット絵を描くことにしました。

マークシートは縦長の楕円形ですので、少女などの絵はうまく描けませんでした。代わりに、ビル群などは表現しやすく、東京の景色はうまく描けたと思います。
二枚の絵を描いて満足した私は、休み時間に荷物をまとめて模試会場から逃亡しました。
空が青々としていたので、逃げた足で動物園に行くことにしました。
うだるような、あの真夏日。私は将来ヨツユビリクガメになると心に誓ったのです。

申し遅れました。
はじめまして。鳴海雪華です。好きな季節は夏です。よろしくお願いします。
以下、謝辞となります。

担当編集様。本作を完成まで導いてくださり、本当にありがとうございました。作品に関するアイデアや情報などをこまめに連絡してくださったので、改稿が進めやすかったです。いつも捻くれたことばかり言う私ですみません。これからもよろしくお願いします。

イラスト担当のあるみっく様。素敵なキャラクターを描いてくださり、ありがとうございます。改稿時、あるみっく様のクリエイティブな発想力に驚かされてばかりでした。イラストからも発想からも素敵な刺激をたくさんいただきました。重ねてお礼申し上げます。

編集部の皆様。第十八回MF文庫Jライトノベル新人賞にて本作品の審査をしてくださった先生方。本書の出版と販売に関わられたすべての皆様。

そして、本作品を手に取ってくださったあなたに、心から感謝を申し上げます。

鳴海雪華

MF文庫J

悪いコのススメ

2022年12月25日　初版発行

著者　鳴海雪華

発行者　山下直久

発行　株式会社 KADOKAWA
〒102-8177 東京都千代田区富士見2-13-3
0570-002-301（ナビダイヤル）

印刷　株式会社広済堂ネクスト

製本　株式会社広済堂ネクスト

Printed in Japan　ISBN 978-4-04-681938-3 C0193

◇◇◇

この作品は、第18回MF文庫Jライトノベル新人賞〈優秀賞〉受賞作品「青春ビターテロリズム」を改稿・改題したものです。

この作品はフィクションです。法律・法令に反する行為を容認・推奨するものではありません。

【 ファンレター、作品のご感想をお待ちしています 】
〒102-0071 東京都千代田区富士見2-13-12
株式会社KADOKAWA　MF文庫J編集部気付「鳴海雪華先生」係　「あるみっく先生」係